KB270773

두부

박완서 산문집

창비

책머리에

수필이나 시론 따위 산문을 묶을 때마다 나도 모르게 떳떳지 못한 느낌을 갖게 된다. 사생활뿐 아니라, 그걸 쓸 당시의 세상의 숨결까지 드러나는 게 민망해서이다. 세상은 빨리 변한다. 독자들에게 한물 간 소리로 들릴 것이 뻔해서 조심스러운 것이다. 될 수 있는 대로 시사성이 강한 글은 배제했건만도 그렇다. 그래서 글마다 끄트머리에 연도를 집어넣기로 했다.

'아치울 통신'이란 단원으로 묶은 글들은 가슴 아프다. 제목 그대로 우리 동네 이야기인데 나는 그 글을 나하고 비슷한 시기에 이사온 화가 손혜경(孫惠京)을 위해 썼었다. 그와 나는 아침마다 아차산에 오르는 데 좋은 길동무였다. 그는 나보다 훨씬 젊은 나이였지만 힘든 병과 투병중이어서 나 같은 늙은이하고 보조가 잘 맞았다. 우린 둘 다 언젠가는 정상에 오르기를 꿈꿨을 뿐 정상에 이르지 못했다. 그무렵 어떤 잡지사로부터 내 글에 그의 그림이 들어간 우리 동네 이야기를 싣고 싶다는 청탁을 받았다. 우리는 흔쾌히 그 청탁을 받아들이면서 오래오래 이런 공동작업을 해서 아름다운 책을 만들기로 약속했다. 그는 나를 위해 나는 그를 위해 할 수 있는 일을 갖는 게 그의 투병생활에 힘이 될 줄 안 나의 기대는 서운케 무너졌다. 지난 초여름 그는 고통 없는 세상으로 먼저 갔다. 내 글은 마지막 잎새만도 못하다. 죽음엔 순서가 없다는 것처럼 무서운 삶의 허방은 없다.

오래 기다리고 자주 독촉해준 창비사에 미안한 마음과 고마움을 전한다.

2002년 10월

박완서

차 례

3부_ 이야기의 고향

4부_ 사로잡힌 영혼

1부

노년의 자유

가족

KBS의 '역사 스페셜' 프로를 재미있게 본 적이 있다. 택지개발지구 안에 있는 무덤을 이장하려던 발굴팀은 그 안에서 나온 각종 유물을 근거로 그 무덤이 400여년 전 31세의 젊은 나이로 죽은 이응택의 것임을 알아낸다. 의류를 비롯한 각종 유물 중 가장 화제가 된 것은 시신을 덮은 아내의 편지였다. 그 편지는 당시의 혼인풍습과, 그 가문의 족보는 물론 처가 외가 등의 족보까지 추적해 가며 망인과 그의 아내가 어떤 사람이었는지를 복원해낼 수 있는 좋은 단서가 된다. 가장 놀랍고 애달팠던 것은 편지의 사연과 그 필적이었다. 육안으로도 사연을 식별해 읽을 수 있을 정도로 400

여년간 시신을 덮고 있던 한지의 먹자국은 선연했고, 필적은 상중의 망연자실을 증거하듯 고르지 못했고, 사연은 요새 젊은이 못지 않은 직설적이고도 거침없는 사랑의 표현으로 일관되어 있었다. 그런 것들이 어찌나 생생하던지 400여년의 세월을 밀어내고 우리 곁으로 다가와 피부에 소름을 돋게 했다. 만일 저승과 이승을 자유롭게 넘나들며 망자의 얼어붙은 애간장도 녹일 수 있는 게 이 세상에 있다면 사랑을 못다 한 청상의 절통한 육성밖에 더 있겠는가. 그 육성을 소리나는 대로 나타낼 수 있는 표현수단을 가졌다는 게 그 여인에게는 얼마나 큰 구원이자 숨통이었을까. 그 시절에 이미 한글이 있었다는 게 그 여인을 대신해 얼마나 고마운지 몰랐다.

그러나 그 프로를 방영하면서 해설자가 가장 신기하게 여긴 것은 아내의 남편에 대한 '자네'라는 호칭인 듯했다. 할말이 많아 여백까지 가로세로로 빽빽하게 채웠다고는 하나 현대의 활자로 바꾼다면 길 것도 없는 편지였다. 그 안에 '자네'라는 무엄한 호칭이 열댓 번이나 나오고 다른 호칭이 전혀 없는 것으로 보아서 그게 그 부부의 일상적인 말버릇이었다는 건 거의 의심할 여지가 없었다. 유교를 근본이념으로 삼은 엄격한 남존여비사회에서 감히 하늘 같은 남편을 어떻게 하대에 가까운 '자네'로 부를 수 있었을까? 그 미스테리를 풀어나가는 과정을 보면서 나는 자꾸만 우리 고모 생각이 나서 웃음도 나오고 마음이 짠하기도 했다.

우리 고모는 고모부를 이름으로 불렀다. 물론 '씨'자 같은 것도 붙이지 않았다. 잘해야 '삼돌이'(고모부의 진짜 이름은 아님)이고 고모부하고 싸우고 뿌르르 친정으로 달려와서 남편의 비행을 고자질할 때는 '삼돌이 자식' 아니면 '삼돌이 새끼'였다. 할머니는 즉각 맞장구를 쳐서 이름도 생략하고 '고 새끼' '고 녀석' 하면서 사위를 비난하고 딸을 두둔하며 온갖 응석을 다 들어주었다. 고모는 얻어맞고 올 적도 있었다. 그러면 할머니는 치를 떨며 아들들한테 '고 새끼'를 실컷 두들겨패서라도 버릇을 가르쳐놔야 한다고 압력을 넣으셨다. 고모는 큰오빠인 우리 아버지가 돌아가신 후 시집을 갔으니까 자기 편을 들어줄 오빠가 둘밖에 남아 있지 않았다. 둘 다 얌전하고 과묵하여 자기 아내한테도 감정표현을 잘 안해서 한 식구로 살면서도 내외가 금슬이 좋은지 나쁜지 추측하는 것도 불가능한, 그런 사람들이었다. 그런 삼촌들도 할머니의 출동명령은 차마 거스르지 못했다. 몽둥이를 들고 나가지는 않았지만 한껏 험악한 표정을 짓고, 분노로 거친 숨을 내뿜으며 고모를 앞세우고 매부를 무찌르러 나갔다. 갔다와서는 '고 새끼'를 얼마나 흠씬 두들겨팼으며, 손이 발이 되게 빌면서 다시는 안 그러겠다는 다짐을 받고 왔다는 보고를 했다. 그래도 할머니는 만족하지 않았다. 빌기 잘하는 새끼가 다시는 안 그러겠다는 걸 어떻게 믿느냐는 거였다. 그것은 맞는 말이었다. 고모가 쫓겨왔는지 도망을 왔는지 또 친정에 와서 막무가내 안 가고 있을 적이면 고모부가 고모를 데리러 왔다. 그때 삼촌들은 딴사람처럼 거칠게 매부를 대했고, 고모부는 정말로 대문간부터 싹싹 빌면서 제가 죽일 놈이라고 한번만 용서해달라고 애걸을 했다. 할머니는 빌기 잘하는 사위를 가장 못마땅해했다. 빌기 잘하는 새끼는 금방 같은 잘못을 저지르게 되어 있다는 게 할머니의 확고한 지론이었다. 그럼 어쩌란 말인지 대안이 있는 것도 아니었다. 그때는 이혼을 '민적(民籍)을 가른다'고 했는데 아마 고모부가 고모한테 민적을 갈라가라 했다면 고모는 당장 까무러쳤을 테고 할머니는 아들들을 앞세우고 사위를 쳐죽이러 간다고 날쳤을 것이다. 당사자는 물론 식구들 중 누구도 민적을 가른다는 건 상상조차 못한 것은, 사위를 그렇게 함부로 대하면서도 그가 조강지처는 내칠 수 없으리라는 것 하나는 철석같이 믿은 때문인 듯하다. 또 금슬이 나쁜 부부라기보다는 뭔가 잘 안 맞는 부부이기도 했다.

고모는 고모부보다 세살이나 연상이었고 소학교 문턱에도 못 가본 무학력이었다. 게다가 고모가 혼기가 되었을 때는 집안까지 기울어 우리만 못한 집안에 치우듯이 보내야 했다. 그러나 우리만 못한 집안이라는 건 할머니의 주장이고 고모부네는 장단(長湍)의 상당한 재산가였고 고모부는 배재학당을 나와 일본유학중이었다. 게다가 고모부는 훤칠한 미남이었다. 누가 보기에도 기우는 것은 이쪽인데 할머니가 사위를 그렇게 무시할 수 있었던 것은 그쪽이 중인 집안이라는 단지 그 이유 하나 때문이었다. 고모부네 역시 기울 대로 기운 집안의 학교 문턱에도 못 가본 규수를 며느리로 맞아들인 것은 양반 집안과 사돈을 맺음으로써 자기 집안의 지체를 높이고자 한 때문이라니 요새 상식으로는 믿어지지 않는 얘긴

데 1930년대만 해도 가끔 그런 일이 있었다. 그럼 우리 집안이 그렇게 대단한 양반이었을까. 나는 어려서 집안 어른들이 남을 무시하거나 상종하지 않으려 들 때 '상것' '바닥 상것' 아니면 '쌍놈' '불쌍놈' 하는 식으로 말하는 소리를 여러번 들어놔서 저절로 우리는 상것이 아닌 줄 알고 자랐지만, 아무리 생각해도 우리 집안이 상것들보다 격식을 갖추고 품위있게 산 것 같지는 않다. 어떤 불쌍놈의 집안에서도 처남들이 작당을 해서 매부를 패주러 간다거나 출가한 딸이 제 남편을 이름으로 부르는 것만 가지고는 성이 차지 않아 '새끼'자를 붙여서 부르는 본데없는 짓은 하지 않았을 것이다.

남편을 자네라고 부른 아내의 편지가 나온 무덤의 발굴팀도 그 집안이 버젓한 양반 집안이라면 어떻게 그럴 수가 있나, 그것을 가장 의심스러워한 것 같다. 그리고 동시대의 서간문을 두루 참조해봐도 자네라는 호칭은 유일무이한 것으로 밝혀지고, 그 집안은 물론 그 집안과 혼인을 맺은 처가 외가 등의 가문을 골고루 추적해봐도 다들 지체 높은 양반네들임이 밝혀진다. 그 과정에서 망인의 부친과 형님이 망인에게 보낸 서간문까지 발견되고 그 내용으로 봐서 망인은 처가살이를 했다는 것이 밝혀진다. 진하고 직설적인 애정표현과 하대에 해당하는 자네라는 호칭이 어떻게 하늘 같은 남편에게 가능했나 하는 의문이 여기서 저절로 풀린다. 여자가 혼인하고도 친정에 눌러살았다면 서로 애정표현이나 호칭이 자유스러웠으리라는 추측이 가능해지는 것이다. 그럴듯한 풀이였다.

엄한 법도와 저절로 우러나는 본능 외에는 이성이나 성에 대한 지식이 전무한 십대의 남녀가 연애경험이나 사귀는 기간 없이 양가의 합의만으로 짝지어져 얼굴을 익히는 것부터 시작해서 사랑을 느끼기까지는 따뜻하고 친절한 보호막이 필요했을 것이다. 생판 모르는 남녀가 연애감정을 키우기 위해서는, 아들을 빼앗긴 섭섭함에 심술이 잔뜩 난 시어머니 때문에 삼엄한 적진처럼 보일 수밖에 없는 시집보다는 딸이 어떻게든 잘살기만을 바라 어린 부부의 금슬을 꽃 본 듯이 즐기려는 친정 쪽이 훨씬 유리했을 것이다.

고모도 아마 시부모 앞에서 남편을 고할 때는 '사랑에서' 또는 '애비가'라고 했을 것이다. 하도 걸걸한 고모니까 둘이 싸울 때는 '삼돌이 이 새끼가' 하고 대들었을지도 모르지만. 고모부가 지차(之次)여서 고모는 시집살이를 얼마 안하고 세간을 나서 개성에서도 살았고, 서울에서도 살았다. 삼촌들이 할머니 명을 받들어 고모부를 패주러 즉각 출동을 할 수 있었던 것도 그들이 부부끼리만 오붓하게 살았기에 있을 수 있는 일이었다. 고모네가 줄창 싸우기만 하고 산 건 아니었다. 둘이 동부인해서 올 적도 있었다. 그래도 할머니는 고모부를 곱지 않은 눈으로 보았고, 고모부는 저자세였고 처남들하고 술이라도 몇잔 하고 나면 울기를 잘했다. 울면서 자신을 죄인이니 죽일 놈이니 하는 식으로 극도로 비하했다. 아마 둘 사이의 금슬이 처가의 기대에 못 미쳐 늘 걱정을 끼친 데 대한 사과 겸 자책의 표현이었을 텐데 할머니는 그게 또 눈에 거슬려 싹싹 빌 때와 똑같이 곱지 않은 눈으로 흘겨보면서, 소갈머리가 저렇게 접시굽처럼 얄아서야 언제 사람이 될꼬, 하면서 장탄식을 했다. 그런 한탄은 곧 딸을 중인한테로 치운 할아버지에 대한 원망으로 이어지곤 한 걸 보면, 할머니는 우리 식구하고 성질이 좀 다른 이질감을 온통 양반과 중인의 신분차로만 이해하려 들었던 것 같다. 할아버지는 그때 이미 중풍이 들어 할머니가 수족노릇을 안해주면 요강에도 못 앉을 정도로 무력해졌으니 할머니가 명실공히 집안의 왕초였다. 그러니 고모부가 처가에서 받는 대접은 편견에 가득 찬 억울한 것일 수밖에 없었다. 고모부가 우리 집안으로부터 받는 수모를 부당하다고 여겼을 뿐 아니라, 그를 좋아하고 우리 식구와는 전혀 다른 각도에서 말문을 트기 시작한 것은 오빠였고, 나도 나이들면서 고모부를 은근히 동경하게 되었다. 그것은 아마 고모부가 고루하고 구차스럽고 보수적일 뿐 아니라 촌스러운 우리 집안에서 꿈도 못 꿀 멋쟁이 일본유학생이기 때문이었을 것이다.

고모부가 일본으로 유학간 학교는 토오꾜오 수의(獸醫)전문학교였다. 대지주랄 것은 없지만 대농에 속하는 고모부네서는 아마 실질적인 필요성에 의하여 차남에게 그런 공부를 시킬 수도 있었을 것이다. 그러나 우리 집안에서는 사위가 수의학교에 다닌다는 것을 일자무식보다 더 우세스러워했다. 할머니는 무슨 놈의 세상이 백정질도 사각모 쓰고 배운담, 하고 한탄할 지경이었다. 당시의 전문대학생들은 목을 죄는 쓰메에리(학생복처럼 깃을 세운 옷) 양복에다 네모난 모자를 쓰고 다녔다. 사각모 하면 곧 대학생을 뜻했고 최고의 지식인에 대한 무한한 동경이 담긴 말이었다. 아직도 백정이 불가촉천민이던 시절이었으니까 할머니가 사위의 사각모를 얼마나 무시하고 싶어했는지 알 만하다. 처가에서 우습게 알아서인지 적성에 안 맞아서인지 고모부는 수의전문만 나왔다뿐 수의사 노릇을 한 것 같지는 않다. 일정한 직업도 없으면서 늘 빼어난 멋쟁이였다. 아마 씀씀이 또한 헤펐을 것이다. 자연히 고모네 살림살이는 썰렁하고 구차할 수밖에 없었다. 나는 고모네가 한번도 집장만하고 사는 걸 본 적이 없다. 우리가 서울에서 자리잡고 살면서 고모네도 우리집 근처에서 셋방살이를 했다. 고모가 살림을 잘 못해서인지 생활이 불안정해서인지 셋방살이나마도 반듯한 세간 하나 없이 궤짝 나부랭이에다 여기저기 보따리를 쑤셔박고 살았다. 그래도 나는 고모네가 좋았다. 그 셋방살이 속에는 일본 유학의 흔적이 벗겨진 옻칠처럼 남아 있었다. 고모부는 문학애호가에다가 수집벽 같은 게 있었던 듯하다. 여러 권의 스크랩북을 가지고 있었다. 주로 신문이나 잡지에서 오린 시나 수필, 가벼운 철학적 수상 같은 것들이었다. 그때까지도 우리집은 궁색하여 읽고 싶은 책을 마음대로 사볼 형편이 못되었지만 시대도 2차대전 말기여서 축소된 신문지면까지 거짓 승전보로만 채워져 있어 읽을거리에 굶주렸을 때였다. 읽을거리에 굶주렸다는 건 곧 내 안에 있는 동경이나 꿈, 그런 것들의 싹수가 최소한의 습기도 못 만나 시들어가는 걸 의미했다. 그것은 아무에게도 위로받거나 이해받을 수 없는 지독한 불행감이었다. 고모부의 토오꾜오시대의 낭만이 고스란히 배어 있는 스크랩북들은 마치 가뭄중의 이슬비처럼 나를 감질나게 했지만 내 안의 여린 것, 섬세한 것의 완전 고사만은 면하게 해주었다. 고모부가 가죽가방 들고 사각모 쓰고 토오꾜오 수의전문 정문을 등지고 서서 찍은 자신의 멋진 포즈 밑에다 써놓은 감상적이고 달콤한 시도 그의 자작시인지 어디서 베낀 건지 모르는 채 덮어놓고 매료되어 외울 정도였다.

고모부는 문학청년이었을 뿐 아니라 예쁜 것을 계통적으로 모으는 수집 취미도 있었던 것 같다. 그가 유학시절에 수집한 것 중 지금까지도 기억에 남는 것은 성냥갑의 겉딱지였다. 스크랩북 한 권 분량이 딱지 크기의 성냥갑 라벨로 채워져 있었다. 거의 유흥가 술집이나 레스또랑, 호텔 등에서 수집한 성냥갑 겉딱지는 그렇게 세련되고 미려할 수가 없었다. 나는 그 스크랩북에서 썩어가는 이께바나(生け花, 일본식 꽃꽂이) 냄새를 맡았고, 애조 띤 샤미센(三味線) 소리를 들었다. 일본군국주의에 대한 증오와 일본문화에 대한 동경이 내 안에 조잡하게 혼재할 때였다. 고모부는 일본 가서 수의학 공부를 한 게 아니라 일본문화의 상큼하고도 감미로운 퇴폐미에 거의 중독되다시피 했던 게 아닌가 싶다. 우리 식구는 고모부가 그렇게 자주 고모하고 쌈박질하며 재미없이 사는 걸 보면서도 왜 고모부에게 딴 여자가 있을 수 있으리라는 걸 상상도 안했는지 모를 일이다. 해방이 되던 이듬해 고모부는 일본으로 밀항을 했는데 그건 좋아하던 일본여자를 못 잊어 따라간 거였다. 몽둥이를 들고 처죽이러 갈 수 있는 거리가 아니었다. 아니, 그럴 수 있다

고 해도 이미 그럴 가치조차 없는 인간지말종의 낙인이 고모부에게는 찍히고 말았다.

식구 중 아무도 고모부의 이름을 입에 올리지 않았다. 그러나 그는 돌아왔다. 그가 패전한 일본땅에서 무엇을 보았는지, 현해탄을 넘어 순정을 바친 애인에게서 어떤 대접을 받았는지 아무도 묻지 않았고 그도 말하지 않았다. 돌아온 고모부는 개성으로 가서 송도중학 선생이 되었다. 그때 그 부부에게는 아들이 둘 있었는데 큰아들이 당시 송도중학 2학년이었다. 고모는 난생 처음으로 남편의 월급봉투로 생활을 꾸릴 수 있는 편안한 처지가 되었다. 그러나 곧 6·25가 터지고 고모부는 제2국민병으로 소집된 덕분에 월남을 하고 고모는 아들들하고 개성에 남은 채로 휴전이 되었다. 그때부터 고모부와 우리집의 기묘한 가족관계가 시작되었다. 그때는 사위를 그렇게 구박하던 할머니도 돌아가신 뒤였고, 몽둥이를 들고 매부를 패주러 나서던 씩씩한 두 삼촌들 중 막내삼촌도 난리통에 죽고 오빠도 죽어서 우리집이 밑바닥까지 영락했을 때였다. 그때 고모부는 자연스럽게 우리 집안 남자로 편입이 되었다. 하나 남은 삼촌과 고모부는 마치 형제처럼 의지하고 붙어다녔다. 고모부 집안은 번족한 편이었는데도 월남한 건 고모부 혼자였다. 그래 그랬는지 고모부는 우리 집안에서만 한식구처럼 굴었을 뿐 아니라 박씨 집안의 멀고 가까운 친척들하고도 대소사를 챙기며 돈독한 친족관계를 유지했다. 실직상태의 삼촌은 종친회에서 일도 보고 소일도 했는데 거기까지 같이 드나들었다. 한때는 우리하고 한

솥밥을 먹고 같이 산 적도 있었다. 혼자 월남한 그에게는 가족이라는 소속감이 필요했을 테고 우리 또한 고모라는 애물단지가 빠져나가고 나니 비로소 장단점을 어우른 그의 전체가 보여 그를 한 식구처럼 흉허물없이 대하게 되었다. 그러나 그가 기를 쓰고 엉겨붙으려는 소속감이 슬프게 보일 적도 있었다. 삼촌하고 고모부는 붙어다니다가 술을 먹고 같이 들어오거나 우리집에서 술판을 벌일 적도 자주 있었는데 그럴 때마다 고모부는 울기를 잘했고 울면서 자신을 '죽일 놈' '천하잡놈' 하는 식으로 비하하면서 우리에게 용서를 빌곤 했다. 그럴 때마다 빌기 잘하는 사위를 싫어하던 할머니 생각도 났지만 안 맞는 부부의 질긴 인연을 전생의 업처럼 걸머지고 사는 그가 측은하기도 했다.

고모부는 서울에서 다시 교직생활을 하면서 새장가를 들었다. 새장가까지 든 이상 우리 집안으로부터 떨어져나갈 법도 한데 어떻게 된 게 더 친해졌다. 삼촌은 그의 아내를 누이라고 부르면서 자기의 친누이하고 살 때와는 딴판으로 오순도순 재미있게 사는 그들의 신접살림을 대견해하며 뻔질나게 드나들었다. 그의 신부는 나하고 동갑이어서 나는 차마 그 여자를 고모라고는 못했지만 고모부를 행복하게 해준다는 걸로 동기간 같은 친밀함을 느꼈으니까 나도 아마 고모부를 고모를 매개로 한 친족관계가 아닌 운명적인 가족으로 여긴 것 같다. 나도 결혼해서 친정을 떠났지만 내 남편까지 그를 가장 중요하고 가까운 처가 어른으로 대접할 정도로 그는 우리 친정의 확고한 웃어른이었다. 고모부의 신부는 고모와는 달리 순종적인 미인이었지만 고모하고 가장 큰 차이점은 막강한 친정이 없는 것이었다. 고모부는 그 여자하고 사이에서 남매를 더 두었는데 그 아이들의 백일이나 돌잔치에도 우리 식구 외의 딴 손님을 보지 못했다. 고모부는 새 여자를 만나 아들딸 낳고 사는가 싶게 살면서도 그 여자 앞에서 우리 식구를 상객처럼 맞이할 뿐 아니라 술만 먹으면 울면서 우리 식구에게 제가 죽일 놈이라고 빌며 북에 두고 온 처자식을 그리워서 못 견디어하는 시늉을 하곤 했다. 우리가 그걸 진심이 아니라 시늉이라고 생각한 것은 고모하고 살 때와는 다르게 재미나게 사는 걸 우리에게 보여주기가 민망해서, 과거의 아내도 잊지 않고 있다는 걸 그런 방법으로 나타내는 거라고 생각했기 때문이다. 그로 인하여 그의 아내가 상처받을 수도 있다는 생각은 조금도 하지 못했다.

고모부는 아들딸을 결혼시킨 후 미국으로 이민을 갔다. 먼저 이민간 아들을 따라서였고, 나중에는 딸네까지 불러들여 그집 식구는 고스란히 이땅을 뜨게 되었다. 우리 친정도 그동안 삼촌이 돌아가시고 대가 완전히 바뀌어 고모부하고 우리 집안의 유서 깊은 애증관계에 대한 기억을 가진 이는 나 하나밖에 남지 않게 되었다. 그러나 고모부의 박씨 집안에 대한 소속감은 미국땅에서도 변함이 없었다. 교포사회에서도 우리 집안과의 동성동본을 찾아내어 특별한 친분관계를 유지했고 몇년에 한번씩 귀국할 때마다 묵는 것도 박씨 집안네였고, 어울려다니는 것도 마찬가지였다. 물론 우리집에도 들렀고 이제는 하나밖에 남지 않은, 자기의 과거를 아는 나에게 자기가 죽일 놈이라는 과장된 사과를 잊지 않았다. 이제 같이 늙어가는 처지가 된 나는 그런 고모부가 지겹기도 하고 한편 측은하기도 했다. 고모부는 장모한테 못 당할 능멸만 당한 게 아니라 세뇌까지 당한 게 아니었을까. 고모처럼 외딸인 내가 집안의 반대를 무릅쓰고 기어코 중인하고 혼인하고 만 것도 고모부와는 정반대의 세뇌효과였는지도 모르겠다. 시대가 이미 반상(班常)을 가릴 때가 아닌 것을 알고도 모르는 척 악착같이 부여잡고 있던 우리 집안의 뼈대의식을 단숨에 배반하면서 나는 굉장한 일이라도 성취한 것 같은 쾌감을 느꼈으니 말이다.

고모부는 미국서도 전화만 걸어왔다 하면 이쪽에서 전화값 걱정이 되어 조마조마할 정도로 시간 가는 줄 몰랐다. 여러 경로를 통해 두고 온 처자식의 안부를 수소문하고 있다는 경과보고였다. 지금도 그렇지만 그때는 남한땅보다는 미국땅이 심정적으로 북한땅과 더 가깝게 느껴질 때였다. 그가 백방으로 노력하고 있다는 걸 알게 되고부터 나는 고모부가 북한을 방문할 수 있기를 바라고 이민간 것처럼 여기게 되었다. 교포사회의 실향민들 중에서 북한의 가족과 연락이 닿아 가서 만나고 온 얘기를 전해줄 때마다 고모부는 울먹였다. 전화선을 통해 들리는 팔순 고모부의 오열을 젊은날의 상투적인 울음하고 같이 취급할 만큼 나도 모질지는 못했다. 나도 고모부 때문에 고모와 고종사촌들이 남겨놓은 빈자리를 늘 의식하지 않을 수 없었다. 남북의 철통 같은 단절에도 조금씩 변화가 생기고 숨통이 트이면서 남한땅에서도 북의 가족이나 친척에 대해 알아볼 수 있는 다양한 통로가 생기게 되었다. 그러나 난 아직 한번도 남북관계를 맡아보는 기관에 고모의 생사여부를 확인해달라는 신청을 하지 않았고 비공식적인 통로를 모색하는 노력도 안했다. 아직도 남북관계처럼 까다롭고 미묘하고 다치기 쉬운 관계도 없으니만큼 그걸 여러 가닥으로 분산시키기보다는 한 가닥에다 힘을 실어주어야 한다는 게 내 나름의 조심성이요 배려였다. 고모부보다 연상인 고모의 생존이 불확실한 이상 그의 아들들과 입장을 바꿔 생각해도, 외사촌보다는 아버지하고 연락이 닿았을 때 백 배는 더 기쁘리라는 건 말할 것도 없는 일이었다.

1995년 LA 쪽에 갈 일이 있어서 준비중일 때 고모부로부터 전화가 걸려왔다. 미국 영주권자는 북한의 친지하고 연락만 닿으면 방문하는 건 문제도 아닌데 백방으로 노력해도 감감무소식이라는, 줄곧 듣던 한탄이었다. 북한은커녕 언제 남한땅이라도 다시 밟아볼 수 있을는지 하는 그의 목소리가 가슴에 와닿은 것은 아마 팔순을 훨씬 넘긴 그의 연세를 생각해서였을 것이다. 나는 얼마 안 있다 LA에 갈 일이 있다는 얘기를 했고, 그가 반색을 하며 자기 집에 꼭 들러달라고 했을 때, 기다렸다는 듯이 반승낙을 하고 말았다. 그는 미국 중부 C시에 산다. 내 뜻과는 상관없이 일이 커지기 시작했다. 그가 C시 한국문인협회, 도서관, 신문사 등에 연락을 해서 몇건의 미팅을 마련해놓았고 나는 그걸 거절하지 못했다. 고모부가 교포사회에서 나 때문에 조금이라도 으스댈 수 있다는 게 나로서는 뜻밖의 즐거움이었다. 그러나 내가 C시 공항에 내렸을 때 고모부는 보이지 않았다. 고모부네와 식사를 같이 하고 하룻밤 묵기로 한 예정도 취소되어 있었다. C시에서 발행하는 교포신문에 내가 그쪽을 방문한다는 기사가 실렸는데 고모부가 나에 대한 인적사항에 북에 두고 온 전처의 조카딸이라는 것까지 밝힌 모양이었다. 자신이 본처가 아니고 두번째 부인이라는 게 교포사회에 밝혀지자 현재의 부인이 노발대발하여 그가 곤경에 처했다는 거였다. 그가 새장가를 들고도 전(前) 처가에 가족적인 소속감을 줄기차게 이어가려는 게 그의 아내에게 얼마나 큰 모욕이요 고통이었을지 나는 미처 헤아리지 못했다. 고모부처럼 도착된 소속감은 희귀한 경우에 속할 것이다. 그렇다면 그 여자의 고통 또한 누구한테도 이해받기 어려운 희귀한 것이 아니었을까. 나도 C시에서 그런 뜻밖의 일을 당하면서 그 여자를 이해하기보다는 그런 여자하고 같이 살면서 전처의 소식을 과연 성의있게 알아볼 수 있었을까 하는 의심이 문득 드는 거였다. 그 일이 성의뿐 아니라 돈도 드는 일이라고 알고 있어서 더욱 그러했다. 고모부는 못 만난 채 고모부가 마련해놓은 스케줄대로 움직이는 동안 자연히 미국에서의 고모부의 가정생활도 순탄치 못하다는 걸 얻어듣게 되었다. C시를 떠날 때에야 공항에서 고모부를 만날 수 있었다. 체크무늬 캡을 눌러쓰고 바바리를 걸친 고모부는 여전히 멋쟁이였다. 고모부는 아무 말 못하고 눈물만 흘렸다. 그리고 나를 무척 아끼고 생각한다는 표시로 한뭉치의 신문 스크랩을 내놓았다. 그는 거기서 받아본다는 『한국일보』와 『조선일보』 등에 실린 나의 칼럼이나 나에 관한 기사는 모조리 오려서 보관하고 있었다.

나는 그가 토오꾜오에서 사각모 쓰고 박은 사진과 함께 그의 문학청년다운 기질이 진하게 풍기던 스크랩북을 떠올리며 세살 적 버릇이 여든까지 간다는 게 정말이구나 싶어 맥이 빠졌다. 고모부는 왜 이렇게 철이 안 드는 걸까. 생전 철날 것 같지 않은 고모부가 딱하고 안쓰러워 나도 별수없이 눈시울을 붉혔다. 그와 나의 이런저런 추억의 공유를 가족적이라고 할 수 있을지는 몰라도 우리가 진짜 가족은 아니란 사실이 그 순간 왜 그렇게 분명해졌는지 모를 일이다. 그러고 나서 작년에 고모부가 기어코 부인과 별거생활에 들어갔다는 소식을 들었다. 세상에, 그 나이에 별거라니. 그 소식을 듣고 나는 가해자가 피해자에게 느끼는 것만큼의 최소한의 가책을 느꼈다. 우리가 가족이라고 부르는 관계끼리는 안으로 보듬어안는 힘이 강한 만큼 우리 아닌 남을 밀어내고 해치려는 힘 또한 얼마나 막강한지 새삼 알 것 같았다.

〔1999〕

두부

무대장치라도 좀 달라졌나? 건국 이래 처음이라는, 선거로 정권이 교체된 대통령 취임식을 화면으로 보면서 열심히 변화를 찾던 나는 참석한 인사들의 얼굴에서 그게 찾아지지 않자 그렇게 생각했다. 그러나 5년 전의 무대장치가 어떠했는지 생각나는 건 아니었다. 카메라가 빌붙듯이 좇는 무대 위의 주요인사들이 하나같이 너무도 곰삭은 구면이어서 변화의 예감으로 황홀해하던 것도, 심지어는 그동안 살아낸 세월까지도 무엇에 홀려 허방을 밟은 것처럼 허망하게 여겨졌다.

왜 그렇게 열심히, 난 그들을 바라보았을까. 달리 할일이 없어서였는지, 위안을 구해서였는지 잘 모르겠다. 그래도 구경의 수준을 넘어 관찰의 경지에 도달하고 나니 아무리 그 얼굴이 그 얼굴이라 해도 표정의 변화가 눈에 들어오기 시작했다. 표정이 가장 많이 변한 것은 퇴임하는 김영삼 전대통령이었다. 세상물정 모르는 만년 도련님처럼 뭘 모르면서 뽐내는 듯한 표정은 그의 인기가 절정이었을 때나 추락하는 경제와 함께 밑바닥으로 동댕이쳐졌을 때나 변함이 없어서, 생전에는 못 고쳐질 강한 특질인 줄 알았다. 그러나 그날 그 자리에서 그는 처음으로 기가 죽어 보였을 뿐 아니라, 참담한 고뇌의 자국이 깊은 골을 이루고 있어서 그도 마침내 자신을 응시할 수 있는 고독한 시간을 가졌으리라는 생각이 들었다. 그건 동정심이라기보다는 인간성을 공유했다는 친화감일 수도 있었다. 우린 사실 대통령쯤 되는 분에 대해서는, 그를 우러른다면 초인으로, 능멸한다면 인간 이하로 여기기 십상이다. 그건 둘 다 비인간적인 대접이다.

내가 보기에 조금도 달라지지 않은 분은 전(全) 전대통령이었다. 그는 재임기간에도 그러했지만, 백담사로 어디로 쫓겨다닐 때도 그렇고, 수감될 때나 재판받으러 다닐 때도 시종 '오야붕'다운 으스댐을 잃지 않았다. 어떤 경우에도 반성이나 뉘우칠 필요가 없는 자리는 실상 대통령 자리가 아니라 바로 오야붕 자리가 아닐까.

그분이 사면되어 출옥하던 날 생각이 났다. 보도진과 측근, 추종자, 이웃사람들로 인산인해를 이룬 길을 그는 조금도 기죽지 않고 통과하면서 여유있는 농담까지 했다. 그건 그다웠다. 그 동네에는 그를 환영하는 플래카드까지 걸려 있었다. 큰공을 세우고 개선하는 사람 맞이하듯 그 동네의 인심은 들떠 있었다. 그를 좀더 쓸쓸하고 외롭게 출옥하게 할 수는 없었을까. 그가 재임하는 동안 얼마나 많은 사람들이 그가 대통령이라는 걸 견딜 수 없어했는가. 나는 그럭저럭 잘 견딘 사람에 속하지만 그 동네의 환영인파는 어쩐지 견딜 수 없는 기분이 들었다. 오야붕 기질이 가장 견딜 수 없어하는 건 옥살이보다는 외롭디외로운 소외감일 터이다. 그도 한번쯤은 견딜 수 없는 기분을 맛봐야 하지 않을까. 그로 하여금 보도진의 카메라로부터 잊혀진 길을 어깨를 축 늘어뜨리고 초라하게 걸어가는 경험을 하게 할 수는 없었을까. 그리하여 그가 인생의 신산(辛酸)에 온몸을 떨며 집앞에 당도했을 때, 문기둥 뒤에 오롯이 모여 있던 가족과 이웃들이 그를 눈물로 반기며 두부를 먹일 수는 없었을까. 내가 정말로 보고 싶었던 것은 옥살이하는 그도, 재판받는 그도 아닌, 한모의 두부를 향해 고개 숙인 그, 입술 주변에 허연 두부파편을 붙인, 적나라하게 초라해진 그였다. 출옥한 사람에게 제일 먼저 두부를 먹이는 풍습이 언제부터 비롯되었고 무슨 뜻이 있는지 정확한 건 잘 모르지만 일제시대에도 그런 풍습은 있었고, 독립운동하다 옥살이한 분한테나 도둑질하다 징역살이한 이한테나 평등하게 적용되어왔다. 징역살이를 속된 말로 '콩밥 먹는다'고 하는 것을 생각하면 출옥한 이에게 두부를 먹이는 까닭을 알 것도 같다. 두부는 콩으로부터 풀려난 상태이나 다시는 콩으로 돌아갈 수 없다. 그렇다면 두부는 다시는 옥살이하지 말란 당부나 염원쯤 되지 않을까. 그러나 우리는 감옥에 가지 말란 말을 전 전대통령에게 해주는 대신 그로부터 듣지 않으면 안되었다.

그는 재임하는 동안 실로 많은 사람에게 두부를 먹였다. 어느 시대고 범죄 없는 시대가 있을까마는 단지 그의 통치를 치욕스러워한 게 죄가 되어 그렇게 여러 사람이 콩밥을 먹고 그리고 두부를 먹게 된 기록은 생존한 대통령 중 아마 그가 최고가 되지 않을까. 그무렵 나는 우연히 민주투사가 풀려나는 광경을 본 적이 있다. 마중나온 친구들은 군사독재를 규탄하는 격렬한 구호를 외치며 풀려난 투사를 높이높이 헹가래쳤다. 그러고 나서 누군가 그에게 두부를 먹였다. 먹였다기보다는 투사의 입언저리에 문질러대지 않았나 싶다. 옥중에서 함부로 자란 턱수염 콧수염 끝에 점점이 늘어붙은 허연 두부파편은 너무도 기세가 등등해서, 다시는 옥살이하지 말란 예방용이라기보다는 옥살이를 영예스러워하는 과시용처럼 보였다. 셀 수 없이 많은 젊은이가 옥살이를 하고, 그 옥살이를 영예스러워했다면, 그 시대는 삐뚤어진 시대이지 온전한 시대가 아니다. 수염과 두부가 범벅이 된 청년이 다시 하늘 높이 헹가래쳐졌다. 옥살이도 못하고 그럭저럭 잘살고 있는 자신의 모습이 한없이 초라하고 왜소하게 느껴지는 순간이었다. 그러나 그때의 두부는 그 넘치는 정의감 때문에 그다지 감동스럽지는 않았다. 정작 감동스러운 두부는 그 다음에 본 두부였다.

교도소 가까운 좁고 으슥한 뒷골목의 허름한 국밥집이었다. 때에 전 흠집투성이 탁자에 한 가족이 둘러앉아 있었다. 허름하고 우중충한 옷을 입은 늙은 여자와 늙도 젊도 않은 여자들이 방금 출옥한 듯한 젊은 남자에게 두부를 먹이고 있었다. 남자는 입언저리에 두부를 한점도 묻히지 않고 얌전하게 먹고 있었다. 여자들의 시선이 젊은이에게 집중된 것과는 달리 젊은이의 시선은 계속 허공에서 흔들리고 있었다. 젊은이는 아마 누군가를 기다리고 있을 것이다. 아내나 애인을. 그 자리에 그의 시선을 붙잡아둘 젊은 여자가 없어서 그렇게 불쌍해 보였을까. 그는 나쁜 사람 같아 보이지도, 좋은 사람처럼 보이지도 않았지만 희망 없어 보였다. 그건 아마 그 시대의 기본적인 표정이었을 것이다. 그 젊은이에게 하나 더 있는 게 있다면 두부를 먹으면서 몸서리치듯 드러낸 강한 자기모멸, 자기혐오였다. 그건 감옥살이보다 더 견디기 버거운 속세 밑바닥의 가장 쓴맛일 테고, 속세가 그를 받아들이기 위한 통과의 례였을 것이다. 그 국밥집이 본래 밝고 번창한 집은 아니었음에도 그들이 앉은 구석자리는 유난히 어둠침침해 보였다. 젊은이의 몸에서 풍기는 어둠 때문이었다. 젊은이는 고분고분 두부를 받아먹으면서 먹물처럼 계속해서 어둠을 풀어내고 있었다. 내 기억 속의 그들은 영락없이 고흐의 「감자 먹는 사람들」의 구도로 앉아 있었고, 꼭 그 정도의 어둠을 두르고 있었다. 기억에도 슬쩍 베껴먹기식의 능력이 있는 모양이다.

전 전대통령이 환영인파 없이 외롭고 쓸쓸하게, 플래카드 대신 두부를 먹으면서 출옥했으면 하는 것은 어디까지나 나의 문학적 상상력이 만들어낸 희망사항일 뿐, 그의 치하에서 많은 사람들이 단지 그가 싫다는 이유로 두부를 먹었으니까 그도 그래야 된다는 복수심 같은 게 있는 건 아니다. 그가 다시는 여론의 스포트라이트를 받는 일 없이 망각된 채 외롭고 쓸쓸한 말년을 보내야 한다는 가혹한 마음을 갖고 있는 것은 더군다나 아니다. 그의 시대말고 그후나 그전에도 옳지 못한 군사정권은 있어왔고, 현정부가 아무리 처음으로 제대로 정권이 교체된 진짜진짜 문민정부라 해도 군사정권으로부터 전적으로 깨끗한 사람만이 참여하고 있는 건 아니다. 그런 사람은 눈 씻고 찾아보려도 찾아내기 힘들 만큼 적당히 또는 흉하게 때묻은 이들이 모든 요직을 차지하고 있다. 취임식뿐 아니라 그후에 등용된 여러 요직의 인사들의 얼굴을 볼 때마다 참으로 인재가 귀한 나라라는 생각을 하게 되는 것도 때묻지 않은 사람이 귀하다는 생각과 같다.

능력과 경륜을 갖춘 사람 중에서 때묻지 않은 사람이 그렇게 귀하다면 세탁을 해서라도 꼭 필요한 사람은 써야지 어쩌겠는가. 정치적 과오 때문에 수감생활을 하다가 사면되는 건 공권력에 의한 세탁과정이라고도 볼 수 있다. 그래서 잘못을 저지르고도 교묘하게 처벌을 면한 이보다는 응분의 벌을 받고 난 사람이 한결 떳떳해 보인다. 그렇다고 해도 그건 권력의 상층부에서 자기들끼리 하는 홍정의 협의가 짙은 용서지 국민으로부터 얻어낸 용서는 아니다. 국민들이 보고 싶은 건 그런 겉치레보다는 정말로 자신의 잘못을 부끄러워하는 자책의 몸짓이다. 가끔 고위공직에서 물러나 거나 쫓겨나서 한가해진 이가 자서전이나 회고록을 쓰기도 하고 또는 집필중이라는 풍문이 돌기도 한다. 그들이 그런 걸 내놓을 때 독자는 흔히 참회록이기를 기대하게 된다. 진실에 대한 궁금증 때문이기도 하지만 진실을 털어놓는다면 용서해주고 싶어서이기도 하다. 그러나 이땅에서 단 한번이라도 진정한 참회록이 나온 적이 있던가. 거짓 위에다 거짓을 덧칠, 개칠한 회고록보다는 차라리 두부를 향해 고개 숙인 모습을 보고 싶은 것이다. 두부에 어떤 예방이나 정화의 기능이 있다고 믿는 건 아니다. 못나빠진 밑바닥 인생들이 억울하게 또는 지당하게 옥살이를 하고 나와 한모의 두부를 향해 고개 숙였을 때의 극도의 자기모멸을 경험해봐야 한다고 생각하는 것뿐이다. 왜 그들은 그런 통과의례로부터 면제되어야 하는가? 아무리 한때 높은 사람이었다고 해도 수오(羞惡)하는 마음이 조금도 없는 범죄자를 어느 누가 용서할 수 있단 말인가. 한번이라도 최고권력을 쥔 적이 있으면 수오지심을 가질 필요가 없다면 제왕무치(帝王無恥)의 시대와 무엇이 다른가. 손도(損徒) 맞은 외로움에 몸을 떨며 그 무미의 두부 속에 그다지도 쓴맛이 숨어 있다는 걸 맛본 적이 있는 권력자가 단 한 사람도 없기 때문에 사랑받는 평범한 이웃으로 돌아온 권력자 또한 한 사람도 없는 게 아닐까.

사람이고 동물이고 먹어야 산다는 것으로 해서 식욕처럼 평등한 것도 없지만, 식(食)문화라는 말도 있듯이 먹을 것에도 민족에 따라 지방에 따라 문화적 차이가 생기고부터는 식문화처럼 뛰어 넘기 힘든 문화적 장벽도 없는 것 같다.

근래에 본 중에 「불안은 영혼을 잠식한다」(Angst essen Seele auf, 1974)라는 영화가 있었다. 아마 독일 영화였을 것이다. 오십은 훨씬 넘었을 것 같은 독일 여자가 아랍인 술집 앞을 지나다가 이국적인 음악소리에 이끌려 안으로 들어간다. 그 여자가 여주인공이었음에도 불구하고 영화가 한참 진행될 때까지도 여주인공이 왜 이렇게 안 나올까 신경질이 날 정도로 그 여자는 젊지도 예쁘지도 않고, 캐서린 헵번처럼 늙어도 주인공 아니면 안될 것 같은 카리스마가 있는 것도 아니다. 처음부터 안 예뻤을 것 같은 그저 그런 얼굴에 몸매관리에도 전혀 신경을 쓸 여유가 없었다는 듯 군살이 비죽대는 두루뭉술한 여자가 여주인공이라면 그 영화는 보나마나 재미없을 것이다. 그러나 돈이 아깝다는 후회를 하기 전에 슬슬 재미가 있어진다. 술집에 들어와 기껏 콜라나 한잔 시켜놓고 마냥 앉아 있는 여자를 우습게 여긴 술집 주인여자는 그집 단골인 젊은 근육질 아랍 남자에게 그 늙은 여자에게 춤을 청하라고 꼬드긴다. 술 파는 백인 여자는 그 아랍 남자의 정부이기도 하다. 아랍 남자는 시키는 대로 그 늙은 여자에게 정중하게 춤을 청하고, 여자는 나잇값도 못하고 부끄럼을 타면서 볼품없는 코트를 벗고 그의 청에 응한다. 꽤 화려한 원피스는 그 여자의 절구통 같은 허리를 더 잘 드러내지만 두 사람이 추는 춤은 그다지 추하지 않다. 그러고 나서 남자는 그 여자를 아파트까지 바래다준다. 늙은 여자는 그 잘생긴 아랍 남자를 차나 한잔 하고 가라고 붙잡는다. 그 여자는 고된 청소부 일을 해서 먹고사는 과부이고 아들딸은 다 결혼해서 제각기 살고 있다. 그런 얘기를 들은 아랍 남자는 자기네 나라 같으면 결혼을 해도 같이 대가족을 이루며 살지 홀어머니를 혼자 살게 하진 않을 거라고 말한다. 그건 아랍 남자 보기에 동정할 만한 독일 여자의 조건이었을 것이다. 그러나 독일 여자는 일할 능력이 있는 백인이고, 사회보장제도가 잘된 선진사회답게 최소한의 인간다움이 보장된 정결하고 편리한 아파트에 살고 있다. 그건 아랍인 보기에 궁전 못지않은 으리으리함이다. 아랍 청년도 건실하고 고되게 일하는 근로자지만 대여섯 명이 한방에서 뒹굴어야 하는 인간 이하의 생활밖에 할 수 없는 처지이다. 그건 독일인으로서는 상상도 할 수 없는 짐승 같은 생활이다. 그녀가 놀라자 청년은 독일에서 아랍인은 사람도 아니라고 말한다. 그후에도 아랍 청년은 아랍인은 사람도 아니라는 독백을 자주 한다. 독일 여자는 사람이 어떻게 그런 집에서 살 수가 있냐고, 청년을 붙들어 죽은 자기 남편 방에서 자게 한다. 그러고 나서 여자 혼자 침대에서 책을 읽고 있는데 청년이 말없이 여자의 침실로 들어온다. 둘의 결합은 피할 수 없이 절박하다. 사랑이나 동정, 성욕, 정욕으로 설명되어질 수 없는 그보다 훨씬 밑바닥에 있는 인간의 가장 원초적인 추위 같은 걸 녹이려는 행위는 눈물겹기까지 하다. 두 사람은 동거에 들어간 지 얼마 안되어 성당에 가서 결혼식까지 올린다. 결혼식 후에는 생전 처음 고급 음식점에 들어가 비싼 음식을 시키기도 한다.

그러나 그 아파트에 사는 비슷비슷한 처지의 하층민들도 백인이 아랍인하고 사는 꼴만은 못 봐준다. 집주인한테 일러 이들을 내칠 음모를 꾸미는 등 집단적인 따돌림이 시작된다. 그러나 여자는 잘 견디고 결혼식보다 더 중요하고 어려운 결심을 한다. 그건 자식들로부터 아랍 청년과의 결혼을 인정받는 일이다. 자식들을 집으로 초대해 새 남편과 정식으로 인사를 시키려 하나 평소 남남과 다름없이 지내던 자식들도 그것만은 참을 수 없어한다. 딸하고 별로 사이가 안 좋은 사위의 비웃음은 소름끼치고, 격분한 아들이 어머니의 중요한 재산목록인 텔레비전을 발길로 차서 부수고 가버리는 건 치기의 극치이다. 그러나 여자는 이웃에게나 동료 청소부들에게나 자식들에게나 시종 당당하게 대한다. 둘이 같이 살면서 절약되는 돈을 계산하며 미래를 설계할 수 있는 것도 여자가 처음 맛보는 행복감이다. 그러나 여자는 정말 행복할까. 가난하고 보잘것없고 늙은 과부의 고독보다 더 무서운 건 동족, 동료로부터의 집단적인 따돌림이다. 어느날 그녀는 울면서 못 견디겠다고, 이렇게 사느니 죽고 싶다고 하소연한다. 그러나 그 여자에게 더욱 중요한 건 그런 푸념을 할 수 있는 상대가 있다는 거다. 남자도 잃지 않고 이웃도 잃지 않으려는 그 여자의 꾸준한 노력 끝에 이웃들이 점점 그들을 덜 따돌리게 된다. 그러나 그건 아직 호기심의 수준이다. 같은 아파트의 늙은 여자들이 그집으로 아랍 남자를 구경와서 아랍인도 매일 목욕한다는 사실을 신기해하며 남자의 매끄러운 살갗과 단단한 알통을 신기한 물건 만지듯 만져보며 법석을 떤다. 정욕의 느글느글한 찌꺼기 같은 게 느껴지는 건 아랍 남자와 늙은 여자가 잠자리를 같이할 때보다는 오히려 동네 여자들이 그 남자를 가지고 놀 때이다.

인종과 연령차라는 최악의 장벽을 극복하려는 그들의 노력은 거의 필사적이다. 그러나 그보다 더 건너뛰기 어려운 장벽은 식문화라는 게 내게는 더 인상적이었다. 어느날 남자가 여자에게 쿠스쿠스(couscous)가 먹고 싶으니 해달라고 말한다. 어머니가 아들한테 하듯이 헌신적이던 여자가 단호하게 노,라고 거절한다. 재차 청해도 여자는 자기는 쿠스쿠스가 싫다고 강한 혐오감을 나타낸다. 그 여자가 그렇게 당당하게 그리고 일언지하에 남자가 먹고 싶어하는 음식을 경멸할 수 있었던 것은 백인문화의 우월감의 무의식적인 표현이 아니었을까. 나는 쿠스쿠스를 먹어본 일이 있는데 맛이나 모양이 절대로 혐오식품은 아니다.

1982년이었다. 전두환 정권 때였다. 정부에서 문인들한테 공짜로 해외여행을 시켜준 일이 있다. 빠리에서의 일이었다. 그때 한 팀이 된 문인 중 김치수(金治洙) 교수는 누구나 공식적으로 가는 관광지말고도 그의 유학시절 인상 깊었던 이곳저곳을 우리들에게 보여주려고 애를 많이 썼다. 아랍식당도 그런 곳 중에 하나였을 것이다. 주문도 물론 김교수가 했다. 그때 맛본 몇가지 아랍음식 중 오직 쿠스쿠스가 생각나는 건, 너무 맛있어서 김교수한테 그 음식이름을 물어보았기 때문이다. 잘은 모르지만 쿠스쿠스는 아랍인의 주식이 아닌가 싶다. 생긴 것은 두부를 물기 없이 꼭 짜서 잘게 부숴놓은 것도 같고, 밀이나 보리를 굵게 갈아서 쪄놓은 것도 같은 희끄무레하고 푸슬푸슬한, 기름기라곤 없는 담백한 음식이다. 맛도 조리나 가미하지 않은 곡물의 일종처럼 거의 무미에 가까운데 씹을수록 깊은 맛이 난다. 나는 요새도 어쩌다 김치수 교수를 만나는 일이 있으면 쿠스쿠스 얘기를 할 정도로 그 음식에 대해 깊은 친밀감을 가지고 있다. 그래 그랬는지 독일 여자가 쿠스쿠스를 먹고 싶다는 남자에게 그렇게 냉랭한 거부감을 나타내는 걸 보자 그 남자가 느꼈을 실망과 수모, 열등감의 극치가 마치 내가 당하는 것처럼 절절하게 느껴졌다. 만일 한국 사람이 국제결혼을 했을 때, 가끔 청국장이나 김치찌개를 먹고 싶어하는 걸 상대방이 싫어하는 것까지는 참고 살 수 있어도 밥을 먹고 싶어하는 것까지 꺼린다면 절대로 같이 살 수 없는 것과 같은 경우처럼 여겨졌다. 아니나다를까, 채워지지 않은 식욕으로 인한 아랍 남자의 분노는 젊은 정부에 대한 정욕으로 분출되고, 백인사회에서 누적된 소외와 불안은 강철처럼 단단해 보이는 그의 유일한 밑천, 육신을 깊이 병들게 한다. 독일 여자는 어떻게든 남자의 병을 고쳐놓고 말겠다고 울부짖지만 쿠스쿠스에 대한 혐오감을 떨치지 못하는 한 과연 그게 가능할까. 그건 단지 특정식품에 대한 혐오감이 아니라 상대방 문화에 대한 뿌리깊은 모멸과 천대이기 때문이다.

〔1998〕

옛날

5월에 이사를 했다. 결혼하고 나서 세번째 이사니까 어느 집에서나 10년 이상 산 셈이다. 이번에 이사 떠나온 아파트에서도 15년을 살았다. 신축할 때 분양받아서 여태까지 살아왔기 때문에 '원주민' 소리를 들어야 했다. 원주민이라는 어감 속에는 소멸해가는 종족의 뒷모습 같은 쓸쓸함이 배어 있다. 이 나이에 강남의 교통 편한 아파트를 마다하고 아침저녁 흙을 만질 수 있고, 서울에서 멀지 않은데도 산골짜기 같은 착각을 일으키게 되는 동네라는 것말고는 불편한 것투성이인 단독주택에 갈 용기를 낸 내 마음에서 나는 이미 사라져가는 땅집 세대의 처량한 뒷모습을 봐버렸는지도 모르겠다.

실상은 이 동네에다 집을 한채 장만한 지도 10년이 넘는다. 옷가지나 물건도 충동구매를 한 적이 거의 없는 내가 명색이 집을 충동적으로 장만하게 된 것은 내 고향집 동네와 절묘하게 닮은꼴 때문이었다. 삼면이 밤나무가 주종인 동산에 편안히 둘러싸여 있고, 동쪽으로는 넓은 들이 부챗살처럼 퍼져 있고, 그 끝으로 한강물이 보였다. 내가 태어난 시골도 첩첩한 산에 삼태기처럼 안긴 동네였다. 동구 밖으로는 넓은 들이 펼쳐지고 그 끝으로 큰 시냇물이 흐르고 있었고, 시냇물을 따라가면 저수지가 나왔다. 마을에서 저수지는 산모롱이에 가려 보이지 않았다. 소학교 4학년 때 인천으로 수학여행 가서 바다를 볼 때까지 그 저수지는 내가 본 것 중 가장 큰 물이었다. 어둡고 충충한 느낌이 사람을 빨아들일 것 같아 저절로 뒷걸음질이 쳐졌다. 해마다 한두 명씩은 빠져죽는 사람이 생겼고 우리들은 그걸 마치 물귀신이 있다는 확실한 증거처럼 여겼다. 빨아들일 것 같은 흡인력으로 사람을 밀어내는 모순된 힘이야말로 바로 물귀신의 섬뜩한 감촉이었다. 시냇물은 내 어린 날의 가장 정다운 놀이터였지만 장마가 질 때마다 가슴까지 차오를 듯 위협적으로 부풀어올라 저수지의 일부라는 걸 과시했다. 친숙하던 것의 돌변과 맞닥뜨렸을 때의 엄청난 배신감은 천재지변에 대한 나의 원초적인 두려움이었을 것이다.

남편은 토박이 서울사람이다. 서울에서도 대대로 종로통에서 장사를 하던 집안 출신이라 그런지 시골이나 촌스러움에 대한 나의 향수를 이해하지 못했다. 따라서 발전성이라고는 없는 동네에다 부동산을 사고 싶어하는 나를 한심하게 여겼다. 그러나 나는 급한 마음에 우선 내 마음대로 했고, 아이들을 다 결혼시키고 난 뒤 둘이서만 거기 가서 조용하고 소박한 노후를 즐기자고 그를 꾀는 건 그 다음 문제였다. 그러나 그런 날이 오기 전에 그가 먼저 세상을 떴고, 그가 땅에 묻힐 때 그 옆에 내 자리까지 잡아놓고 나니, 내 여생은 6·25 같은 국난이 일어나지 않는 한 한눈 팔 것도 샐 구멍도 없이 막힌 길이나 다름없었다. 나는 그 빠져나갈 길 없는 정해진 통로에 문득문득 공포를 느꼈다. 그건 죽음의 공포하고는 또다른, 변화를 기대할 수 없는 따분한 시간에 대한 두려움이었다. 얼마 남지 않은 시간이 이렇게 메마르고 삭막해도 되는 것일까.

콘크리트벽 속에서 8차선 도로를 다급하게 달리는 찻소리에 깨어나 서너 개씩이나 투입되는 아침신문을 통해 어지러운 세상을 읽고 나면 하루를 살기도 전에 기운이 빠지고 골치가 지끈지끈 아파지는 일상에서 빠져나갈 구멍은 없는 것일까. 환각이라도 좋으니 살맛, 살아 있음에 대한 샘물 같은 감동을 다시 한번 느낄 수는 없는 것일까. 얼마 안 남은 나날이 그렇게 무미건조할 수밖에 없다면 삶이란 얼마나 음흉하고 시커먼 허방인가. 허방을 밟기 전의 나날들에 대한 그리움은, 마치 입맛이 떨어졌을 때 어릴 적 촌에서 먹던 옛날 음식이 생각나는 것만큼이나 안타까운 것이었다. 그러나 허방을 밟기 전의 시간이란 절대로 돌이킬 수 없는, 현실 속에서는 존재하지 않는 고장이다. 한번 글자를 깨치고 나면 절대로 문맹(文盲)상태로 돌아갈 수 없듯이. 일단 브라운관 뒤의 그 복잡하고도 질서정연한 회로를 보고 나면 아무리 기계의 구조와 원리를 이해 못한다 해도 다시는 그 상자 안에 요술쟁이나 꼬마 사람이 숨어 있다는 상상이 불가능해지듯이.

그러나 나는 나도 모르게 툭하면 옛날타령을 하고 있었다. 옛날식으로 무친 가지나물과 호박나물, 흰죽과 육젓, 고약처럼 까만 알이 잔뜩 든 민물게장, 이런 것들에 대한 그리움은 식욕의 차원이 아닌 정신적인 갈망 같은 거였다. 그뿐이 아니었다. 촉촉하게 내리는 봄비가 고층 아파트까지 밀어올리는 흙냄새를 맡고 있노라면 불현듯 비오는 날이면 동무들 집으로 꽃모종을 하러 다니던 어린 계집애가 그리워서 가슴이 아려오곤 했다. 시골에 살 때도 그러하였지만 서울서 아주 조그만 누옥에 살 때도 마당엔 내가 책임져야 할 꽃밭은 있었다. 시골에 살 때와는 댈 것도 아니게 좁은 마당이고 볕도 잘 안 들어서 화초가 잘 자라지 않았다. 그래도 봄비 내리는 날이면 동무들 집으로 꽃모종을 뜨러 다니곤 했다. 내 소원은 채송화나 한련 따위를 서울 집에서도 시골 뒤란이나 담모퉁이에서처럼 예쁘게 피게 하는 거였다. 그런 것들의 모종을 꽃삽으로 뿌리가 다치지 않게 한움큼의 흙과 함께 조심스럽게 떠서 주먹 안에 고이 모셔가지고 집으로 올 때의 그 촉촉한 느낌, 비 맞은 내 몸에서 나던 시척지근하고 고소한 머리냄새, 떡잎에서 겨우 서너 개 정도의 본잎이 나온 어린 모종에 대한 간지러운 애정, 이 나이에 가장 되고 싶고 하고 싶은 게 그 철없고 귀여운 계집애의 흙장난이었다.

노망이란 무엇일까? 돌이킬 수 없는 옛날을 돌이킬 수 있을 것처럼 여기는 착란, 변하게 되어 있는 것을 안 변하는 것으로 붙잡아두려는 고통스러운 망상, 죽음이 보이는 시점에서 어린시절로 돌아가려는 퇴영(退嬰)에 지나지 않는 것을. 특히 시골 출신들이 심신이 쇠진해갈 무렵 귀향을 꿈꾸는 것만으로도 위안이 되는 것은 어릴 적에 입력된 땅의 끈질긴 소생력에 빌붙으면 뭔가 달라질 것 같은 환상 때문이 아닐까. 그런 뜻으로 시골뜨기들보다는 고향 같은 것 없다고 공언할 수 있는 도시 출신이 훨씬 담백하고 품위있게 늙어갈 수 있을 것 같다.

내가 서울과 바로 붙은 동네에서 1930년대의 고향마을을 본 것 자체가 환상이었다. 최근 몇년 사이에 강을 향해 펼쳐진 넓은 벌판은 택지로 변했다. 지금은 아무도 그곳이 벼포기의 물결이 아름답고 밤이면 개구리 울음소리 낭자하던 논이었다는 걸 기억하려 들지 않는다. 내가 사놓은 시골집도 내가 시골집이라고 생각하고 싶을 뿐 더는 시골집이 아니었다. 동네에 반듯한 집들이 들어서면서 퇴락할 대로 퇴락한 집을 그대로 유지하는 데도 많은 문제점이 생겼다. 이런 것을 연대가 맞는다고 하는 걸까. 아파트에 메슥메슥 멀미가 나기 시작한 것과 시골집을 헐어버릴 수밖에 없게 된 것은 거의 동시였다. 헌집을 헐고 새집을 짓는 동안 나는 공사현장에 거의 들르지 않았다. 철근과 시멘트와 거대한 레미콘의 소음이 있는 공사판에 대한 천성의 소심증 때문이었다. 아니 그보다는 내가 원하는 시골집은 단순소박하고 불편하고 다소 남루한 집인 줄 알았는데 실지로 짓고 있는 것은 콘크리트 옹벽 속에 온갖 복잡한 문명의 통로를 내장한 아파트의 축소판 같은 집이라는 데 대한 당혹감과 수치심 때문이었는지도 모르겠다.

집 짓는 것을 보지 않음으로써 집 짓는 동안이 가장 행복했다. 작년 가을부터 지방을 여행할 기회가 있을 때마다 토담집 모퉁이에 핀 채송화나 봉숭아, 분꽃 씨를 받아서 간직하기 시작했다. 꽃씨를 뿌릴 마당이 있는 집으로 갈 수 있다는 생각만으로도 비밀을 간직한 계집애처럼 가슴이 울렁거렸다. 그러나 꽃씨를 뿌릴 적기가 되었는데도 집은 다 지어지지 않았다. 별수없이 공사장 한귀퉁이에다 씨를 뿌렸지만 물 주는 사람도 없이 짓밟히기만 한 굳은 땅에서 싹은 트지 않고 말았다. 이웃집을 눈여겨봐도 내가 꿈꿔온 옛날 시골 화초, 채송화, 한련, 백일홍, 과꽃 같은 것을 가꾸는 집이 있는 것 같지 않았다. 다행히 교외의 화원에서 그런 일년초의 모종을 구할 수 있었다. 제일 먼저 채송화 모종을 사다 심었다. 백일홍, 봉숭아, 한련, 과꽃 모종도 차례차례 사다 심었다. 채송화꽃이 가장 먼저 피었다. 그러나 내가 꿈꾸던 쨰지게 곱고 앙증맞은 옛날 채송화가 아니었다. 빛깔도 다양하고 세련된 중간색에다 꽃송이가 큰 겹채송화였다. 그건 양귀비나 카네이션 같지 그 촌스러운 채송화라고는 도무지 믿어지지 않는 개량종이었다. 다음에는 봉숭아가 피었다. 봉숭아는 예전 봉숭아와 거의 같은데 너무 일찍 피어서 여름도 되기 전에 가을 봉숭아처럼 추레해졌다. 여름방학에 손녀들 손에 봉숭아물을 들여주기는 틀린 것 같다. 한련도 화려한 겹한련이었다. 그러고는 백일홍과 과꽃이 키가 10센티도 되기 전에 재래종보다 훨씬 크고 현란한 색으로 무리지어 피기 시작해 꽃송이가 거의 땅에 닿는다. 가을바람에 훤칠한 가지 끝에서 소슬하게 피어나는 옛날 과꽃하고는 전혀 분위기가 다르다. 꽃을 기다릴 시간도 주지 않고 피어버리는 저 조숙하고 헤픈 변종들은 도대체 어떻게 해서 생겨난 것일까. 그 꽃들을 보고 있으면 우리나라 하천의 생태계를 어지럽히고 있다는 블루길인가 뭔가 하는 수입물고기 생각이 나 뜨악한 기분이 되곤 한다. 이렇게 내 시골집은 진짜 시골집도 아니면서 제가 무슨 내 고향집이라도 되는 것처럼 환멸 먼저 마련해놓고 나를 맞이했다. 환멸이 두렵거든 꿈꾸던 곳에 다다르지 않는 게 수라고 나를 약올리듯이.

이사오고 며칠 있다가 주민등록증을 옮기면서 비로소 경기도 사람이 된 걸 실감했다. 여덟살에 경기도 촌구석에서 서울로 왔으니 60년 만이었다. 오직 자식들을 서울에다 말뚝박게 하려는 일념 하나로 당시의 관습이나 남의 이목을 아무렇지도 않게 무시할 수 있었던 못 말리는 우리 엄마 생각이 났다. 그때 나에게 스며든 엄마의 단단한 손힘이 지금도 어딘가에 남아 있는 것처럼 서울을 벗어나 경기도 사람이 됐다는 게 문득 섭섭하게 느껴졌다. 너무 쉽게 충동적으로 결정한 게 아닐까 하는 후회의 예감에 내심 당황했다. 도시의 좋은 점, 백화점 버스와, 철 따라 바뀌는 녹지대의 서양화초와 전철로 반시간이면 갈 수 있는 인사동거리와 교보문고가 그렇게 하잘것없는 것들이었을까? 아니지, 그건 아니다 싶은 대책없는 상실감이 온종일 마음을 어지럽혔다. 그러나 아침에 눈 뜰 때마다 지척에 바라다보이는, 내 어릴적 고향 동네와 너무도 닮은 야트막한 밤나무숲은 고달픈 타향살이에서 마침내 돌아와 푹 자고 난 것처럼 깊은 평화와 안도감을 준다. 60년이면 유장한 세월이다. 아무리 지독한 사랑도, 진기한 경치도 한번 스치고 지나가면 그뿐 언제 그랬더냐는 듯 감쪽같이 잊혀지는 세상에 60년을 하냥 가슴과 머리를 그쪽으로 두게 하는 핏줄보다 질긴 고향의 힘은 도대체 어디서 오는 것일까. 내가 고작 땅집에 불과한 걸 시골집이라고 과장하고 싶은 것도 내 생애에 마지막이 되었으면 싶은, 이사라면 적어도 귀향 쯤 되어야 체면이 설 것 같은 이상한 객기 때문일 듯도 싶다. 그러나 객기라도 부리지 않으면 어쩔 것인가. 경기도땅이면 서울권이라고들 하는데 고작 경기도땅에 고향을 두고도 반세기에 걸친 망향병씩이나 앓게 하는 이 이상한 나라에 태어난 이상 가끔 눈을 부릅뜨고 객기나 부릴밖에.

객기가 아니라 너무 그럴듯해서 눈을 부릅뜨고 보지 않을 수 없었던 게 현대 정주영(鄭周永) 명예회장의 방북 모습이었다. 소 5백마리를 몰고 북한땅에 간다는 발상이 참으로 그답다. 민간인으로 판문점을 통해 북한땅을 뚫은 것은 분단 반세기 만에 그가 처음이라고 한다. 그를 어떻게 단지 민간인이라고 할 수 있을까. 그가 소년의 몸으로 고향을 떠날 때 아버지 몰래 소 한 마리를 팔아가지고 나온 은혜갚음으로 소 천 마리를 선물할 발상이 떠올랐다고 매스컴은 전한다. 사실 여부에 상관없이 말이 되는 얘기다. 그가 집 떠나 불린 재산이 어찌 천배에 그치랴. 소떼를 몰고 처음으로 판문점을 통과했다 해서 그를 통일목동이라 부르는 소리도 들린다. 아무래도 그가 판문점을 통과할 수 있었다는 것과 소떼는 불가분의 관계에 있는 것 같다. 천 마리가 아니라 만 마리에 해당하는 값진 보화를 선물로 주겠다고 해도 그게 포장해서 실을 수 있는 물건이라면 결코 판문점을 통과시키지 않았을 것 같다. 가장 자신의 이미지에 맞는 선물인 동시에 육로로 수송할 수밖에 없는 선물을 생각해냈다는 게 얼마나 그다운가. 거의 신화처럼 전해지는, 고물 유조선으로 물막이 공사를 했다든가, 유엔군 묘지에 보리를 옮겨 심어 한겨울에 푸른 잔디를 연출했다든가 하는 것보다 훨씬 덜 기발한 대신 더 웅숭깊다. 만일 그가 앞장서서 이랴, 하고 5백 마리 천 마리의 소떼를 몰고 비무장지대를 통과했더라면 그야말로 장관이었을 것이다. 그러나 미국에서조차 사라진 서부영화가 이 땅덩어리나 소견머리나 똑같이 좁아터진 고장에서 일어날 리 있겠는가. 그렇다고 꿈도 못 꿀 거야 없지. 남들이 월드컵 축구 16강을 꿈꾸는 동안 내가 해본 생각이다.

막상 화면에 비친 정회장의 모습은 아직도 그런 기발한 창의력이 샘솟고 있다고는 믿어지지 않게 노쇠해 보였다. 그러나 건강한 육신에도 얼마든지 망령된 생각이 깃들이는데 나이와는 상관없이 상상력이 자유롭고 또 그걸 곧장 실현시킬 수 있는 힘을 가졌다는 건 얼마나 큰 복인가. 그렇게 돈을 많이 벌고도 소떼하고 잘 어울리는 촌스러움을 고스란히 간직하고 있다는 것도 그만의 저력이자 매력일 듯싶다. 몇년 전에도 그는 고향을 방문한 적이 있다. 물론 육로를 통해서는 아니었지만 아무튼 누구보다도 먼저 고향을 방문해서 친척들에게 선물도 나누어주고 친척들하고 한집에 누워 잠도 잤다. 그때도 그 노인네 참 복도 많다 싶었다. 그러나 부러운 건 아니었다. 부러운 건 나도 그래 보고 싶다는 마음인데 그의 귀향은 내가 꿈꾸는 귀향하고는 얼토당토않다. 그가 그에게 맞는 귀향을 한 것처럼 나는 나에게 맞는 귀향을 하고 싶다. 나는 완행열차를 타고 개성역에 내리고 싶다. 내 발로 걸어서 농바위고개와 긴등고개와 솔개고개를 넘고 싶다. 그 고개를 내 발로 쉬엄쉬엄 넘다가 운수 좋으면 천천히 지나가는 달구지라도 얻어타고 싶다. 아무의 환영도 주목도 받지 않고 초라하지도 유난스럽지도 않게 표표히 동구 밖을 들어서고 싶다. 계절은 어느 계절이어도 상관없지만 때는 일몰 무렵이었으면 참 좋겠다. 내 나이테의 깊은 골짜기로 신산함 대신 우수가 흐르고, 달라지고 퇴락한 사물들을 잔인하게 드러내던 광채가 사라지면서 사물들과 부드럽게 화해하는 시간, 나도 인생의 허무와 다소곳이 화해하고 싶다. 내 기억 속의 모든 것들이 허무하게 사라져갔다 해도 어느 조촐한 툇마루, 깨끗하게 늙은 노인의 얼굴에서 잊어버린 내 어릴 적 동무들의 이름을 되살려낼 수 있으면 나는 족하리라.

고향타령은 그렇게 자주 하면서 왜 방북할 수 있는 길을 모색해 보지 않느냐는 질문을 종종 받는다. 정회장처럼 장엄하게는 아닐지라도 여러 경로와 방법을 통해 북에 다녀온 사람이 적지 않고 또 내가 작가이기 때문에 그런 방법을 뚫기도 보통사람보다는 수월할 것처럼 여기는 것 같다. 나는 그렇게 생각하지도 않거니와 그렇게 복잡하고 어렵게 가는 것은 내가 하고 싶은 귀향이 아니기 때문에 지금까지 한번도 그런 시도나 엄두를 내본 적이 없다. 아무의 주목도 받지 않고 아무렇지도 않게 고향마을에 들어서보고 싶은 건 천 마리 만 마리의 소떼를 몰고 가는 것보다 더 이룰 수 없는 꿈이다.

정회장의 방북과 거의 같은 무렵, 평소 일면식도 없던 전(前) 서울대 지리학과 교수 최창조(崔昌祚) 씨가 우편으로 석 장의 사진을 보내주었다. 개성 가서 찍은 사진이었다. 아무런 사연도 곁들이지 않은 단지 석 장의 사진이 그렇게 고마울 수가 없었다. 한번도 만난 적은 없지만 지면을 통해 알고 은근히 좋아하던 사람이 나에게 마음을 써준다는 걸 느꼈을 때 기쁜 것은 그도 나를 알아주고 좋아할지도 모른다고 생각하고 싶은 마음에서일 것이다. 자남산과 송악산이 보이게 찍은 개성의 시가지 모습은 5층 아파트 사이로 고층 아파트가 솟기 시작하는 남쪽의 소도시 모습과 비슷했다. 송악산의 웅혼한 기상도 자남산의 우아한 자태도 매연인지 안개인지 모를 희뿌연 공기에 가려, 설명문이 없더라면 식별할 수 없을 정도였다. 송악산, 자남산이라는 그리운 이름말고는 아무데서도 고려의 옛 도읍다운 그 깔끔하고 배타적인 품위를 느낄 수 있는 단서는 찾아지지 않았다. 개성에 대한 이미지가 송악산 맞은편의 용수산에서 바라본, 은백색으로 빛나는 땅에 겸손하고 품위 있는 기와집들이 즐비한 주택가 사이로 '나깟줄'(시냇물)이 그물처럼 얽힌 아담한 고도에 고정되어 있는 게 문제일지도 모르지만.

나머지 한 장은 만월대에서 찍은 사진이었다. 나는 비로소 헉, 하고 숨을 안으로 삼켰다. 만월대는 그대로였다. 궁궐터의 초석만 남은 만월대, 때는 늦가을이나 겨울인 듯, 저만치 둔덕 너머로 상록수의 끄트머리가 조금 보일 뿐, 온통 마른풀만 남은 폐허에 최교수인 듯싶은 이가 그림자를 길게 끌고 서 있었다. 옛 시조가 아니라도 폐허에 추초(秋草)처럼 어울리는 게 또 있을까. 가슴이 깊고 둔탁하게 아파왔다. 그건 혹시 부러움이 아니었을까. 정회장은 하나도 안 부러웠는데 최교수는 부러웠다. 그도 혼자서 기차 타고 간 건 아닐 테고, 물론 기차표 사듯이 쉽사리 그쪽에 갈 수 있었던 것도 아닌 줄은 안다. 그러나 사진 속의 그는 혼자 거기 서 있었다. 꽃다운 나이, 그러나 시국은 어지럽고 흉흉하던 식민지시대 말기 내가 혼자서 수없이 거닐던 만월대에.

내가 개성시내에서 살아본 것은 해방을 전후한 반년 남짓한 동안밖에 안된다. 그러나 막 어른의 문턱에 선 열대여섯살 무렵이었다. 그때도 무슨 삐딱한 마음에서였는지 나는 선죽교의 혈흔(血痕)을 믿지 못했다. 우리의 경배를 강요하는 충절에 대한 수다스러운 꾸밈이 싫었다. 만월대는 후세의 어떤 꾸밈도 거부하는 허무 그 자체였다. 초석 사이에서 전각의 규모를 어림짐작하거나, 하늘 향해 비상을 꿈꾸는 장려한 추녀의 모습을 상상하는 것은 부질없는 짓이다. 모든 형체 있는 것은 스러져가게 되어 있고, 나 또한 스러져가는 먼지에 불과하다는 게 너무도 확실해서 하루하루 밉상스러운 애늙은이가 되어가던 그 무렵, 그러나 그 나이에 알면 무엇을 얼마나 알았겠는가. 모든 것이 예감일 뿐, 미처 인생의 허무를 보기 전이었다. 그 폐허를 방황하기를 그렇게 즐겼던 것은 허무의 예감의 그 달콤함 때문이 아니었을까.

만월대는 옛날 그대로였다. 꾸미지 않은 그 자체가 진선미의 원형인 어린이의 얼굴조차 꾸미지 않고는 불안해서 못 견디는 게 북쪽 체제인 줄 알았는데 만월대는 그대로 놔둔 것이다. 허무의 극치에는 권력 따위가 함부로 넘볼 수 없는 독자적 자존심 같은 게 있는 것이 아닐까. 전각을 복원하지도 남새밭을 만들지도 않았다는 게 그렇게 반가울 수 없었다.

그러나 역시 세상만물은 변하면서 소멸되어가는 것을. 그 한장의 사진이 떠다밀듯 내 본심을 들여다보게 만들었다. 입으로는 죽기 전에 고향 한번 가보는 게 소원인 것처럼 말하지만 실은 가고 싶지 않은 거였다. 나처럼 오랫동안 변치 않은 고향의 모습을 간직하고 있는 이는 아마 없을 것이다. 그것만도 얼마나 큰 복인가. 그리고 그건 나에게 맞는 복이었다. 만약 내가 고향을 방문할 수 있게 된다면 그날이 바로 마음속에 있는 내 고향, 이상화된 농경사회의 평화와 조화를 상실하는 날이 될 게 뻔하지 않은가. 어떻게 변했나 보고 싶지 않은 것이다. 보아버리면 다시는 안 보았을 때로 돌아올 수 없을 테니까. 일단 글을 깨치고 나면 문맹상태가 되는 것이 불가능하듯 말이다.

〔1998〕

노년

흔히 성인병이라고 부르는 병을 몇가지 겹쳐서 가지고 있은 지가 20년 쯤 된다. 병을 앓고 있다고 하지 않고 가지고 있다고 말하는 것은 병다운 고통이나 자각증상이 거의 없는 대신 남이 눈치채지 않도록 고이 간직해야 하는 부담감이 소유의 불편과 맞먹기 때문이다. 있다가 없으면 섭섭할 것 같아, 시도때도 없이 확인하고 쓰다듬고 애무하는 마음까지 있는 것도 소유하는 심정과 다르지 않다. 그러나 지병에 대해 처음부터 이렇게 도통한 마음을 가진 것은 아니다. 지금보다 20년이나 젊은 나이에 혈압이 굉장히 높다는 진단을 받았을 때는 충격이었다. 어떤 자각증상이 있어서가 아니라 우연히 재보게 된 혈압이 높게 나타나자, 정식으로 진찰을 받아봐야 한다는 주위의 권고로 가게 된 병원이었다. 의사 앞에만 서면 혈압이 높아지는 체질도 적지 않다 하여 한달여에 걸쳐서 반복적인 검사를 받고 나서 드디어 환자로 확정되었다. 부작용 없이 정상혈압을 유지할 수 있는 좋은 약들이 많이 개발되어 있으니 걱정할 것 없다고 의사는 말했다. 얼마나 먹으면 완치될 수 있냐고 물어봤더니 복용하는 동안만 혈압을 내려주는 것이지 원인치료제는 아니라고 했다. 나는 그 말을 이해할 수 없었다. 완치할 가망 없는 약을 일생 동안 복용하면서 살아야 한다는 것은 생각만 해도 끔찍한 일이었다. 나는 남 보기에 믿음직스러운 체격은 못 되지만 소위 강단이라는 게 있어서 병원에 다닐 만한 병을 앓아본 적도, 영양제나 보약 따위로 체력을 보강한 적도 없었다. 그뿐이 아니다. 무얼 믿고 그랬는지 죽는 날까지 그렇게 살 수 있으리라 자신하고 있었다. 의사의 그 다음 말이 마음에 들지 않았으면 혈압약 같은 건 받아오지 않고 말았을지도 모른다. 의사는 달래듯이 부드럽게 말했다. 어렵게 생각할 것 없다고, 시력이 안 좋아 안경을 쓰는 것처럼만 생각하면 된다는 것이었다. 나는 그 말에 솔깃해지고 말았다. 먹는 동안만 약효가 지속되는 약에 대한 거부감이 슬며시 사라졌다. 안경도 쓰고 있는 동안만 잘 보일 뿐이지 그걸 쓴다고 근시나 원시가 치료되는 게 아니지 않나. 안경 쓰는 셈치고 먹기 시작했지만, 약이 안경보다 불편한 것은 잊어버리고 약을 안 먹어도 당장은 전혀 자각증상이 없는 것이고, 안경보다 편한 것은 약으로 정상생활을 하고 있다는 게 밖으로 나타나지 않는다는 것이다.

이렇게 해서 나도 지병을 하나 얻어갖게 되었고 지병이란 곧 죽지 않으면 낫지 않는 불치병이라는 것도 알게 되었지만, 아무도 암을 지병이라고 말하지 않는 것으로 봐서는 다독거리고 길들이기에 따라서는 얼마든지 공존이 가능한 병이로구나, 하고 자위할 수 있는 여유도 생겼다. 처음 그 병의 진단을 받고 선뜻 믿기지 않았던 것은, 아니 벌써 성인병이라니, 하는 아직 젊은 마음 때문이었는데, 이제 와 생각하니 어차피 노년의 문지방이란 누구나 그렇게 떠다밀리듯이 넘게 되어 있는 게 아닐까. 병도 20년을 같이하다보면, 정이 들어 벗삼게 되고 의지하는 마음까지 생기게 된다. 만일 어느날 갑자기 완치되어 더이상 약을 먹을 필요도 돌보고 신경쓸 일도 없다는 진단을 받는다면 허전하고 쓸쓸하여 무슨 맛으로 살까 싶은 생각이 들기까지 한다. 이 나이에 아무 병도 없이 쌩쌩하기만 하여 마냥 살 것 같은 노인이 되고 싶지 않은 것이다. 한 가정을 위해서도 집안에 병자가 있다는 것은 우울한 노릇이지만, 너무 건강하여 생전 죽을 것 같지 않은 노인도 재앙의 예감처럼 혐오스러울 것 같다. 그렇게 생각하면 별로 고통스럽지도 않은 지병이 고맙고 대견해서 애무하고 싶은 마음까지 생긴다.

예외도 있겠지만, 대개 성인병의 내방을 받는 것은, 제 몸 안 돌보고 길러낸 자식들이 제각기 거들먹거리며 부모 슬하를 떠나갈 무렵이다. 애면글면 돌보고 사랑하고 책임져야 할 대상이 없어진

허탈감을 메워주려고 기다리고 있었다는 듯 자신의 몸이 그 존재를 드러낸다. 내 몸이 내 욕망을 광속처럼 신속히 따라주었을 때 나는 내 몸과 내가 따로따로인 줄을 꿈에도 몰랐다. 그건 상상만 해도 기분 나쁜 일인데 그런 재수 나쁜 생각을 뭣 하러 하면서 살겠는가. 몸이 내 욕망을 배반하기 시작했을 때 비로소 내 몸이 곧 나는 아니라는 사실을 분명하게 알아먹었다. 어려서 듣던, 할머니가 한숨처럼 내뱉던, 이놈의 웬숫덩어리가 왜 이렇게 말을 안 듣나 모르겠다는 탄식도 바로 그런 소리가 아니었을까. 할머니는 그렇게 예뻐하던 손주새끼들도 속을 썩일 때는 웬숫덩어리라고 하시더니 당신 몸도 말을 안 들으니까 같은 소리로 버거워하셨다. 나는 이제 소주 한잔에 삼겹살 한점을 먹고 싶어도 그 전에 내 몸의 눈치를 보며 비굴하게 아부까지 해야 한다. 명예와 돈이 보장된 일거리가 나를 손짓한다 해도 나는 내 몸과 먼저 의논하기 전에는 엄두도 낼 수 없다. 그러다보니 어떻게 친해지지 않을 수 있겠는가. 그러나 어차피 몸과 나는 헤어져야 할 사이다. 부부도 사별을 하거나 이혼을 하려면 반드시 정 떼는 시기가 먼저 오듯이, 내 몸과 나 사이에도 지병이 끼여든 것이다. 서로 헤어질 때 주접떨지 않고 좋게좋게, 이왕이면 교양인(?)답게 우아하게 헤어지고 싶어서 이 웬숫덩어리를 덧들이지 않도록 조심스럽게 벗삼아야 하는 것이다.

벗은 서로 대등해야 맛인데 내 몸은 툭하면 나를 얕보고 기어오르려고 한다. 견제하기가 점점 버거워진다. 복용하는 약만 해도

20년 동안에 몇번이나 바뀌고 종류도 늘어났다. 그래도 합병증이라는 가지치기를 예방하지 못했고, 의사는 적당한 운동을 권했다. 그때 나는 체중이 좀 늘어서 남들이 보기 좋아졌다고 했는데 그 늘어난 체중을 운동으로 빼는 게 좋겠다는 것이었다. 나는 할 줄 아는 운동은 없지만 집안에서 이것저것 몸 움직여 잔손 가는 일을 하는 것도 싫어하지 않고, 걷는 것은 잘할 뿐 아니라 즐기기까지 하는지라 가사노동과 걷기를 좀더 적극적으로 하기로 했다. 집 가까이 올림픽공원이 있어서 아침마다 산책을 나갔다. 그러나 산책 정도로 체중이 주는 건 아니었다. 딸애가 만보계(萬步計)라는 걸 사왔다. 그걸 차고 걸어보니 내가 아침마다 걷는 것은 만보에는 턱없이 모자란다는 걸 알게 되었다. 옳거니 모자라는 게 문제였구나 싶어 어떡하든 만보를 채우기로 했다. 만보를 채우고 와도 별로 하루를 사는 데 지장이 없는지라 만 천, 만 이천…… 하루하루 늘려서 초과달성을 하기 시작했다. 그뿐이 아니었다. 같이 걸어주는 딸의 속보(速步)에 질세라 겅중겅중 뛰기까지 했다. 그러던 어느날 자고 깨서 또 아침산책을 나가려는데 무릎의 통증 때문에 일어서지지가 않았다. 하루 쉬면 나으려니 했는데 그게 아니었다. 통증을 달래가며 간신히 걸을 수 있다고 해도 발걸음을 정상적인 속도로 뗄 수가 없었다. 내리막은 무릎이 더 눌려서 계단을 내려가는 건 불가능했다. 평지를 살살 걷는 내 모습도 영락없이 팔십대 노인이었다. 어느 책에선가 읽은, 걸을 수만 있어도 행복한 노년이라 할 만하다는 구절이 비로소 절박하게 와닿았다. 한밤중에

자다 깨서도 혹시 그동안에 증세가 가벼워졌나 해서 일어나 걸어 보면 그대로일 때는 퍼더버리고 앉아 울어도 시원치 않을 것 같았다. 무얼 봐도 비관만 되고, 이렇게 사느니 죽고 싶단 생각밖에 안 났다. 나의 면밀한 자가진단에 의하면 과도한 운동으로 무릎의 디스크가 내려앉은 것 같았다. 그러나 병원에 가지는 않았다. 그런 병에 병원에 가면 약이 아니라 물리요법이나 보조기구를 처방할 것 같았고, 그게 싫고 무서웠다. 내가 내 몸을 함부로 혹사해서 난 병이니 우선 몸을 달래볼 작정이었다. 제발 죽는 날까지 화장실 출입은 내 발로 하게 해달라고 빌기도 하고 애걸도 해가며 내 몸의 비위를 맞추느라 정성을 다했다. 그럴 때 내 몸은 물질이 아니라 신이었다. 무릎이 망가진 건 하룻밤 새였는데 회복되는 데는 한달여가 걸렸다. 회복됐다고는 하나 그전처럼 과격한 걷기는 꿈도 못 꾼다. 그만큼 내 몸의 경고는 지엄하지만 믿을 만한 것이기도 하다.

성인병이란 사실 시시한 병이다. 기계로 치면 고장이랄 것도 없는, 닳고 녹슬고 헐거워져서 예전처럼 씽씽 돌아가지 않는 것과 다름없는, 수명이 다해간다는 징조다. 주인이 살살 손봐가며 쓰는 게 수지, 선불리 기술자를 들이대 긁어 부스럼을 만들 필요는 없다. 그러나 성인병을 비롯한 불치병일수록 생약 처방, 비방이 얼마나 많은지, 아무한테나 슬쩍 한번 병자랑을 해보면 알 수 있다. 무슨 병엔 무슨 약이 그만이라는, 들은풍월 한두 마디 엮어대지 못할 사람 만나기도 쉽지 않을 것이다. 그런 민간요법은 사람마다 지방마다 다를 뿐 아니라, 무슨 유행바람처럼 새록새록 신효한 것이 등장해 한때를 풍미하지만 그 수명이 별로 길지 않은 게 특징이다. 우리 산야에서 나는 들풀이나 열매, 버섯 중 한번도 만병통치약 반열에 들어보지 못했으면 그 국적을 의심해야 할 만큼 약초 아닌 것이 없다. 예로부터 들이나 산에서 나는 풀 중 먹을 수 있는 걸 가려내어 나물을 해먹어온 지혜와 경험으로 약초를 가려내는 안목 또한 뛰어났으리라는 걸 의심하려는 게 아니다. 오히려 어려서부터 양약보다는 그런 약초에 신세를 더 많이 졌고, 요새 즐겨 마시는 차도 그런 약초의 일종일 것이다. 그럼에도 불구하고 주치의 빼고는 누구한테도 병자랑은 절대로 하지 말아야지 다짐하면서 사는 것은, 새롭고 기이한 생약이나 민간요법이 지닌 이상한 힘, 번연히 속는 줄 알면서도 속아넘어가고 싶게 하는 힘에 현혹되기 싫어서이다. 그것 자체의 효험을 못 믿어서가 아니라 그것을 전파하는 사람에 따라서는 광신적이라 할 만큼 열성적인 이가 적지 않다. 그런 이들의 입에서 입을 통해 부풀려지기 시작하면, 한낱 무해한 풀뿌리가 만병통치약이 되는 건 시간문제다. 워낙 정이 많은 민족이니까 남의 병을 같이 아파하는 마음도 각별하다고 여기면 그만이지만, 검부러기라도 잡고 싶은 중병환자에겐 잔혹행위나 다름없다는 걸 잊지 말아야 할 것이다.

지금은 고인이 된 남편이 암으로 투병중일 때 병원 말만 믿어야 하느냐 어느정도 민간요법을 병행해야 하느냐가 가장 큰 딜레마였다. 입 가진 사람은 하나같이 병원만 믿지 말고 이것저것 좋다는 건 다 해봐야 한다고 주장하는데, 꺼져가는 생명체 하나를 놓고 이것저것 좋다는 걸 다 실험해보는 건 사실상 불가능했다. 그러나 의사의 말만 믿는다면 몇달 후면 죽게 되어 있는 사람을 틀림없이 살려놓겠다는 처방이 있는 데야 어쩌겠는가. 그런 종류의 정보교환은 의료혜택이 닿지 않는 오지나 빈촌보다도 오히려 큰 병원 대합실이나 입원실 사이에서 더 활발하게 이루어진다. 엄청난 고가를 요구하는 것도 있고 아주 먼 오지까지 찾아가서 구해야 하는 것도 있고 혐오스러운 것도 있다. 그의 사후 내가 제일 먼저 내다버린 것은 그런 약봉다리들이었다. 남편은 그런 약들을 싫어했다. 그는 내가 구해온 진귀한 약을 거부하면서 암을 고칠 수 있는 약이 나왔으면 노벨상감인데 왜 아직도 우리나라에 노벨상 받은 사람이 없냐고 했고, 나는 당신이 먹고 얼른 나아서 그 사람 노벨상 받게 합시다,라고 맞서곤 했다. 우리 부부의 마지막 말다툼이자 마지막 농담이었다. 그런 정체불명의 약 중에는 누구도 나았고 누구도 나았다는 확인할 수 없는 검증이 가장 많이 붙고 값도 엄청나게 비싼 게 있었다. 그가 며칠 더 살 수 없다는 게 의사 아닌 가족의 눈에도 확연해진 임종 며칠 전에도 호쾌하게 그런 장담을 할 수 있는 사기꾼, 그런 사람이 있다는 건 신기해해야 할지 감사해야 할지 잘은 모르겠지만, 아무튼 그런 사람도 있었다. 나는 무엇에 홀린 것처럼 그 약을 샀지만 남편은 마지막 힘을 다해 그 약을 거부했다. 나는 한 꾀를 내어 병원에서 준 약을 캡슐에서 쏟아버리고 대신 그 약을 채워서 복용토록 했다. 어둑신한 방구석에서 죄짓듯 마음을 졸이며 떨리는 손으로 그짓을 한 나는 그럼 그 약을 믿었을까. 안 믿었던 것 같다. 그저 후회나 안 하자고, 하는 데까지 다 해보자고 한 짓이 아니었을까. 그렇다면 그건 그를 위한 약이 아니라 나를 위한 약이었던 것이다.

만약 어떤 병원에서 그런 사기를 쳤더라면 당장 고소감이었을 것이다. 그러나 생약이나 민간요법은 속고 나면 그뿐이고 뒤끝이 없다. 그게 도리어 생약이나 민간요법의 정당한 발전을 저해하고, 피도 눈물도 없는 무자비한 사기꾼이 끼여들 수 있는 허점이 되고 있는 거나 아닌지.

지난 여름이 끝나갈 무렵 강원도 쪽 시인들의 초청으로 속초에 다녀온 적이 있었다. 양양이 고향인 소설 쓰는 이경자도 같이 갔는데 그는 양양에다 그럴듯한 시골집을 가지고 있어서 행사가 끝나면 거기서 묵기로 했다. 비가 오락가락하는 속초의 어둠속에는 비릿하고 찝찔한 바다냄새가 짙게 녹아 있어 안주 없이도 소주가 땡기는 그런 밤이었다. 속초에 대한 예의처럼 바닷가에서 회와 소주를 걸치고 양양으로 향했다. 이경자가 차 밖 어둠의 끄트머리를 턱으로 가리키며 저기가 남대천이라고 했다. 아주 반가운 이름이었다. 왜 그렇게 반가울까 생각해보니 윤대녕 때문이었다. 그럼 윤대녕도 이쪽이 고향이겠네, 하고 물었더니 아니라고 했다. 뜻밖이었다. 내가 처음 읽은 윤대녕의 소설이 「은어낚시 통신」이었다. 약간은 지루한 소설이었는데 끝까지 읽을 수 있었던 것은 그 서두의 빛남 때문이었다. 그 소설은 이렇게 시작된다.

"내가 태어나던 1964년 7월 12일에 아버지는 울진 왕피천에서 은어낚시를 하고 있었다. 여름이 되면 그는 왕피천과 호산 가곡천, 그리고 양양에 있는 남대천으로 계류낚시를 즐기러 가곤 했다. 그리하여 그날 7월의 무더위 속에서 어머니는 땀을 뻘뻘 흘리며 혼자서 나를 낳았던 것이다. 그날따라 조황이 좋았던지 아버지는 바구니 가득 은어를 채우고 집으로 돌아와서는 강보에 싸인 나를 내려다보고 말했다. 이놈이 크면 함께 은어낚시를 가야지. 나는 그 소리에 잠이 깨어 마구 울어대기 시작했다……"

이 서두는 몇줄 더 계속되고 나서 소설이 본론으로 들어가지만 여기서는 생략하기로 하고, 나는 그 서두에 반해서 그 소설을 다 읽었을 뿐 아니라 그의 다른 소설을 읽을 때도 그 몇줄 안되는 은어처럼 빛나는 문장을 상기하곤 했다. 그러나 나는 은어를 한번도 본 적이 없으니 문장의 깨끗한 번득임과 은어를 나도 모르게 혼동했는지도 모르겠다. 남대천에 가면 지금도 은어를 볼 수 있느냐고 물었더니 이경자는 남대천은 은어보다는 연어로 유명하다고 했다. 그러나 연어 때도 지났다고 했다. 그러고 나서 그가 어렸을 때 본 남대천의 해당화 얘기를 했다. 나는 해당화 하면 떠오르는 게 원산 명사십리 해당화밖에 없는데 남대천 해당화라니. 명사십리 해당화도 어른들이 꿈꾸듯 아득한 얼굴로 말하는 걸 들어서 알고 있을 뿐 본 적은 없다. 이경자가 남대천 해당화를 말할 때도 그러했다. 상상해보세요, 그 맑디맑은 남대천가에 해당화가 지천으로 핀 광경을요. 그가 해당화를 그렇게 그리워하는 건 지금은 그게 없다는 소리가 아닌가. 그럼 은어가 있을 땐 해당화도 있었을까. 은어가 안 와 해당화가 없어졌나, 해당화가 없어져 은어가 안 올까. 그 두 가지 멸종 사이에는 신비스러운 연관성이 있을 것 같았다. 그러나 이경자의 대답은 전혀 뜻밖이었다.

지금으로부터 10여년 전이라던가 20여년 전이라던가, 느닷없이 해당화 뿌리가 당뇨병 특효약으로 각광을 받은 적이 있었다고 한다. 그 통에 환자와 환자 친지는 물론 약재상까지 몰려들어 단시일 내에 해당화를 잔뿌리까지 모조리 뽑아갔다고 한다. 하필 왜 뿌리였을까, 꽃이나 열매였으면 연년세세 다시 돋아날 수도 있으련만. 건강이나 정력에 좋다는 거면 너도나도 들이덤벼 씨를 말리고야 마는 우리의 광적이고도 일과성인 열정에 절로 진저리가 쳐졌다. 해당화를 멸종시키고 나서 당뇨병이 줄어들었단 소리는 못 들었다. 그러나 건강에 좋다면 무엇인들 뿌리뽑고 멸종시키지 못하겠는가. 여북해야 정력에 좋다면 바퀴벌레도 멸종시킬 수 있을 거라는 농담이 다 나왔겠는가. 이런 농담이 먼저 나왔기 망정이지 바퀴벌레 정력제설이 먼저 나왔더라면 우리는 지금쯤 국내 바퀴벌레를 멸종시키고 외국산 밀수가 성행하고 있을지도 모를 일이다.

남대천 해당화는 그렇다손 치더라도 은어는 어떻게 된 것일까. 은어와 연어를 혼동한 거나 아니었을까. 그럴 리는 없지만 연어와 은어는 발음이 비슷한 것 같으면서도 불러일으키는 이미지가 사뭇 다르다. 집에 와서 최기철(崔基哲) 옹의 저서 『민물고기를 찾아서』(한길사 1991)를 찾아보았다. 그는 전라남도 순천을 흐르는 이사천(伊沙川) 하류에서 본, 은어가 바다에서 올라오는 광경을 이렇게 묘사하고 있다. "구름떼처럼 몰려오는 그 광경은 그야말로 장관이었다. 물빛이 일순간에 까맣게 변할 정도였다. 국민학교 어린이들이 물속으로 뛰어들어 그물도 쓰지 않고 발길로 차서 모래밭으로 쫓아냈다. 순식간에 한 양동이를 떠냈다……" 듣기만 해도 가슴이 울렁거리는 장면이 아닐 수 없다. 옹이 그걸 본 연도는 1933년으로 기록되어 있었다. 그러나 그후에는 누가 한강에서 은어를 낚은 일이 있다고 하는데 정말인가 아닌가 하는 식으로 희귀한 어종으로 구분되어 있다. 1987년 6월에는 성수대교 밑에서 11센티 내외의 은어 두 마리가 채집되었단 말도 나온다. 낚시한 것과 채집한 것은 다르다. 곤충채집이라면 모를까 어류를 채집했다고 하면 멸종되어가는 종을 어렵게 발견한 것 같은 인상을 지울 수가 없다. 고서(古書)에 기록된 은어의 산지를 보면 전국에 고루 분포되어 있긴 해도 봄이면 바다에서 하구를 통해 담수로 거슬러 올라오는 생활습관으로 봐서 한강이 아랑곳일 것인가. 그러나 하구가 가깝고 오염수의 장벽이 비교적 덜한 남대천이라면 채집 수준이 아닌 낚시도 가능했으리라는 걸 추측할 수 있었다.

아무리 물이 맑고 예전부터 은어의 산지로 잘 알려진 데라도 하구에서 거기까지 도달하는 사이에 장애가 많으면 은어가 살지 못한다는 조사결과를 조종천(朝宗川)의 예를 들어 밝혀놓은 게 특히 눈길을 끌었다. 조종천이라는 이름은 나로서는 처음 듣는 내 이름인데 그도 그럴 것이 경기도 가평군 하면을 병풍처럼 둘러싼 산악 지대에서 흘러내려 청평을 지나 청평댐 밑에서 북한강과 합류하는 길이 30km 내외의 작은 개울이라는 것이었다. 옹이 이 이름없는 하천을 택한 것은 전국적으로 수질오염이 심각해 오염되지 않은 하천을 찾기가 매우 힘들어진 후에 어렵게 찾아낸 청정한 자연하천이기 때문이었다. "어떤 물고기가 조종천의 어디에, 얼마나, 어떻게 존재하는가? 그렇게 존재하는 이유는 무엇인가? 이것이 필자가 알고 싶었던 내용이다." 옹은 조사목적을 이렇게 밝혀놓고 있지만 옹이 정말 알고 싶었던 것은, 특히 은어가 아직도 올라오나가 아니었을까. 왜냐하면 그 조사결과는 '조종천의 은어와 여름치'라는 장으로 구분되어 있는데 현지답사로 확인한 32종 가운데 은어는 포함되어 있지 않았다. 옹은 그 섭섭함을 그 장 말미에서 이렇게 서술하고 있다.

"최근까지도 은어와 여름치가 조종천에서 살고 있었다고 한다. 그러나 이제는 볼 수가 없다. 한강 하류의 심한 수질오염이 그들을 조종천까지 올라오지 못하게 하는 것이다. 팔당댐이 그들의 진로를 막고 있다. 그러나 은어낚시를 즐기던 할아버지들은 아직도 살아 있다."

은어낚시를 즐기던 할아버지들은 아직도 살아 있다. 은어낚시를 즐기던 할아버지들은 아직도 살아 있다……「은어낚시 통신」의 서두가 빛난다면 이 말미는 얼마나 적막한가. 그건 바로 당대에 가장 많은 종(種)의 멸종을 경험한──적극적으로 가담했건 속수무책으로 당하기만 했건 간에—우리 세대 노인들의 쓸쓸하고도 죄 많은 자화상이 아닌가.

아직도 낮 동안의 더위는 한여름 못지않건만 지금 마당의 살구나무 사이에서는 한잎 두잎 먼저 물든 노란 잎들이 소리도 없이 사뿐히 지고 있다. 저 성급한 낙엽과 질긴 마지막 잎새 사이에는 얼마만한 시차가 있는 것일까. 기껏해야 한달 안팎일 터이다.

나도 내 몸하고 저렇게 소리도 없이 사뿐히, 뒤돌아보지 않고, 아무렇지도 않게 헤어질 수 있으면 얼마나 좋을까.

〔1998〕

마음붙일 곳

교외의 무슨 '가든'자가 붙은 음식점에서였다. 다녀나오는 길에 담밑에 버려진 듯이 핀 채송화를 보자 반색을 하고 꿇어엎드려 씨를 받았다. 채송화는 우리집 마당에도 지천으로 피어 있는데 뭣하러 또 씨를 받느냐고 딸이 물었다. "야, 이건 옛날 채송화잖냐? 보렴." 나는 여린 빛깔로 조그맣게 핀 채송화를 눈으로 애무하며, 작은 고깔 속에 다부지게 담긴, 꼭 파리똥만한 씨를 조심조심 손바닥에 털었다. "우리 엄마는 아마 옛날이란 소리를 하루에도 스무 번은 더 하시는 것 같아요." 딸이 같이 간 일행에게 웃으면서 말했다. 간접적인 핀잔같이도, 육친에 대한 연민같이도 들렸다.

내가 그랬던가? 순간 시간이 정지한 것처럼 아득해졌다.

어떤 때는 작년 일도 옛날이라고 말할 적이 있다. 맛있는 건 덮어놓고 다 옛날맛이라 하고, 사람도 좀 진국이거나 예의바르다 싶으면 나이에 상관없이 그 사람 옛날사람이라고 말해버린다. 일전에는 백화점에서 이것저것 입을 만한 옷이 없나 기웃거리는데 매장 아가씨가 앵두색 윗도리를 어깨에 걸쳐주면서 입어보라고 했다. 나는 나 같은 옛날사람이 그걸 어떻게 입느냐고 손사래를 치면서 돌아섰다. 할머니나 노인 소리는 듣기 싫어하면서 옛날사람이라니. 옛날사람이면 늙은이보다도 더 오래된 사람이 아닌가. 나는 현란하게 홍청대는 첨단의 소비문화 한가운데서 미아가 된 것처럼 우두망찰했다. 그때 그 미아의 느낌은 공간적인 게 아니라 시간적인 거여서 어딜 봐도 귀로나 출구가 보이지 않는 막막하고 절망적인 것이었다.

파출부한테 잔소리를 할 때도 먹다 남은 고기나 생선, 소시지 따위는 지딱지딱 버리지 않는다고 야단을 치고, 우거지나 시어빠진 무청은 왜 버렸냐고 야단을 친다. 무만 잘라먹고 남은 총각김치의 무청을 차곡차곡 모아두면 나중엔 표면에 골마지가 낀다. 그걸 바락바락 물에 빨아 우려내고 나서 멸치나 몇개 들어뜨리고 지진 된장찌개가 그렇게 맛있을 수 없다. 그래서 나는 그걸 물에 헹굴 때 단 한 오라기라도 떠내려갈까봐 안달을 한다. 그래서 아줌마는 나한테 할머니는 우거지라면 치를 떤다고 흉을 본다. 아무리 헹구어도 남아 있는 곰삭은 시간의 맛, 절대로 인공적으로는 만들 수 없는 그 맛은, 아무하고도 나눌 수 없는 고독의 맛이기도 하다. 아무하고도 그 맛의 밑바닥, 궁핍했던 시절이 내 혀끝에 남긴 맛의 오지만은 나눌 수가 없다. 그래서 나는 그 보잘것없는 것을 아귀아귀 포식하고 나면 슬프다.

옛날 꽃에 집착증을 보인 것은, 이곳 아치울로 이사를 하고 나서이다. 아치울 집으로 아주 이사하기 전, 오두막을 한채 사놓고 작업실 삼아 가끔 드나들기만 할 때, 나는 어디엔가 아치울 마을이 마음에 든 까닭을 고향마을과 닮았기 때문이라고 쓴 적이 있다. 딱히 고향마을이라고 그러지 말 걸 그랬다. 산이 많은 우리나라는 대개 산이 아늑하게 감싼 골짜기나 산기슭에 마을이 생기고, 그 조붓한 평지가 두 팔 벌린 산세와 함께 흘러내려 넓은 벌이 된 곳에 마을 인구를 먹여살릴 만한 논밭이 있고, 벌 끝에는 냇물이 흐르게 마련이다. 내가 이 세상에 처음으로 던져진 박적골도 그런 전형적인 농촌이었고 아치울도 그러했다. 아마 그렇다고 여기고 싶었을 것이다. 아치울에서 바라본 넓은 벌 동쪽 끝으로 흐르는 한강을 박적골의 앞벌을 흐르는 냇물처럼 여겼으니까. 박적골 냇물은 보통 때는 마을에서 잘 안 보이다가도 장마가 지면 내 가슴까지 차오르는 느낌으로 부풀어오르곤 했다. 그러나 여름이면 개구리 울음 낭자하던 아치울 앞벌은 택지가 되어 하루가 다르게 새집이 들어서고, 유장하게 흐르던 한강도 집들에 가려 시야가 좁아지면서 호수처럼 보인다. 아치울이 그렇게 발랑 까진 후에 이사를 했기 때문에 도대체 뭘 찾아먹으러 이 나이에 이 마을까지 흘러들어온 것일까 문득문득 남의 일처럼 딱해질 때가 있다. 내 나이란 더는 이사 같은 건 하지 말아야 할 나이 아니던가. 이사와서 가장 먼저 한 짓은 분꽃, 과꽃, 봉숭아, 백일홍, 한련, 꽈리, 옥잠화 따위 내 유년의 뜰의 촌스러운 화초를 사다 심거나 씨를 얻어다 뿌리는 일이었다.

내 유년의 뜰은 정확하게 말하면 안채 뒤에 있는 뒤란이었다. 거긴 내 차지였고, 사랑에서 내다볼 수 있는 앞마당은 할아버지 거였다. 할아버지 마당가엔 모란이 몇포기 있을 뿐 전체가 맨숭맨숭한 흙바닥이었다. 나는 한번도 할아버지가 당신 손으로 마당을 쓰는 것을 본 적이 없지만 마당에 선명하게 싸리빗자루 자국이 나 있지 않으면 여태 마당도 안 쓸었다고 호령을 했다. 이렇게 할아버지 마당은 억압적이었지만 내 뒤란은 아늑하고도 거칠 것이 없었다. 한겨울만 빼고는 늘 꽃이 피고 졌다. 뒤란에 피는 꽃들은 아무도 씨 뿌리거나 가꾸지 않아도 저절로 아무렇게나 피는 꽃들이었고, 나는 한번도 그것들이 예쁘다고 생각해본 적이 없었다. 그것들은 우연히 던져진 환경의 일부였고, 더 좋은 세상도 더 나쁜 세상도 상상할 수 없는 충족된 나의 온 세상이었다. 그것들이 어김없이 알려주는 시간이나 계절의 순환에도 나는 그다지 놀라워한 것 같지 않다. 하지만 박적골 집에서의 평화와 자연의 순환은 분명히 꿈과 상상력이 되어 내 유년의 아직 연약하고 순결한 뇌에 입력됐으리라 믿는다. 행이나 불행이란 잣대로는 잴 수 없는 내 유년기의 완벽한 평화는, 그러나 언제고 거길 떠날 수밖에 없다는 상실의 예감에서 비롯된 것이 아니었을까. 마치 요람 속의 평화처럼. 나는 누가 가르쳐주지 않아도 집안 분위기로 봐서 언제고 거길 떠나 대처로 나가야 한다는 걸 알고 있었다. 대처로 끌려나가 초등학교 교육을 받으면서 줄창 열등생 노릇밖에 할 수 없었던 것도, 너 공부 못하면 시골로 쫓아보낸다는 엄마의 위협 때문이었는지도 모르겠다. 그때 나는 엄마가 나를 대처로부터 추방해주길 얼마나 바랐던가. 그러나 다 커버린 아이가 아무리 어린양을 해봤댔자 요람으로 돌아갈 수는 없다. 막연하게나마 사람 사는 이치에 대해 그 정도의 문리가 트고부터 조금씩 공부에 취미를 붙이게 되었다.

아치울 마당의 꽃들도 첫해만 씨를 뿌렸고, 그 이듬해부터는 내 유년의 뒤란에 아무렇게나 피던 꽃들처럼 그 자리에서 저절로 돋아나게 되었다. 그러나 이름만 같을 뿐 옛날 꽃하고는 많이 다르다는 게 조금씩 눈에 거슬리기 시작했다. 옛날 꽃들은 다 수수한 홑겹이었는데 요새는 채송화도 백일홍도 한련도 다 겹으로 피고, 송이도 크고 빛깔도 현란하다. 옛날보다 더 보기 좋게 종자가 개량된 것 같은데, 내 소원은 화려하거나 신기한 꽃이 아니라 마음 붙일 수 있는 꽃이다. 내 마음은 너무 오래 정처없이 떠돌았다. 나도 임의로 할 수 없던 내 마음이 언제부터인가 유턴을 해서 시발점으로 돌아가려 한다는 걸 요즈음 생생하게 느끼고 있다. 나는 이 집에서 평화롭게 소멸하고 싶다. 내가 재현하고 싶은 건 옛날 꽃이 아니라 어린날 맛본, 폭 파묻혀 단잠에 들고 싶은 요람 같은 평화다. 이 정도의 평화도 감지덕지 그저 고맙기만 한 것은 아마 결별의 예감 때문일 터이다. 이왕이면 내 인생의 결말이 해피엔드였으면 한다. 분꽃이나 채송화 따위 그 속절없는 것들의 소멸이 슬플 것도 드라마틱할 것도 없는 자연스러운 해피엔드이듯이. 그런데 떠날 준비가 정을 떼는 게 아니라, 마음붙일 것들을 조금씩 늘려가는 것이라니. 나는 옛날 채송화를 만난 걸 좋아라, 씨를 받으며 스스로를 나보다도 훨씬 나이 많은 남 바라보듯 하염없이 바라보았다.

이렇게 해서 내 유년의 뒤란에 있던 꽃들을 거의 다 복원해놓고 아침에 눈만 뜨면 가장 먼저 그들과 눈 맞추러 마당으로 나간다. 우리집 마당이 내 어린날의 뒤란을 닮은 것은 꽃의 종류에서가 아니라, 씨 떨어진 자리가 저 있을 자리려니, 그것들이 그냥 아무렇지도 않게 피고 지는 것에서이다. 아무도 그 소박한 것들을 예쁘다고 칭찬해주지 않는다. 그래도 우리 마당 꽃들은 기죽지 않고 열심히 저 생긴 대로 핀다. 우리 동네는 큰 부자 없이 다들 고만고만하게 살아 정원사가 손질해야 할 만큼 잘 꾸민 마당을 가진 집도 없다. 그러나 멋쟁이는 많이 살아 '모네의 정원'을 가진 집도 있다. 프랑스에 관광 가서 모네의 시골집에 들른 사람이 거기서 파는 '모네의 정원'이란 꽃씨봉지를 사다가 선물했다는 것이다. 봄에 그 씨를 뿌리고 발아를 기다리는 동안 나도 덩달아 기대감에 부풀었다. 6월 초던가, 그 모네의 정원에서 온갖 꽃이 피어나 절정에 달했을 때는 정말 황홀했다. 나는 우리집에 온 손님까지 그댁으로 데려가 자랑을 시키곤 했다. 세련되고도 현란한 색의 어우러짐이 마치 모네의 빨레뜨를 확대해놓은 것 같았다. 꽃들의 모양이 섬세하고 연약하고 부드러운 것도 프랑스의 레이스나 사(紗)를 연상시켰다. 그러나 내년에 그 씨를 나누어받을 생각은 없다. 그건 보고 찬탄할 화원이지 마음붙일 꽃밭은 아니기 때문이다.

내가 될 수 있는 대로 미소(微小)하고 속절없는 것들한테 마음붙이려 드는 것은, 떠날 때가 되면 미련없이 떠날 수 있기를 소망해서가 아닐까. 이렇듯 나름대로 마음의 준비를 하고 있다고 믿건만, 그러나 역시 죽음은 무섭다. 사랑하는 사람을 먼저 보내고 따라죽고 싶어 몸부림치던 때가 엊그저께 같건만 따라죽고 싶은 비통과 절망의 극치가 순간적으로 아무것도 아닌 게 되어버릴 것을 생각하면 인생에 대해 참을 수 없는 배반감을 느낀다. 어찌 고통뿐이랴, 내 마음속에 영원처럼 각인된 사랑의 순간, 그것 때문에 태어난 양 믿어 의심치 않던 삶의 비의(秘意)도 결국은 소멸하는 것과 운명을 같이하게 될 것을 어떻게 순순히 받아들일 수 있겠는가. 죽는 것은 몸일 뿐 영혼은 사후세계에서 다 만날 수 있다고들 하지만 그것도 그다지 위로가 되지 않는다. 먼저 간 사람과 같은 곳으로 간다는 건 아마 틀림없을 것이다. 그곳이 허(虛)든 무(無)든 신의 섭리든 간에, 그곳으로 비상을 하든지, 추락을 하든지, 빨려들든지 할 것이다. 설사 그 순간에 우레와 같은 깨달음이나 쾌감이 예비되어 있다고 해도, 느낀 것을 기억하고 표현할 수 있는 육신이 없는 대오각성이 무슨 소용이란 말인가. 죽음이 무서운 것은 기억의 집인 육신이 소멸한다는 절대로 변경될 수 없는 사실 때문이고, 내가 육신에 집착하는 것은 영혼이 있다는 것을 못 믿어서가 아니다. 영혼이 있으면 뭐 하나, 육신이 없는데 내가 사랑하는 사람을 무슨 수로 알아보나 싶어서이다. 육신에 대한 찬탄 없는 첫사랑의 기쁨을 말한다면 그는 새빨간 거짓말쟁이다. 서로 끌리고 사랑하여 결혼한 남자에 대해 내가 그 사람에게 첫눈에 반한 건 근육질의 몸이 아니라 관대하고 따뜻한 마음 때문이었노라고 말할 수는 얼마든지 있다. 그러나 그 눈빛, 그 미소가 아니었다면 그런 좋은 심성이 무슨 수로 겉으로 나타날 수 있었겠는가. 눈빛도 미소도 육신에 속한 게 아니던가. 내 속으로 난 자식도 마찬가지다. 그의 몸이 생겨날 때 나는 게울 것 같은 이물감을 가졌고, 점점 부풀어 심장까지 차오르자 도저히 참을 수가 없어 죽을 힘을 다해 내 몸으로부터 떼어냈다. 내 몸의 진액을 짜내어도 짜내어도 고 작은 것은 허기져했고, 날마다 포동포동 살이 찌는 내 새끼를 내 손으로 씻기면서 날로 굳세고 아름다워지는 몸을 보면서 느낀 사랑의 기쁨을 무엇에 비길까. 그런 내 새끼 중의 하나가 봄의 절정처럼 가장 아름다운 시기에 이 세상에서 돌연 사라졌다. 그런 일을 당하고도 미치지 않고 견딜 수 있었던 것은, 나도 곧 뒤따라 가게 될 테고, 가면 만날 걸, 하는 희망 때문이었다. 만나서 제일 먼저 하고 싶은 건 포옹도 오열도 아니다. 때려주고 싶다. 요놈, 요 나쁜 놈, 뭐가 급해서 에미를 앞질러갔냐, 응? 그렇게 나무라면서 내 손바닥으로 그의 종아리를 철썩철썩 때려주고 싶다. 내 손바닥만 아프고 그는 조금도 안 아파하고 싱글댈 것이다. 나는 내 손바닥의 아픔으로 그의 청동기둥 같은 종아리를 확인하고 싶다. 나는 내 새끼들을 때려 기르지 않았다고 생각하지만 심하게 때린 기억이 몇번 있다. 밖에 나가 놀고 있으려니 한 아이가 끼니때가 지나도 돌아오지 않고, 동네방네 찾아나서보니 동무들은 다 집에 있는데 그애만 안 보인다. 해는 져서 어둡고 온갖 방정맞은 생각으로 마음속이 지옥이 되어 있을 때, 그애의 모습이 저만치 보인다. 씰루엣만으로 확실하게 알아볼 수 있는 게 바로 피붙이의 징그러움이다. 달려가 어딜 싸돌아다니다가 이제 오냐고 다짜고짜 때리기부터 한다. 내 손바닥의 아픔으로 내 새끼의 존재를 확인해야만 비로소 타들어가던 애간장이 스르르 녹게 된다. 저세상에서 내 새끼와 다시 만날 때도 그러고 싶은 것이다. 상상만으로도 엑스터시 상태를 경험한다. 그러나 최고의 엑스터시도 육신을 통하지 않고는 이를 수 없는 걸 어이하리.

육신의 한계의 속절없음을 아직도 승복 못하는 일흔이란 나이는 그래서 누추할 수밖에 없다. 몸은 늙어도 마음은 마냥 꼬장꼬장할 줄 알았는데 그것도 어느 틈에 허물어져 있는 자신을 발견하곤 한다. 65세 이상의 노인이 전철을 거저 탈 수 있게 된 것은 저세상으로 먼저 간 남편의 나이 육십을 전후해서였을 것이다. 그때 나는 그것 때문에 남편하고 몇번 옥신각신한 적이 있다. 당신은 65세가 되어도 절대로 전철을 거저 타지 말라고, 난 그 꼴 못 본다고, 어떤 때는 공연히 핏대까지 올리곤 했다. 응, 응, 건성으로 대답하는 남편이 영 미덥지가 못해서였다. 그는 구두쇠니까 옳다구나 거저 탈 게 뻔한데도 왜 그렇게 그의 명확한 답변을 들으려고 안달을 했는지 모른다. 결국은 실패하고 말았지만 운전교습소에서 쿠폰을 끊어다놓고 그에게 운전을 가르치려고 시도해본 적도 있다. 응, 응, 건성으로 대답한 줄 알았는데 그는 약속을 지켰다. 그는 64세에 저세상으로 갔다.

그가 간 후 나 혼자서 전철을 거저 탈 수 있는 나이가 되었다. 나는 당연히 거저 타지 않았다. 전철을 거저 타는 노인을 무시하는 마음에서가 아니라 그런 제도는 수입이 없어진 노년층을 위해 국가에서 할 수 있는 최소한의 복지제도니까 65세 이후에도 수입이 있으면 자기가 알아서 표를 사는 게 옳다고 생각했다. 그리고 옳다고 생각하는 대로 행했다. 나로서는 그것이 조금도 잘난 척이라고 생각 안하는데도 친구들하고 같이 어디 갈 때 혼자서 잘난 척하는 것처럼 보일까봐 좀 신경이 쓰이긴 했다. 그럴 땐 주민등록증을 안 가지고 왔다는 식으로 얼버무리곤 했다. 한번은 동행한 내 친구가 나한테는 물어보지도 않고 창구로 가더니 노인표 두 장만 주슈, 해서 내 것까지 받아주는 거였다. 주민등록증 없이 그래도 되냐고 물었더니 이 백발 이상의 '쯩'이 어딨냐고 으스댔다. 그 친구는 좀 일찍 머리가 센 편이었다. 보통 때 같으면 뻔뻔스러워 보일 친구의 그런 태도가 당당해서 보기 좋았다. 내 마음속에서 서서히 공짜 표를 탈 준비운동이 일어나고 있다는 증거였다. 70세가 되고 나서였고, 일일이 표 사기가 번거로워 만원짜리 표를 사서 쓰는데 그게 자꾸 고장을 일으켜 속상할 때였다. 몇번 안 쓴 표가 넣은 구멍으로 되돌아나오면서 창구에 가보라고 한다. 창구에서 바꿔주는 역도 있지만, 사무실까지 가야 할 때도 있다. 왜 그렇게 자주 표가 못쓰게 되느냐고 항의했더니 핸드백에 자석이 달렸을 거라고 했다. 전철표는 자석을 싫어하는 걸 알고 주머니에 넣고 다니기 시작했는데 옷을 갈아입을 때마다 표 챙기기도 쉬운 일이 아니었다. 주머니마다 뒤져서 표가 안 찾아진 날, 에라 모르겠다 창구에다 주민등록증을 내밀었다. 돈내고 사는 표하고 빛깔이 다른 공짜 표가 나왔다. 이렇게 쉬운 것을, 신기했다. 그러면서 누가 뒤에서 나를 보고 있는 것 같아 돌아다보았다. 아무도 없었다. 그러나 어디선가 남편이 빙그레, 약간은 짓궂게 웃으며 지켜보고 있다는 걸 분명하게 느꼈다. 그럴 때 눈으로 보고 만질 수 있는 육신은 그다지 중요하지 않다. 느낌이 실제보다 더 확실해지는 나이, 때로는 망령하고 노닐 수도 있을 것처럼 육신은 아무것도 아니게 가벼워지면서 자유의 경지 같은 게 예감처럼 다가오는 나이가 바로 칠십대가 아닐까.

마당엔 나무도 몇그루 있는데 화초하고는 달리 내 유년기의 나무는 살구나무밖에 없다. 박적골 집의 살구나무는 담장 밖 뒷간으로 가는 길모퉁이에 서 있었다. 지금 우리집 살구나무는 담장 안 서쪽 모퉁이에 서 있다. 담장 밖 시냇가에 황금갑옷을 입은 듯 장엄하게 물들었던 은행나무가 엊그저께 아침에 보니 마지막 잎새도 안 남기고 황량하게 옷을 벗어던져 내가 본 찬란한 영광이 꿈인 듯 허전하더니, 살구나무는 천천히 질 모양이다. 바람이 불 때마다 뚝뚝 떨어지는 낙엽은 은행나무처럼 찬란하지 않은 소박한 누런색이지만, 가지 끝의 잎들은 부끄럼 타듯이 살짝 붉다. 저 고운 빛깔을 무엇에 비할까, 혼자 보기 아까워하면서 바라보고 있는데 딸애가 푸듯이 말했다. 엄마, 저 살구나무 가장귀 좀 봐요, 꼭 봉숭아 꽃물 든 손가락을 뻗쳐들고 있는 것 같잖아요. 아아, 그래 바로 그 빛깔이었구나. 딸의 표현은 절묘했고, 나는 감동했다. 누가 왜 사느냐고 물으면 그 맛에 산다고 해도 될 것 같다.

〔2000〕

구형(球型) 예찬

이 나이에도 자신에 대해 모르는 게 너무 많다. 우리나라에서 월드컵 경기가 열리기 전까지 나는 내가 축구에 열광할 수 있으리라는 걸 꿈에도 몰랐다. 게임에도 감동이 있다는 것을 처음 알았다. 운동경기를 싫어한다고까지는 할 수 없지만 그냥 무심한 편이었다. 오죽 무심했으면 개막식에 갈 수 있는 기회도 아무렇지 않게 놓쳐버렸을까. 나는 몇년째 명색이 유니세프(UNICEF) 친선대사 노릇을 하고 있는데 아마 유니세프 앞으로 개막식 초대권이 몇 장 할당된 모양이었다. 월드컵이 개막되기 한달도 더 전에 그 표를 보내주겠다는 연락이 왔다. 두 장 줄 수 없냐고 했더니 몇장 안 나왔기 때문에 안된다고 했다. 대학생 손자 둘을 생각해서 그런 거였는데 두 놈 다 보낼 수 없으면 한 놈이라도 가라고 하면 마다하지는 않을 것 같아 처음엔 한 장이라도 받을 생각이었다. 주민등록번호를 비롯해서 내 인적사항을 알려달라기에 그런 게 왜 필요하냐고 물었더니 그 표는 본인 아니면 안되는 표라고 했다. 나는 처음부터 갈 생각이 없었기 때문에 양도할 수 없는 표를 받을 까닭이 없었다. 그래서 간단히 포기한 거였는데 나중에 그 얘기를 들은 식구들은 어떻게 그런 기회를 놓칠 수가 있냐며 마치 몇십억에 당첨된 복권을 모르고 찢어버린 등신 취급을 했다. 나는 그때까지도 상암경기장이 어디 붙었는지도 몰랐고, 그런 소문난 행사라면 떠오르는 건 엄중한 소지품검사와 지루한 기다림과 교통난과 뙤약볕과 외국인에게 보여주기 위한 한국적인 게 다였기 때문에 내가 그걸 놓친 것에 별로 후회하지 않았다.

그런 축구맹문이가 개막경기부터 축구에 푹 빠질 줄이야. 쎄네갈과 프랑스가 붙은 개막전을 집에서 텔레비전으로 보면서 축구경기가 얼마나 재미있는지 처음 알았다. 한번도 마음으로부터 공감한 적이 없는 '검은 것이 아름답다'라는 말에 공감 정도가 아니라 박수갈채를 보내고 싶을 정도로 쎄네갈의 검은 선수들에게 매료됐다. 내가 응원할 팀을 미리 정해놓고 보는 것도 초보가 경기를 재미있게 보는 한 방법이었다. 무엇보다도 일품은 그들의 골 쎄리머니였다. 어떻게 저런 춤을 출 수 있을까. 그 기쁨, 그 신명, 그 자유, 그 가벼움은 현재진행형이면서도 그들 핏줄의 면면 근원으로부터 샘솟는 것처럼 유구해 보였다. 저런 나라는 도대체 어디 붙었을까. 얼마 전까지 프랑스 식민지였던 신생 독립국가라든가 인구가 얼마, 국민소득이 얼마 따위 공식자료는 하나도 중요하지 않았다. 저런 신선한 에너지와 신명을 분출시킨 땅이 어디 붙었으며 어떻게 생겼는지 내 눈으로 확실하게 알고 싶었다. 세계지도를 펼쳐놓고 아프리카대륙 서쪽에 붙은 그 나라를 확인했다. 비로소 쎄네갈이 내 의식 속의 세계무대에 등장했다. 여태까지의 내 골통 속의 세계지도는 얼마나 단순 무지몽매했던가.

한국이 16강전에서 4강전까지 가는 동안 내 눈을 의심할 정도로 믿어지지 않았던 건 세계가 놀랐다는 한국의 축구실력이 아니라 붉은 악마였다. 어떻게 'Be the Reds'에 너도나도, 아빠의 어깨 위에 올라앉은 두살배기부터 머리가 허연 늙은이까지 얼씨구 호응을 해 붉은 셔츠를 떨쳐입고 광장을 찾아 거리로 뛰쳐나갈 수가 있을까. 나처럼 생전을 빨갱이 콤플렉스에 짓눌려 산 세대에게는 붉은색을 단지 역동적이고 정열적이고 아름다운 기쁨의 색일 뿐이라고 알고 있는 새로운 세대가 마치 신인류의 등장처럼이나 눈부셨다. 붉은색은 떠오르는 태양도, 젊은 피도, 노을도, 장미도, 봉숭아도 취할 수 있는 순수하고 진한 원색일 뿐이라는, 태곳적부터 있어온 사실이 왜 그렇게 놀랍고 신선했는지. 그럴 수밖에 없었던, 우리 세대만의 붉은색과의 악연 먼저 짚고 넘어가야 할 것 같다.

한참 꽃다운 나이에 나라가 분단되고 그후 우리는 공산주의를 신봉하는 북조선과, 남한에서도 좌익이념을 가진 사람들을 한데 싸잡아 빨갱이라고 불렀다. 북조선에서 반동분자로 지목되는 게 치명적이었던 것처럼 이땅에서는 빨갱이로 몰리는 게 가장 가혹한 따돌림이었다. 빨간 빛깔이 연상시키는 건 떠오르는 태양도, 젊은 피도, 노을도, 장미도, 봉숭아도 아니고 특정 이념이었다. 여북하면 1950년 6월부터 석달 동안 서울이 인민군 점령하에 들었을 때 청장년층은 거의 다 외출을 삼가고 숨어지냈지만 부득이 나갈 일이 생겼을 때는 깊숙이 눌러쓴 밀짚모자에다 붉은색 리본을 달고 나갔을까. 붉은 헝겊을 가늘게 오려서 만든 리본을 와이셔츠 단춧구멍에도 매달고 자전거 핸들 앞에도 매달았다. 그들이 그렇게 시킨 것도 아닌데 너도나도 그렇게 했다. 아마 무서워서 지레 겁을 먹고 그렇게 했을 것이다. 나도 빨갱이다, 혹은 나는 빨갱이한테 적대적인 사람이 아니니 잘 좀 봐달라, 대강 이런 의사표시가 아니었을까. 행인에 대한 검문이 심할 때였다. 빨간 리본의 부피만큼이라도 동질감을 표시해서 그 난세를 살아남으려고 했다. 그렇게 수단껏 비굴하게 살아남은 후엔 행여 빨갱이로 몰릴까봐 먼저 남을 빨갱이로 몰아 선수를 치기도 하고, 미운 놈이나 정적을 파멸시키기 위해 빨간 빛깔을 이용하기도 했다. 오랜 세월을 이렇게 빨간 빛깔에 가위눌려 살아온 우리 세대는 지구상에서 좌우의 이념대결이 무의미해지고 남북이 말을 트기 시작한 후에도 빨간 빛깔에 대한 거의 미신적인 피해의식으로부터 놓여나지 못했다. 우리에게 빨강은 의식의 한올을 가시처럼 찌르고 잡아당기는 이상한 빛깔이었다. 빛깔 속에 가시나 이념이 들어 있을 리 없건만 오랜 편가르기와 눈치보기가 없는 걸 있는 것처럼 헛보이게 했다. 붉은 악마들은 우리 세대의 이런 고질적이고도 황당한 빨간 빛깔과의 악연을 단숨에 날려버렸다. 그들은 아무의 눈치도 보지 않고, 아무런 선입관도 없이 곧이곧대로 빨간 빛깔을 다만 아름답고 정열적이고 눈에 잘 띄는 빛깔로 느꼈고, 그 색채효과를 충분히 활용해 역동적인 축제분위기를 만들고, 일체감을 뜨겁게 달구고, 기쁨을 만끽했다.

나는 그들이 눈부시게 신기하고 많이 부러웠지만 그들을 따라하기는 역시 버거웠다. 쎄네갈 대 프랑스 경기를 통해 축구에 맛을 들이고 나서 한국이 첫 경기에서 폴란드를 이기자 내 마음속에서도 이변 같은 게 일어났다. 처음으로 꼭 16강에 들었으면 하는 욕심이 생겼고 욕심이 생기자 도대체 월드컵이 있기 전까지는 무슨 재미로 살았나 싶게 하루하루가 가슴이 울렁거리고 살맛이 났다. 집에 오는 손님하고도 축구 이전엔 무슨 말을 하고 살았는지 생각이 안 날 정도로 그 얘기밖에 할 게 없었고, 용건을 잊을 정도로 그 얘기로 시간 가는 줄 몰랐다. 느슨하거나 사무적인 인간관계에 생기와 탄력이 생겼다. 미국하고 붙는 날, 미국한테 지기는 싫다는 마음이 왜 그리도 절절했는지 초반에 선취골을 내주자 우리 선수들의 체력은 뒷심이 딸린다는, 어디서 언젯적에 들었는지 모르는 옛날얘기가 되살아나면서 불길한 생각이 들기 시작했다. 그때 황선홍 선수가 이마에서 피를 흘리며 쓰러졌다. 피를 보자 내 본색이 드러났다. 나는 비겁한 데가 있는 인간이다. 더이상의 혈투는 보고 싶지 않았다. 나는 전력투구해야 할 결정적인 순간에 슬쩍 발을 빼고 뒤로 물러나는 나쁜 버릇이 있었다. 저렇게까지 해서 꼭 이겨야 될까. 계속해서 열광적인 응원을 보내는 붉은 악마도 너무 잔인해 보였다. 우리 선수들에게 가하는 응원의 압박으로부터 나 하나라도 빠져나오고 싶었다. 나는 텔레비전을 껐다. 그날따라 혼자 보고 있었다는 게 얼마나 다행이었는지 모른다. 내 마음대로 딴청을 부릴 수 있었으니까. 급한 원고가 있을 때도 전혀 급하지도 중요하지도 않은 일을 하는 건 나의 못 말리는 고약한 버릇이다. 그날도 그 버릇이 도져 텔레비전을 끄고 찬장 속의 것들을 끄집어내서 정리하기 시작했다. 하면서 연방 시계를 보았다. 가장 불필요한 일을 하는 한가한 시간을 또다른 긴박한 시간이 주름잡고 있는 것처럼 감정의 혼란과 시간관념에 착란이 왔다. 경기 종료시간을 몇분 남겨놓고 이제는 결판이 났겠지 싶어 텔레비전을 켰다. 1:1이었다. 동점골을 넣는 순간을 못 보다니. 방송국마다 그 순간은 물론이고 전 경기를 처음부터 끝까지 여러번 재방송해주었기 때문에 못 봤다고는 할 수 없지만 모르고 보는 것하고 알고 보는 것하고는 다르다. 근데 어떻게 된 게 결과를 알고 봐도 재미가 있었다. 골문은 넓은 것 같지만 공이 뚫고 들어가 그물을 흔들게 할 수 있는 허점은 공의 크기만큼밖에 열려 있지 않다. 그 허점도 전광석화처럼 빠르게 돌파하지 않으면 더이상 허점이 아니다. 공이 스스로 살아 있는 것처럼 그 절묘한 순간을 만들어내기까지는 여태까지 서로 부딪치고 갈등하고 날뛰고 뒤엉키던 힘들이 공의 심장부에 동시에 꽂히면서 눈부시게 폭발하지 않으면 안된다. 초보가 실시간대로 경기를 볼 때는 골을 터뜨린 선수밖에 안 보이지만 재탕 삼탕을 보면 비로소 골을 만들어낸 힘의 조화가 보이고, 그게 재미 이상의 감동을 준다.

우리나라가 4강전까지 가는 동안 6월이 어떻게 갔는지 모르게 살맛나는 시간이 흘렀다. 만나는 사람마다 행복하고 생기가 넘쳐 보였고, 정신병원에 환자가 현저하게 줄었다는 소문도 들렸다. 정신질환의 대부분이 우울증에서 비롯한다고 생각할 때 꾸며낸 소문이 아닐 수도 있었다. 그무렵 이해인 수녀가 인터넷에 올린 글을 보고 한바탕 웃은 생각이 난다. 이해인 수녀의 언니도 수녀인데 부산의 갈멜수녀원에 계시다. 나도 한번 찾아가 뵌 적이 있는데 창살을 사이에 두고서만 면회가 가능했다. 그렇게 엄한 갈멜의 규칙은 가족에게도 똑같이 적용된다고 했다. 언니 수녀말고도 몇분의 수녀가 창살 너머에 나란히 앉아 환하게 웃으면서 이쪽 얘기도 듣고 성가도 들려주었다. 성가는 천상의 목소리처럼 그 무엇에도 구애됨이 없이 투명하여 우리는 여러 곡을 청해 들으며 정신의 때가 씻겨내려가는 듯한 기쁨을 맛보았다. 표정은 또 어쩌면 그렇게 명랑하고 꾸밈없이 자유스러운지, 창살 안이 우리 쪽이고, 수녀들이 오히려 창살 밖의 광활하고 거침없는 세상에 있는 것 같은 착각이 들었다. 그렇게 인상 깊던 갈멜수녀원도 속세의 축구열풍에서만은 자유스럽지 못했나보다. 동네가 온통 무슨 일이 난 것처럼 들썩거리는 게 갈멜수녀원 속까지 들리게 되어 마침내 수녀들에게도 월드컵 경기 시청이 허락됐다고 한다. 축구경기를 시청하면서 언니 수녀가 하셨다는 말씀, 세상에 이렇게 재미있는 게 있는 줄 몰랐다고. 그건 내가 할 소리였다. 나는 온갖 쾌락이 득시글거리는 속세에 살건만도 이렇게 재미있는 게 있는 줄은 이 나이에 처음 알았다. 경기마다 드라마요, 팬터지였다. 천재적인 작가가 각본을 쓰고 연출한다 해도 구경꾼의 심장을 그렇게 완벽하게 압박하고 옥죄었다가 풀어줄 수는 없었을 것이다. 인간이 만들어낸 각본은 어떤 천재의 두뇌에서 나왔다고 해도 예측이 가능하게 되어 있다. 그러나 이번 축구경기는 드라마이면서 예측불허였다. 그 예측불허 때문에 온 국민이 축구팬이 됐고, 축구팬이 된 이상 한 달 내내 가슴을 울렁거리며 살 수밖에 없었다. 생동하는 가슴의 박동을 느끼며 살 수 있다는 건 크나큰 축복이다.

우리나라가 마침내 4강에 들게 되는 스페인과의 대전은 처음으로 밖에서 여럿이 어울려 보게 되었다. 그전까지는 집에서 식구들하고 또는 혼자서 보다가 그날은 마침 교외에 있는 보육원에서 빠질 수 없는 행사가 있어 가게 되었는데 축구경기와 같은 시간대에 잡혀 있는 행사를 뒤로 미루고 행사장에 텔레비전을 설치하고 응원의 장으로 만들어놓고 있었다. 나는 처음으로 "대~한민국"을 목청껏 외쳐보는 흥분과 기쁨도 맛보았다. 그러나 좀처럼 골이 터지지 않아 조바심이 나기 시작한 군중이 북 치고 장구 치며 구호를 외치기 시작하자 나는 또다시 고질적인 비겁증이 도져 머리가 터질 것 같아 슬그머니 자리를 떴다. 우리 팀이 4강에 들기를 저들처럼 열렬히 바라지는 않는다는 자신에 대한 인식도 내가 참여한 자리를 불편하게 했다. 16강에 들기를 그렇게 간절히 바라다가 8강까지 갔으면 초과달성인데 4강까지 간다는 건 너무 넘치는 것 같아 불안했다. 넘치는 것보다 조금 모자라는 듯할 때 편안한 게 나라는 인간의 그릇의 한계이다. 또 우리 선수들의 발끝에 국가의 위상이 달린 것처럼 열광하는 애국심의 도가니도 내가 녹아들기엔 온도차가 너무 심했다. 열린 기쁨, 함께하는 즐거움이 아니라 혼자서 책을 읽을 때의 그 자폐적인 고독한 행복을 축구경기에서도 원했다면 누가 들어도 웃음거리밖에 안될 테지만 대부분의 경기에서 그게 가능했던 것은 아마도 배우는 즐거움 때문이었을 것이다. 차범근의 해설은 나 같은 맹문이가 축구가 뭐라는 걸 눈뜨는 데 친절한 길잡이가 되었다.

월드컵의 열기가 최고조에 달했을 때 지방자치단체장 선거가 있었다. 예상대로 투표율은 저조했다. 우리의 정치 무관심, 정치 냉소주의를 우려하는 소리도 높았지만 나는 그동안처럼 우리 국민이 열정적으로 정치적인 의사표시를 한 적은 전무후무했다고 생각한다. 우리 팀이 기대 이상의 선전을 함에 따라 경기마다 뜨는 선수가 생겼고 신화가 탄생했지만 처음부터 끝까지 부동의 스타는 히딩크였다. 단시일 내에 우리 팀을 세계적인 팀으로 거듭나게 한 그의 비결인 '히딩크 어록'도 당연히 만인에 회자됐다. 선수들이 그동안 누려온 기득권이나 인기, 인맥, 청탁 등을 배제하고 철저하게 실력 위주로 선수를 선발해 혹독하되 인격을 무시하지 않는 강훈련을 시켰다는 건 하나도 특별할 것이 없는 인사권자의 기본원칙에 불과했다. 그런데 우리가 그 원칙적인 소리에 장님이 눈뜬 것처럼 감동한 것은 우리 정치에 결여된 게 바로 그거였기 때문이 아니었을까. 그의 원칙적인 지당한 말씀은 인기를 노린 것도 누구의 흉내를 낸 것도 아닌 그의 일관된 소신에서 우러난 거였고, 행동에 옮겨 써먹은 거였기 때문에 명언으로 들렸다. 소신 있는 단순정직한 말솜씨 또한 우리 정치지도자들에게는 결정적으로 결여된 거였다. 지도자를 자처하는 분들이란 소신 같은 건 처음부터 있지도 않은데다 눈치껏 인기만 노린 엉터리 발언과, 아무리 갈아봤댔자 변하지 않는 누적된 관행인, 어려웠을 때 도와준 가신한테 발목을 잡힌 은혜갚기식 인사에 얼마나 넌더리가 나고 절망했으면 히딩크를 대통령으로 고용하자는 농담까지 나돌았을까. 히딩크가 승리에 굶주렸다고 말한 것처럼 우리는 그동안 정치가의 페어플레이에 굶주렸다. 오죽해야 차범근이 호나우두가 결승전에서 첫골을 터뜨렸을 때 흥분을 감추지 못하고 한 말, 스타는 가만히 있다가도 결정적인 순간에 폭풍처럼 상대방의 조직을 한꺼번에 허물어버리고 경기를 활기 넘치는 새로운 국면으로 접어들게 한다는 찬탄을 빌려다가 우리도 어디서 새로운 정치지도자가 혜성처럼 나타나지 않는 한 차곡차곡 누적된 부정과 부패의 관행을 새로운 국면으로 바꿀 수는 없을 것이라고 비관하는 소리까지 나왔겠는가.

내가 가장 감동적으로 본 경기는 우리가 터키하고 붙은 3·4강전이었다. 8강에만 들어도 만족이라고 생각했으니만치 꼭 3위가 되길 바란 건 아니었다. 그러나 여태까지 우리 선수가 얼마나 잘 싸웠다는 걸 보아왔기 때문에 3:1로 지는 건 좀 너무하다 싶었다. 그때 나는 손자하고 보고 있었는데 3:1이 너무 오래가자 조바심이 나서 자꾸 손자한테 말을 시켰다. 애야, 제발 3:2로 졌으면 좋겠다. 적어도 대~한민국이 3:1로 지면 너무 치욕스러울 것 같지 않니? 이러면서 한 골만 더를 갈망하며 조바심치던 심정은 누가 뭐래도 애국심이었을 것 같다. 우리로서는 마지막 경기가 되는 이 경기는 내 소원이 이루어져서도 기뻤고, 양국이 같이 기뻐하며 화해롭게 끝난 것도 인상적이었다. 그러나 바로 그날 우리 국군의 적지 않은 전사자까지 낸 서해교전 소식은 즐기던 마음에 극심한 혼란을 가져왔다. 저승의 문을 가를 듯 처절한 유족들의 통곡소리를 어찌 잊을까. 내가 아들을 잃은 건 88년 서울올림픽 때였다. 내 아들의 죽음은 나라를 위해서도 공익을 위해서도 아닌 순전히 개인적인 팔자소관이었건만도 내가 하늘이 무너지는 슬픔에 잠겼을 때 온 국민이 축제분위기에 들떠 있다는 게 얼마나 견디기 어려운 형벌이었는지, 지금도 그때 생각을 하면 소름이 돋고 뼈마디가 으스러지는 것 같다. 하물며 그들은 우리의 국토와 우리의 기쁨을 안전하게 지키다가 죽은 전사자들이다. 마침 경기가 끝나갈 무렵이었으니 좀더 그들을 배려할 수는 없었을까. 그만큼 누린 환희에 그늘이 생기는 것만 아쉬워할 게 아니라 품위없는 환희는 절제했어야 옳지 않았을까.

우리가 지구촌 축제의 중심이 되어 한바탕 신명나는 잔치를 치른 기억도 서서히 멀어져가고 있다. 내 생전에 이렇게 피가 끓고 가슴이 울렁거리고 살맛나는 경험을 또 하기는 어려울 것이다. 그러나 마지막일지는 모르지만 처음은 아니다. 우리가 신생 독립국가일 때 난 갈래머리 여학생이었고 태극기를 달고 보스턴 마라톤 대회에 출전한 서윤복(徐潤福) 선수가 우승을 하고 돌아왔다. 그건 정말이지 거족적인 대사건이었다. 중앙청 앞에서 환영대회가 열렸는데 내가 다니던 숙명여중은 바로 그 근처라 아마 동원이 되었을 것이다. 그때 나는 거의 깔려죽을 뻔했고, 나이 지긋한 분들이 기쁨의 눈물을 흘리는 것도 보았다. 환영대회 현장에 있었건만 키가 모자라 머리에 월계관을 쓰고 무개차인지 지프차인지 타고 개선하는 서선수를 나중에 사진으로만 볼 수가 있었다. 대한민국을 세계에 알린 걸 온 국민이 그렇게 기뻐했다. 4·19 때 나는 평범한 주부였는데 거리로 뛰쳐나온 학생들, 시민들이 청와대 앞에서 총질을 당할 때는 집안에 숨죽이고 엎드려 있다가 대통령의 하야 성명을 듣고 나서야 거리로 나갔다. 종로 5가 가까이 살 때였는데 나가보니 시민들이 다 거리로 나온 것처럼 전찻길까지 인파로 뒤덮여 전차도 자동차도 못 다니고 있었다. 그때 우리는 아무하고나 따뜻한 몸을 비비며 한없이 걸었다. 젊은 피가 독재를 무너뜨렸다는 승리감과 우리의 민주역량과 살아있는 민족의 기상을 만방에 알렸다는 자부심으로 얼마나 기고만장했는지. 우리가 세계 속에 우뚝 선 것 같은 우월감으로 우쭐했던 적은 그밖에도 수없이 많았다. 그렇게 단박에 우뚝 섰으면 지금쯤 세계를 굽어보련만. 굽어보면 또 뭘 하나, 더불어 손잡고 살면 그만이지. 그러나 매번 우뚝 선 것처럼 느낀 게 착각만은 아닌 것이, 각분야에서 일어난 그런 힘찬 상승작용의 반복을 통해 이만큼이라도 우리의 위상이 높아졌을 거 아닌가.

이 지구상에서 나에게 허락된 시간도 이제 골인지점이 얼마 남지 않았을 것이다. 이 나이까지 살면서 하나 깨달은 게 있다면 비슷한 기억을 되풀이하며 어디로 가고 있을 뿐 처음은 없다는 사실 정도이다. 인간의 삶의 궤적이 직선인지 곡선인지 모르지만 죽는 것을 돌아간다고 말하는 우리의 전통적인 생사관으로 치면 원(圓)일지도 모르겠다. 지구가 공전하면서 자전하듯이, 시간도 되풀이하며 어디론가 우리를 데려가고 있다. 월드컵을 치르고 나서 길에서 공놀이하는 아이들이 부쩍 늘어났다. 아마 학교 운동장이나 놀이터는 더할 것이다. 공은 차기만 하면 스스로 생명력이 생긴다. 지구도 신(神)이 찬 공이 아닐까. 지구를 신이 찬 가장 멋진 공, 또는 신의 시구(始球)라고 생각한다면 그건 지구인의 오만일 테지만, 공이라는 형태를 최초로 만들어낸 이가 즉 신이었다고 생각할 수밖에 없는 건 그 완벽성 때문이다. 구형의 표면에선 아무데나 자기가 선 자리가 중심이 된다. 만인이 중심일 수 있는 조형물은 신의 상상력 아니면 될 수 없는 일이다. 축구공만한 지구의(地球儀)를 조만간 하나 장만해야겠다. 그리고 손바닥으로 구형의 원만

함, 아름다움을 느끼고 쓰다듬어야겠다. 초강대국도, 축구강국도, 경제대국도, 우리가 3·4위를 다투는 동안 꼴찌와 안 꼴찌 전을 벌인 작고 착한 나라도, 내 손바닥 안에서는 평등할 것이다. 그게 창조의 뜻이고 구형의 미덕이라는 걸 직접 느껴봐야겠다. 공 모양을 평면에 그려넣기 시작한 인간의 지혜 때문에 중심과 변방이 생긴 평면지도를 보는 것보다 한결 지구촌이 사랑스러워질 것이다.

〔2002〕

2부

아치울 통신

흔들리지 않는 전체

며칠 전 캄보디아에 다녀왔다. 여름나기를 힘들어하는 체질 때문에 감히 열대지방을 여행할 엄두를 내지 못했는데 친구 따라 강남 간다고 평소 흉허물없이 편하게 여기는 이들이 일행이 된다기에 이번 기회를 놓치면 영 못 가보지 싶어 따라나서게 되었다. 늙어갈수록 여행에 대한 매혹도 현저하게 감퇴하는 걸 느낀다. 집 떠나자마자 그날 밤부터 기껏 집에 갈 날이 며칠 남았나, 그것부터 꼽고 있는 자신을 마치 남의 일처럼 한심하게 바라보게 된다. 호기심보다는 무사안일 쪽으로 기울게 되는, 스스로 동정받아 싼 나이다. 그런 주제에 힘들 것이 뻔한 여행을 할 용기를 낸 것은 앙

코르와트와 킬링 필드에 대해 얻어들은 게 둘 다 인간이 한 일 같지 않아서였을 것이다. 인간에 대한 강한 의문부호가 아직 내 안에 남아 있다는 게 그나마 위안이 된다.

열대지만 그곳도 계절적으로는 겨울이라는데 아침저녁은 그런대로 견딜 만했지만 오후 두세 시간은 호텔방에서 휴식을 취해야 할 만큼 습기차고 더웠다. 운좋게도 운명적으로 캄보디아 역사와 문화에 사로잡힌 것처럼 보일 정도로 해박하고 열렬한 가이드를 만나 기대 이상으로 많은 것을 보고 느낄 수 있었다. 도처에 열대식물이 우거지고 색깔 짙은 꽃들이 흐드러지게 핀 가운데도 유난히 부겐빌레아가 눈에 띄었다. 이름모를 열대식물 가운데 그 꽃만은 이름을 알기 때문에 반가웠나보다. 20여년 전 잠시 인도를 여행한 적이 있는데 거기서 그 꽃을 알게 되었다. 우리나라에선 화분에서나 겨우 몇송이 볼 수 있는 그 꽃이 그곳에서는 담장 전체를 진홍색으로 뒤덮을 정도로 극성맞고 무성한 게 신기해서 이름을 알아놓은 거였다. 캄보디아에선 다른 이름으로 부르고 있었고, 캄보디아의 모든 것을, 극도의 가난까지도 깊은 애정으로 감싸듯이 희망적으로 소개하던 가이드가 부겐빌레아에 대해서만은 꼴도 보기 싫은 지겨운 꽃이라고 인상까지 쓰는 것이었다. 가이드가 그 꽃을 혐오스러워하는 까닭은 전혀 향기가 없을뿐더러 사계절 피고 지는 걸 멈추지 않으니 언제 어디서나 줄창 볼 수 있기 때문이라고 했다. 지는 일이 없어서 지겹다는 소리를 들으며 캄보디아 사람보다 더 캄보디아를 사랑하는 것처럼 보이는 가이드지만 어쩔 수 없이 한국사람이구나 하는 생각이 들어 슬며시 웃음이 나왔다. 꽃본 듯이 날 좀 보소 하는 말 속엔 지는 꽃에 대한 안타까움이 스며 있다. 안타깝지 않은 게 어찌 사랑이겠는가.

베트남까지 포함해도 일주일이 채 안되는 짧은 여행이었는데 인천공항에 내리니까 한국은 겨울이라는 게 잘 믿기지가 않았다. 열대에서 입고 있던 옷 위에다 긴팔 윗도리 하나만 더 걸치고도 별로 추위를 못 느낄 정도로 날씨가 포근한 때문이기도 했을 것이다. 차가 긴 강변북로를 벗어나 구리 쪽으로 접어들었을 때였다. 전지한 가로수가 나타났다. 평소 무자비할 정도로 뭉턱뭉턱 전지한 가로수를 꼴 보기 싫어했는데 하나같이 박수근이 그린 겨울나무들이 거기 나와 서 있는 것처럼 반갑고 정겨웠다. 전지한 가로수들이 그렇게 잘생겼다는 걸 그날 처음 알았다. 우리 마당의 나무들은 하나도 전지를 안해주었다. 다들 제멋대로 자라고 있다. 작은 소나무 두 그루만 빼면 텅 빈 것처럼 황량하고 을씨년스러운 마당이다. 마당을 바라보는 맛에 실내를 꾸미는 일엔 전혀 신경을 안 쓰고 사는지라 겨울에 손님이 오면 자랑할 게 없어서 곤란해지곤 한다. 그래서 일년 중 가장 볼 게 없을 때 오셔서 어쩌나, 괜한 군소리를 하면서 저 나무는 살구나무, 저 나무는 라일락, 저 나무는 자두나무, 저 나무는 앵두나무 하고 앙상한 나무들의 과거의 영화나 부풀려 이야기해줄 수밖에 없었다. 그렇게 볼품없다고 생각한 나목들이 안 본 지 며칠이나 된다고 어찌나 의젓하고 아름다워 보이는지 저거야말로 나무의 진면목이구나 싶은 짜릿한 감동을 맛보았다. 잎과 꽃과 열매까지 포함해야 나무의 전체가 되는 줄 알았다. 이제 보니 그것들을 다 떨구고 맨몸으로 서 있는 나목이야말로 하늘을 우러러 한점 부끄러움이 없다는 게 바로 저런 게 아닐까 싶게 거침없이 당당하고 늠름해 보였다. 나무의 맨몸의 아름다움에 비하면 꽃이나 잎은 한낱 가식이나 방편에 지나지 않은 것처럼 부질없게 여겨졌다. 사람도 만일 일생 쓰고 살던 위선이나 허위를 떨어버릴 수 있다면 무엇이 남을까. 남는 것이 과연 있기나 할까.

며칠 전에는 밤에 눈이 조금 오고 나서 새벽에 기온이 급강하했다. 우리 마당의 나무들도 앞산의 나무들도 메마른 가장귀마다 눈꽃이 피어 황홀한 별천지를 연출했다. 기온이 뚝 떨어지면서 가지마다 수증기가 희게 얼어붙어 생긴 눈꽃은 마치 나무가 스스로 피워낸 꽃처럼 섬세하고 순결하다. 그러나 환상적인 은빛세상은 한나절을 못 버티고 능선을 따라 봉우리 쪽으로 총총히 올라가버리고 마을과 숲의 나무들에는 흔적도 안 남겼다. 그러나 그게 조금도 섭섭하지 않았다. 당분간은 아무것도 걸치지 않은 간결한 나무의 진면목에만 매혹당하고 싶다. 오늘은 어제 일기예보에서 알려준 대로 바람이 제법 부는 날이다. 어디선지 검은 비닐봉지가 죽은 새의 깃털처럼 날아왔다가 담밑에서 시름없이 뒤채고 있고, 밤나무숲에서도 작년에 미처 다 떨구지 못한 남은 잎들이 불안에 떨듯 와삭거리고 있다. 그러나 잎을 다 떨군 우리 마당의 살구나무는 하늘 향해 쭉쭉 뻗은 가장귀들이 미동도 안한다. 저 나무가 하루도 같은 날이 없이 변화무쌍하던 그 나무일까. 만개했을 때는 온 동네를 바람나게 할 것처럼 향기롭고 화려하던 꽃, 누런 살구를 한가마도 더 떨구던 그 다산성, 미풍에도 오묘하게 살랑이던 무성하고 예민한 잎새들, 느릿느릿 물들다가 우수수 서글픈 소리를 내며 서둘러 지던 낙엽, 그런 것들이 과연 저 나무가 한 짓이었을까, 믿기지 않으니 혹시 저 나무가 꾼 꿈이 아니었을까. 살구나무 옆에 올망졸망한 작은 나무들도 흔들림이 없긴 마찬가지다. 한때는 제각기 영화로웠던 나무들이다. 한때의 영화는 속절없이 가버렸고, 속절없이 가버린 것은 나의 군더더기일 뿐 전체는 아니라고 주장이라도 하듯 마지막 남은 전체는 한점 흐트러짐도 흔들림도 없다. 나무를 닮고 싶다.

〔2002〕

트럭 아저씨

매일 아침 하던, 등산이라기보다는 산길 걷기 정도의 가벼운 산행을 첫눈이 온 후부터는 그만두었다. 산에 온 눈은 오래간다. 내가 다시 산에 갈 수 있기까지는 두 달도 더 기다려야 할 것 같다. 걷기는 내가 잘할 수 있는 유일한 운동이지만 눈길에선 엉금엉금 긴다. 어머니가 눈길에서 미끄러져 크게 다치신 후 7, 8년간이나 바깥출입을 못하시다 돌아가신 뒤 생긴 눈 공포증이다. 부족한 다리운동은 볼일보러 다닐 때 웬만한 거리는 걷거나 지하철 타느라 오르락내리락하면서도 벌충할 수 있지만 흙을 밟는 쾌감을 느낄 수 있는 맨땅은 이 산골마을에도 남아 있지 않다. 대문 밖 골목길까지 포장되어 있다. 그래서 아침마다 안마당을 몇바퀴 돌면서 해뜨기를 기다린다. 아차산에는 서울사람들이 새해맞이 일출을 보러 오는 명당자리가 정해져 있을 정도니까 그 품에 안긴 아치울도 동쪽을 향해 부챗살 모양으로 열려 있다. 겨울마당은 황량하고 땅은 딱딱하게 얼어붙었다. 그러나 걸어보면 그 안에서 꼼지락거리는 씨와 뿌리들의 소요가 분명하게 느껴질 정도의 탄력을 지녔다. 오늘 아침에는 우리 마당에서 느긋하게 겨울 휴식을 취하고 있는 나무들과 화초가 몇가지나 되나 세어보면서 걸어다녔다. 놀랍게도 백가지가 넘었다. 백평도 안되는 마당의 한가운데를 차지하고 있는 잔디밭을 빼면 나무나 화초가 차지할 수 있는 땅은 넉넉잡아도 40평 미만일 것이다. 그 안에서 백가지 이상의 식물이 자라고 있다니. 물론 헤아려보는 사이에 부풀리고 싶은 욕심까지 생겨 제비꽃이나 할미꽃, 구절초처럼 심은 바 없이 절로 번식하는 들꽃까지도 계산에 넣긴 했지만 그 다양한 종류가 생각할수록 신기했다. 그것들은 하나같이 내 가슴을 울렁거리게 한 것들이다. 이 나이에도 가슴이 울렁거릴 만한 놀랍고 아름다운 것들이 내 앞에 줄서 있다는 건 얼마나 큰 복인가.

마당이 있는 집에 산다고 하면 다들 채소를 심어먹을 수 있어서 좋겠다고 부러워한다. 나도 첫해에는 열무하고 고추를 심었다. 그러나 매일 하루 두 번씩 오는 채소장수 아저씨가 단골이 되면서 채소농사가 시들해졌고 작년부터는 아예 안하게 되었다. 트럭에다 각종 야채와 과일을 싣고 다니는 순박하고 건강한 아저씨는 싱싱한 야채를 아주 싸게 판다. 멀리서 그 아저씨가 트럭에 싣고 온 온갖 채소이름을 외치는 소리가 들리면 뭐라도 좀 팔아줘야 할 것 같아서 마음보다 먼저 엉덩이가 들썩들썩한다. 그를 기다렸다가 뭐라도 팔아주고 싶어하는 내 마음을 아는지 아저씨도 손이 크다. 너무 많이 줘서, 왜 이렇게 싸요? 소리가 절로 나올 때도 있다. 그러면 아저씨는 물건을 사면서 싸다고 하는 사람은 처음 봤다고 웃는다. 내가 싸다는 건 딴 물가에 비해 그렇다는 소리지 얼마가 적당한 값인지 알고 하는 소리는 물론 아니다. 트럭 아저씨는 다듬지 않은 야채를 넉넉하게 주기 때문에 그걸 손질하는 것도 한 일이다. 많이 주는 것 같아도 다듬어놓고 나면 그게 그걸 거라고, 우리 식구들은 내 수고를 별로 달가워하지 않는 것 같다. 뒤란으로 난 툇마루에 퍼더버리고 앉아 흙 묻은 야채를 다듬거나 콩이나 마늘을 까는 건 내가 좋아서 하는 일이지 누가 시켜서 하는 건 아니다. 뿌리째 뽑혀 흙까지 싱싱한 야채를 보면 야채가 아니라 푸성귀라고 불러주고 싶어진다. 손에 흙을 묻혀가며 푸성귀를 손질하노라면 같은 흙을 묻혔다는 걸로 그걸 씨 뿌리고 가꾼 사람들과 연대감을 느끼게 될 뿐 아니라 흙에서 낳아 자란 그 옛날의 시골 계집애와 현재의 나와의 지속성까지를 확인하게 된다. 그것은 아주 기분좋고 으쓱한 느낌이다. 어쩌다 슈퍼에서 깨끗이 손질해서 스티로폴 용기에 담고 랩을 씌운 야채를 보면 컨베이어벨트를 타고 나온 공산품 같지 푸성귀 같지가 않다.

다들 조금씩은 마당이 딸린 땅집 동네라 화초와 채소를 같이 가꾸는 집이 많다. 경제적인 이점은 미미하지만 농약을 안 친 청정 야채를 먹는 재미가 쏠쏠하다고 한다. 그것도 약간은 부럽지만 모든 야채를 자급자족할 수 있는 것도 아니고 외식을 아주 안하고 살 수도 없는 세상이니 안전해야 얼마나 안전하겠는가. 하긴 주식에서부터 야채, 과일 일체를 유기농법으로만 짓기로 계약재배해서 먹는 집도 있다는 소리를 들었지만 아직은 특별한 계층 사람들 이야기고, 나에게는 대다수 보통사람들이 먹고사는 대로 먹고사는 게 제일 속 편하고 합당한 삶일 듯싶다. 무엇보다도 내 단골 트럭 아저씨에게는 불경기가 없었으면 좋겠다. 일요일은 꼬박꼬박 쉬지만 평일에는 하루도 장사를 거른 적이 없는 아저씨가 지난 여름엔 일주일 넘어 안 나타난 적이 있는데 소문에 의하면 해외여행을 갔다는 것이었다. 그것도 여비가 많이 드는 남미 어디라나. 그런 말을 퍼뜨린 이는 조금은 아니꼽다는 투로 말했지만 어중이떠중이가 다 해외여행을 떠나는 이 풍요한 나라의 휴가철, 그 아저씨야말로 마땅히 휴가를 즐길 자격이 있는 어중이떠중이 아닌 적격자가 아니었을까.

트럭 아저씨는 나를 쭉 할머니라 불렀는데 어느날 새삼스럽게 존경스러운 눈으로 바라보면서 선생님이라고 부르기 시작했다. 내가 작가라는 걸 알아보는 사람을 만나면 무조건 피하고 싶은 못난 버릇이 있는데 그에게 직업이 탄로난 건 싫지가 않았다. 순박한 표정에 곧이곧대로 나타난 존경과 애정을 뉘라서 거부할 수 있겠는가. 내 책을 읽은 게 아니라 TV에 나온 걸 보았다고 했다. 책을 읽을 새가 있느냐고 했더니, 웬걸요, 신문 읽을 새도 없다고 하면서 수줍은 듯 미안한 듯, 어려서 『저 하늘에도 슬픔이』를 읽고 외로움을 달래고 살아가면서 많은 힘을 얻은 얘기를 했다. 그러니까 그의 글쓰는 사람에 대한 존경은 『저 하늘에도 슬픔이』에서 비롯된 것이었다. 나는 그 책을 읽지는 못했지만 아주 오래 전에 영화화된 것을 비디오로 본 적이 있어서 그럭저럭 맞장구를 칠 수가 있었다. 아저씨는 마지막으로 선생님도 『저 하늘에도 슬픔이』 같은 걸작을 쓰시길 바란다는 당부 겸 덕담까지 했다. 어렸을 적에 읽은 그 한권의 책으로 험하고 고단한 일로 일관해온 중년사내의 얼굴이 그렇게 부드럽고 늠름하게 빛날 수 있는 거라면 그 책은 걸작임에 틀림이 없으리라. 그의 덕담을 고맙게 간직하기로 했다.

〔2001〕

봄의 환(幻)

일전에 혜경이(한동네에 사는 화가)가 냉이를 가져왔다. 혜경이는 덕소나 양평 쪽의 재래시장을 찾아다니길 좋아한다. 그런 데서 산 시골냄새 나는 먹을 거나 입을 것을 자랑도 하고 나눠주기도 하는 걸 취미처럼 즐김을 알기 때문에 으레 사온 거려니 했는데 동네 들판에서 손수 캔 거라고 했다. 그럼 들판 양지쪽에 파릇파릇한 게 냉이였는가. 혜경이처럼 서구적인 멋쟁이가 들판을 앉은걸음으로 기어다니면서 냉이를 캤을 생각을 하면 괜히 유쾌해진다. 그는 우리 마을 들판과 뒷동산에 대해 모르는 게 없다. 어디에 은방울꽃의 군락지가 있다는 것도 알고, 꿩이 몇마리나 서식하는지도 알고 있고, 먹는 버섯과 못 먹는 버섯을 가려낼 줄도 알고, 잡목들과 야생화의 이름에 해박하다. 내가 징그러워하던 벌레도 그에게서 그 이름을 전수받고 나면 자연히 친밀감을 느끼게 된다. 하찮은 것들에 대한 호기심과 애정이야말로 그가 겉만 번드르르한 멋쟁이가 아니라 진짜 멋쟁이인 까닭이다. 그가 우리 동네서 캐온 냉이로 된장국도 끓이고 데쳐서 무치기도 하는 동안 온 집안이 봄냄새로 가득해졌다. 나는 그게 식탁에 오르는 동안을 참지 못하고 우선 손가락으로 집어서 천천히 맛을 보았다. 흙의 에쎈스가 바로 이런 거다 싶은 강한 냉이맛이 수액처럼 고루 퍼지면서 마치 내가 한그루 나무가 된 양 싱그러워지는 걸 느꼈다. 순간적이지만 행복한 착각이었다. 그렇게 올봄은 냉이맛으로부터 왔다.

바깥에 나가보니 우리집 울타리 안에서는 냉이가 별로 눈에 띄지 않는 대신 돌나물이 맹렬히 돋아나고 있었다. 돌나물의 번식은 맹렬하다고밖에는 표현할 길이 없다. 아주 연하고 뿌리도 깊지 않아 제거하기도 쉽지만 뽑아버리고 돌아서면 다시 돋아나는 게 그 풀이다. 이사온 첫해와 이듬해는 클로버 때문에 애를 먹었다. 잔디 사이사이에 클로버가 돋아나는 걸 처음에는 무심히 보아넘겼다. 마당이 클로버로 뒤덮여도 나쁠 것 없다고 생각했다. 클로버는 특히 소녀들에게 친숙한 꽃이다. 어쩌다 네잎 클로버를 찾으면 행운이라도 보장받은 것처럼 즐거워하며 책갈피에 고이 간직했었다. 그런 소녀 취미로 클로버를 귀엽게 보고 있는 사이에 걷잡을 수 없이 퍼지는 게 아닌가. 그냥 놔두면 잔디는 하나도 남아나지 않을 것 같았다. 잔디를 가지런히 곱게 가꾼 집과 비교가 되면서 클로버와의 투쟁이 시작되었다. 클로버 줄기는 질기다. 질긴 줄기가 잔디 사이에 치밀한 그물망처럼 퍼져 있었다. 나는 아침에 눈만 뜨면 마당으로 나가 땅을 기면서 포크로 클로버 줄기를 들춰내고 뿌리를 후벼팠다. 그짓 하는 재미에 얼굴이 새까맣게 타는 것도 개의치 않았다. 처음엔 재미삼아 하던 게 일단 잔디와 클로버로 편을 갈라 잔디 편을 들기로 작정을 하자 점점 클로버에 대해 이해할 수 없는 증오가 끓어올랐다. 어디 네가 이기나 내가 이기나 보자 하는 식이었다. 여북해야 그짓에 들려 헤어나지 못하면서 문득 인간의 광기 중 가장 무서운 인종청소에 들린 독재자의 심정을 다 이해한 것처럼 느꼈을까. 드디어 클로버를 완전히 제거하고 잔디 세상이 되었다. 잔디만이 가지런해진 지 얼마 안되어 돌나물이 퍼지기 시작했다. 한 대중음식점에서 돌나물을 초고추장에 묻힌 걸 먹어보았는데 맛이 상큼했다. 마당의 돌나물을 뜯어다가 그대로 해보니 그 맛이었다. 돌나물을 예쁘게 보기 시작하자 돌나물이 건강에 좋다는 정보까지 들려왔다. 돌나물과 돌미나리 즙을 장복해서 고질적인 위장병을 고쳤다는 얘기도 들었다. 그때부터 돌나물과의 공존이 시작되었다. 제거보다 훨씬 수월하고 만족감을 준다. 아침마다 그놈의 것을 한움큼씩 따다가 초고추장이나 마요네즈에 찍어도 먹고 김치도 담가먹는다. 별맛은 없지만 연하고 아삭아삭 씹히는 맛이 점점 허약해지는 치아에 부담이 안되어서 좋다. 사람의 입과 위장처럼 무한정한 처리장도 없지만 농사처럼 좋은 것도 없다. 신경 안 써도 수요와 공급이 적당히 맞아떨어지게 되었다. 그 반가운 돌나물이 제일 먼저 돋아나기 시작한 것이다. 아침마다 내 집 마당에서 꺾은 꽃으로 식탁을 장식하고 싶다는 게 나의 소녀적인 꿈이었지만 꿩 대신 닭이라고 아침마다 내 집 마당에서 채취한 식물로 입안을 헹구는 것도 나쁘지 않다. 심지 않아도 기다리지 않아도 우리 마당에 저절로 돋아나는 먹거리로는 돌나물말고도 머위와 깻잎이 있다. 머위는 돌나물처럼 밍밍하지 않고 쌉쌀한 향기가 짙다. 줄기를 데쳐서 된장에 무쳐도 좋고 잎사귀를 부드러워질 때까지 쪄서 쌈을 싸먹어도 좋다. 누가 건강식이라고 가르쳐주지 않았건만도 그 너울대는 잎을 보면 저절로 건강이 옮아붙을 것처럼 느껴지는 씩씩한 야생식물이다. 그밖에 우리 마당에서 잘 퍼지는 것으로는 박하가 있다. 담밑의 큰 나무 그늘에서 해마다 영토를 확장하고 있는 박하는 고기나 생선 같은 걸 먹고 나서 더운물에 몇잎 띄워 차를 만들어 마시면 입안에 남아 있는 동물적인 취기(臭氣)를 상쾌하게 제거해준다. 식후 아니더라도 기분이 찝찝하거나 머릿속이 복잡할 때 마시면 한결 개운하고 대범해진다. 돌나물 외의 그런 것들은 아직은 아무런 기별이 없다. 그러나 땅속에서 곧 움트려고 지금도 용을 쓰고 있을 것이다. 이곳은 사철 기온이 3도 정도는 시내보다 낮다고 하는데도 올겨울은 평년보다 짧고 덜 추워서 그런지 한번도 땅이 꽁꽁 얼어붙은 적이 없었다. 그래도 요 며칠 동안에 흙이 부드럽다 못해 꼼지락대는 것처럼 느껴지는 건 아마 뿌리와 씨앗들의 활발한 기지개 때문일 것이다. 풀에 비해 점잖고 느린 나무들도 달라지기 시작했다. 작년에 심어 비리비리한 매화나무 가지를 자세히 들여다보니 딱딱하게 오므리고 있던 봉오리들이 약간 헐렁해진 사이로 발그레한 게 비치고 있지 않은가. 내 눈높이밖에 안되는 어린 나무지만 제가 매화값을 하려고 아마 제일 먼저 필 모양이다. 마당에 있는 나무 중 가장 큰 살구나무는 아무런 기별이 없다. 나는 거칠고 무뚝뚝한 살구나무 둥치에 귀를 기울여보았다. 봄에 큰 나무에 귀 기울이면 땅속에서 물 길어올리는 소리가 쪼르륵쪼르륵 들린다고 어디선가 들은 생각이 나서이다. 처음엔 아무 소리도 들리지 않았다. 한참 기다리는 사이에 마침내 물 흐르는 소리를 들은 것처럼 느꼈다. 귀를 뗀 후에도 여전히 그 소리는 귓가를 떠나지 않고 계속해서 들려왔다. 그건 어쩌면 살구나무에서 들리는 소리가 아니라 집앞을 흐르는 시냇물에서 들리는 소리였는지도 모르겠다. 겨울 가뭄이 심해 시냇물은 조금밖에 흐르지 않는다. 아무러면 어떠랴. 그 물이 그 물인 것을.

〔2001〕

사소한 그러나 잊을 수 없는 일

해가 바뀌었다. 그리고 금붕어가 죽었다. 해가 바뀐 것에 비해 금붕어가 죽은 건 아무것도 아닌 일이다. 그러나 나는 해가 바뀌는 시간에 깊이 잠들어 있어 의식하지도 못했지만 세 마리의 금붕어가 한날 한시에 흰 배를 드러내고 수면 위에 떠 있는 걸 보고는 호들갑스럽게 놀랐다. 내가 발견한 게 같은 시간이었을 뿐 그들은 아마 앞서거니 뒤서거니 죽어갔을 것이다. 그 금붕어들이 우리집에서 산 동안을 헤아려보니 반년이 훨씬 더 된 것 같다. 금붕어를 기르게 된 것은 돌확 때문이었을까, 장구벌레 때문이었을까. 아마 둘 다였을 것이다. 우리집 마당엔 오래된 돌확이 하나 있다. 예전에 짐승의 먹이통으로 쓰였다는 아무렇게나 깎은 아주 못생긴 확이다. 그러나 어찌나 육중한지 아파트로 이사할 때 곤돌라에 실으니까 밑바닥이 휘는 것을 본 후로는 베란다에 그것이 있다는 게 여간 부담스럽지가 않았다. 무용지물이란 지나치게 큰 것도 문제지만 지나치게 무거운 것도 처치 곤란을 염려하게 되는 법이다. 다행히 이곳 땅집으로 이사하게 되면서 돌확은 땅위에 놓일 자리를 찾게 되어 신세가 편안해졌다. 그 안에 화분을 들여놓기도 하고 부레옥잠을 키워보기도 했다. 한동네 사는 화가가 진짜 연(蓮)을 나눠주어 재미를 본 것은 지지난해였을 것이다. 큰 연못 속에서나 피는 줄 알았는데 작은 확 속에서도 여름내 하루도 빼놓지 않고 이 세상의 것 같지 않은 청정한 꽃을 보여주는 연꽃이 얼마나 신기하던지. 그러나 그것은 꽃이 피기 시작할 때 분양해준 거였기 때문에 내가 키울 수 있는 꽃이란 생각은 별로 들지 않았다. 애지중지했지만 월동에도 실패하고 말았다. 그것을 안 건 그 이듬해 봄이었다. 그러니까 지난해 화원마다 묘목과 구근이 막 선보이기 시작한 초봄이었다. 구근말고도 온실에서 막 출하한 것 같은 진보라색 사이네리아가 햇빛 속에서도 셀로판지에 덮여 있었으니 아직도 겨울이 완전히 꼬리를 감추기 전이었을 것이다. 훈훈한 가게 안엔 커다란 수조가 있고, 그 안의 진흙탕 속에서 발그스름하게 움트는 게 있었는데 연잎이 올라오는 거라고 했다. 항아리에 담아서 집안에 들여놓았던 연뿌리가 썩어문드러진 걸 안 후라 그걸 사서 다시 키워보기로 했다. 확 속에 줄창 물이 고여 있으면 여름에 장구벌레가 번성할 것을 염려했더니 금붕어를 같이 키우면 그런 걱정 안해도 된다고 했다. 화원 주인은 내가 원하는 연을 질척한 개흙으로 채운 화분에다 옮겨주었고 그걸 돌확에 넣고 물을 채우니 자연히 흙탕물이 되었다. 여름이 되기 전에 금붕어도 사다 넣었지만 물은 불투명하고 연잎은 무성하여 어떻게 유영을 하는지, 살았는지 죽었는지조차 분간이 안되었다. 한여름엔 돌확이 화로처럼 달아오르고 그 안의 물도 뜨끈뜨끈해지는지라 혹시나 익어서 떠오르지 않나 기웃거리긴 했어도 마음으로부터 염려한 것 같지는 않다.

이곳은 시내보다 기온이 낮은 편이다. 지난 세모 올겨울 첫추위가 닥쳤을 때 돌확의 물은 1센티가 넘게 얼어붙었다. 그 전에 연뿌리는 갈무리를 한 뒤라 순전히 돌확이 얼어터지지 않게 하려고 얼음을 깨고 바가지로 물을 퍼냈다. 그때 맨 밑바닥 걸쭉한 곤죽탕에서 힘차게 몸부림치는 게 있었다. 세 마리의 금붕어였다. 처음부터 세 마리였는지 대여섯 마리 중에 그것만 살아남은 것인지도 잘 생각나지 않았다. 다만 손바닥만하게 남은 흙탕물 속에서 잉어보다 더 싱싱하게 날뛰는 그것들의 생명력이 가슴 철렁하도록 놀라웠을 뿐이다. 나는 서둘러 그 세 마리의 금붕어를 진흙탕과 내 오랜 무관심으로부터 구해내어 우리집에서 제일 크고 잘생긴 도자기 수반에다 옮겨주었다. 본디 있던 돌확 속의 자갈도 몇개 깨끗이 씻어서 옮겨주고 나서 오래간만에 맑은 물 속에서 유영하는 금붕어를 바라보고 이제 살았지? 하며 생색을 낸 지 사흘도 안되어 그것들은 허옇게 탈색한 죽음이 되어 떠오른 것이다.

그 하찮은 죽음들을 건져내면서 60여년 전 내 어린 손바닥을 스친 어떤 촉감이 생생하게 되살아나는 건 또 무슨 조화인지. 처음 서울 온 촌뜨기 눈엔 이것저것 신기한 것 천지였지만 그중에도 동무네 집 뒤주 위 어항에서 금붕어가 노니는 것을 처음 보고 몹시 가지고 싶어한 적이 있다. 엄마한테 조르고 조른 끝에 아가리가 프릴처럼 주름잡힌 동그란 유리항아리와 서너 마리의 금붕어를 가질 수 있게 되었다. 금붕어도 물고기 모양을 하고 있었지만 내가 익히 알고 있는 우리 시골 개울물이나 저수지에 흔해빠진 물고기하고는 너무도 달랐다. 요상하게 예쁜 게 온종일 좁은 물에 갇혀서 재롱을 부리는 걸 보면서 그게 살아 있다는 생각은 미처 못하고 그저 서울에만 있는 신기한 장난감 정도로 생각했던 것 같다. 그 옛날이건만도 서울엔 저절로 움직이는 것들이 많았다. 이발소 앞에서 빙빙 돌아가는 붉고 푸른 원기둥도 그런 것들 중 하나였다. 어렵게 얻은 금붕어들은 웬일인지 한달을 못 넘기고 그 선연한 빛깔에 버짐이 생기면서 죽어갔다. 그 죽음을 손으로 건져낼 때의 섬뜩하고 싫은 감촉을 통해 처음으로 그것들이 한때 살아 있었다는 걸 깨달았다. 살아 있던 것이 죽어서 비로소 살아 있었다는 걸 처절하게 주장할 때의 당혹감을 무엇에 비길까. 나는 여덟살 먹은 계집애처럼 유치한 비명을 겨우 참고 그 죽음을 채송화 밭에 묻었다. 지난 봄부터 여름, 가을까지 째지게 새빨간 꽃을 피우던 채송화는 지금 자취도 없이 사라졌지만 아마 무수한 씨를 땅속에 남겼을 것이다. 채송화 씨는 흙의 입자처럼 작고 깃털보다 가볍다. 바람에 날려 먼지가 되지 않기 위해, 혹한에 얼어죽지 않기 위해 자신의 몇갑절의 무게로 땅속으로 침잠하지 않으면 안되리라. 도대체 그 작은 입자 속에 어떤 힘이 있기에 이 척박한 흙속에서 그렇게도 진한 새빨간, 샛노란 빛깔을 길어올릴 수 있을까. 지금 모든 씨들은 땅속에 숨어 있다. 땅속으로 파고들지 못한 씨는 봄이 와도 싹트지 못할 것이다. 고독의 밑바닥을 치지 않고는 결코 좋은 글을 쓸 수 없다. 그건 슬픈 일이다. 글쓰는 일에 사로잡히게 될까봐 점점 더 몸을 사리게 되는 것도 그 고독하고 처절한 암중모색을 견딜 만한 힘이 나에게 남아 있지 않다는 걸 남에게도 나 자신에게도 들키고 싶지 않아서일 것이다.

〔2001〕

가을의 예감

오랜 장마가 갠 날 새벽 하늘의 아름다움을 무엇에 비길까. 그 푸르름은 태초처럼 순결하고 얼음장처럼 엄격하여, 만약 그 광대무변에 살짝살짝 새털구름이 거닐고 있지 않았다면 나는 그 하늘이 이승의 하늘이 아닌 줄 알았을 것이다. 새털구름은 마치 글라디올러스가 피어나듯이 처음엔 천천히, 차차 빠르게 화려한 주황빛으로 물든다.

"저것이야말로 꽃이 아닐 것이다/저것이야말로 물도 아닐 것이다."

나는 김수영의 「구라중화(九羅重花)」의 첫연을 떠올린다. 실은 거기까지밖에 못 외운다. 더 외울 수 있다고 해도 부질없는 일이 되었을 것이다. 그 신묘한 붓질은 환각이었던 양 순간적으로 탈색한다. 그리고 추락하듯 현실감이 돌아온다. 해가 찬란하게 떠오른 것이다. 해를, 더욱이 삼복중에 해를 찬란하다고 말하는 것은 정확한 표현이 아니다. 지겹다고 해야 옳다. 그러나 오랜 장마 끝이 아닌가. 흙탕물에 젖은 가재도구를 씻어내고 말려야 하는 수재민들에게 햇볕은 찬란함을 넘어 복음일 터이다. 햇볕은 물에 잠겼던 세간이나 이부자리를 말려주는 것 이상을 베풀 것이다. 누추한 삶을 견디게 하는 힘 말이다. 삶의 의욕이라 해도 좋다. 그건 높은 사람들의 위문행렬이나 각계각층의 수재의연금으로도 결코 해낼 수 없는 막강한 힘이다. 나도 여름내 장 속에서 눅눅하게 짜부라들었을 이부자리를 내다가 햇볕 아래 널어야겠다. 그래서 파삭파삭, 나중에는 구름처럼 둥실 부풀어오르게 해야겠다. 생각만으로도 크게 소리지르고 싶은 기쁨을 느낀다. 마침내 장마가 끝났다는 기쁨은 이렇게 크다. 참으로 지독한 장마였다. 진부한 표현이지만 내 생전에 이런 장마는 처음이었다. 장맛비란 눅눅하게 개었다 흐렸다 지루하게 계속되다가 한차례 큰비를 퍼부으면 끝나는 걸로 알고 있었다. 어렸을 때 기억으로는 장마를 마감하는 큰비를 어른들은 웅어리가 빠진다고 했다. 장마가 석달이 져도 웅어리가 빠지지 않으면 장마는 끝나지 않은 걸로 되어 있었다. 그러나 매일매일 웅어리가 빠지게 장대비가 퍼부어대니 기상이변이라고 떠들 수밖에. 기상이변이란 바로 하늘을 믿을 수 없는 것이고, 하늘을 믿을 수 없는 것처럼 우리의 원초적인 공포감을 자아내는 것도 없다. 덮어두었던 죄의식까지 불러내기 때문이다.

지나고 나면 내 생전에, 또는 기상청이 생긴 이래 처음인 걸로 되어 있는 신기록도 평균치 속에 파묻히고 만다. 내가 올여름 장마를 처음 겪어보는 것처럼 느낀 것도 빗소리와 시냇물소리를 직접 들을 수 있는 산골의 땅집에서 살게 된 때문이지 정말 내 생전의 신기록은 아닐 것이다. 아파트에 살 적엔 날씨와 거의 무관하게 살았다. 현관에 나가서 비로소 추적추적 비가 내리는 걸 알고 우산을 가지러 들어간 적도 있고, 추위가 만만치 않아 옷을 껴입으러 들어간 적도 한두 번이 아니었다. 이렇게 외부의 기후로부터 보호받는 생활을 남들은 다 편리하다고 좋아하는데 나는 갑갑했다. 음식도 점점 옛날에 먹던 단순소박한 맛을 찾게 되면서 문만 열면 흙을 밟을 수 있고, 산의 푸르름과 새소리 시냇물 소리를 접할 수 있는 집을 갈증처럼 꿈꾸게 되었다. 불편하게 살다가 편리해지는 것처럼 좋은 일은 없다. 너무 편리해지면 처음엔 약간 불안해지기도 하지만 길들여지기가 무섭게 처음부터 그런 데 태어난 것처럼 편리하다는 것 자체를 못 느끼고 살게 된다. 그러나 편리에서 불편을 택하기는 쉽지 않다. 그건 용기 같은 것하고도 다르다. 내 안의 아직도 남아 있는 유년기의 야성이 시키지 않았으면 못했을 것이다. 더군다나 이번 장마는 아이들을 다 휴가 보내고 나 혼자서 겪었다. 이번 장마의 특수성은 아마도 심한 국지성에도 있지 않았나 싶다. 이 아치울 마을은 서울에서 가깝지만 아차산 골짜기에 오목하게 파묻혀서 그런지 수도권의 타 지역과의 격차가 심한 편이다. 서울시내는 맨숭맨숭한데 이 마을에만 소복하게 눈이 쌓인 적도 한두 번이 아니다. 남쪽 바닷가로 휴가간 자식들이 매일매일 안부전화를 하면서 전해주는 그곳의 쾌청한 날씨에는 그애들이 잘 놀겠구나 싶어 안심스러울 뿐 아니라 평소 너무 좁아 답답하게 느껴지던 이 나라가 뜻밖에 광활한 것 같아 즐겁기도 했다. 그러나 가족휴가에서 홀로 빠진 손자가 학교 도서관에서 걸어온 전화는 너무도 뜻밖이었다. 그때 하필 아치울에는 올 장마 중에도 최고의 폭우가 퍼부을 때였다. 천둥번개를 동반한 지척도 분간할 수 없는 장대비였다. 3년 전이던가, 올해에다 대면 아무것도 아닌 장마를 겪은 후 컴퓨터가 작동이 안되어 AS를 받았는데 낙뢰를 맞았다고 해서 본체를 교체해야 했다. 벼락치듯 한다는 말이 있듯이 낙뢰란 순간적으로 인간의 원죄의식까지 불러내어 공구(恐懼)케 하고 마침내 대지를 향해 오체투지케 하는 엄청난 하늘의 진노쯤으로 여기고 있었던지라 내 컴퓨터가 겉은 멀쩡한 채 낙뢰를 맞아 못쓰게 되었다는 걸 믿을 수가 없었다. 그러나 장만한 지 일년 안이어서 큰돈 안 들이고 교체해준다기에 정말 벼락을 맞은 건지 애써 따져묻지는 않고 말았는데, 하도 천둥번개가 무섭게 치니까 그때 생각이 나서 우선 컴퓨터와 텔레비전 코드를 빼놓았다. 두 기계의 코드를 빼놓자 등골에 전율이 흐를 정도로 섬뜩한 고적감이 엄습했다. 마침 그때 전화벨이 울린 것이다. 손자의 학교는 신림동인데 그쪽은 해가 쨍쨍하다는 거였다. 믿어지지가 않았다. 손자 또한 아치울에 지금 천지가 개벽할 듯 큰비가 내리고 있다는 걸 믿으려 하지 않았다. 마침 번개가 먹빛 허공에 원한 서린 칼빛처럼 새파란 균열을 일으키면서 천둥소리가 귀청을 찢었다. "이 녀석아, 이 소리 들리지? 천둥소리야. 이래도 못 믿겠니?" 나는 수화기를 허공에다 대주고 나서 물었다. 녀석은 믿어요, 믿을게요,라고 선선히 시인하고 나서 낄낄댔다. 낙천적인 웃음소리였다. 그러고 나서도 폭우와 천둥번개는 한동안 계속됐다. 나도 손자가 있는 곳에는 지금 햇볕이 쨍쨍하다는 걸 믿을 수밖에 없었다. 저만치 하늘 끝이 열리면서 거짓말처럼 강렬한 햇빛이 대지를 향해 사선으로 내리꽂히는 빗줄기를 선명하게 드러냈기 때문이다. 한결 성기어지긴 했지만 아직도 굵은 빗줄기는 마치 은빛 회초리처럼 대지를 향해 강한 적의를 품고 있는 것처럼 보였다. 비가 뜸해지자 숲이 마치 혁명 전야처럼 불온하고 은밀하게 술렁이기 시작했다. 이제 숲은 아침저녁 상큼한 바람을 보내오던 정답고 만만한 숲이 아니었다. 숲의 소요는 빠르게 확산되면서 몸부림으로 변했다. 나무들이 일제히 같은 방향으로 마녀가 검은머리를 태질하듯 무겁고 침통하게 몸부림치는 게 숨막히는 공포감을 자아냈다. 극에 달한 짙은 녹색, 마치 기름을 칠한 것처럼 무겁게 번들대는 물기, 공기가 이동하는 바람에 의해서라기보다는 숲이 뿌리내린 땅속 깊은 곳으로부터 치받치는 불가사의한 힘에 의해서인 듯 전성기의 나무를 밑동에서부터 요동치게 하는 저 불안의 정체는 무엇일까. 혹시 가을의 예감이 아닐까. 그렇게 생각하고 싫어하는 나는 또 누구인가. 우리네 인간 안에는 가장 추운 계절에 입춘을 두고, 가장 더울 때 입추를 둔 것처럼 아무리 거대한 자연이라 해도 그 전성기의 오만에는 문득 균열을 일으켜보고 싶은 욕망이 숨어 있는 게 아닐까.

〔2001〕

검은 나비의 매혹

꽃들은 비에 약하다. 피튜니아, 팬지 따위 외래종 화초들은 장마와 무더위에 녹아버렸는지 문드러졌는지 자취도 없이 사라졌다. 살아남은 봉숭아, 한련도 비루먹은 짐승처럼 그 이파리에 윤기가 사라지고 병색이 완연하다. 이파리가 병들면 덩달아 꽃도 팍기가 죽는다. 이제 그것들을 위해 해줄 수 있는 일은 퇴출시킬 일밖에 없다. 그것들이 사라진 자리엔 부추꽃, 협죽도, 과꽃, 구절초, 여뀌꽃이 한창이다. 길고긴 장마를 어찌어찌 견디고 나서 다시 생기를 회복한 씩씩한 꽃으로는 채송화와 백일홍이 있다. 채송화는 매일매일 새로 피지만 백일홍은 한번 핀 꽃이 정말 석달 열

흘을 가는지 오래가서 기특하고, 꽃치고는 너무도 요염하지가 않아서 슬프다. 봄에 꽃가게에서 파는 백일홍은 키가 작고 꽃잎이 여러 겹으로 탐스러워 달리아를 닮았고 빛깔도 빨강과 노랑 두 가지 원색밖에 없고 벌레가 잘 꼬인다. 우리 마당에 있는 백일홍은 그런 개량종이 아니라 키가 훤칠하고 색깔이 다양하지만 요염하지 않은 토종이다. 그 꽃을 보고 있으면 그 꽃씨를 받은 어느 시골집 토담 모퉁이가 생각난다. 요즘은 화초도 공산품처럼 끊임없이 품종개량이 이루어지고 있고, 종류에 따라서는 개량종이 훨씬 건강하고 보기 좋은 것도 있다. 그러나 백일홍 개량종은 개량이 아니라 개악이다 싶게 토종에 비해 품격이 뚝 떨어진다.

장마가 개고 맑은 날이 계속되면서 하루도 거르지 않고 백일홍을 찾아오는 검은 나비가 있다. 그 나비는 어찌나 큰지 내 집 마당으로 검은 날개를 퍼덕이며 날아오는 모습이 마치 아름다운 새 같다. 날개를 접고 백일홍꽃 끝에 앉아서 건들거릴 때 비로소 아 나비였구나, 깨닫게 된다. 노랑나비 흰나비 호랑나비도 많이 찾아오는데 왜 하필 검은 나비에 마음이 끌리는 것일까. 귀공자처럼 예사롭지 않은 검은색 때문일까. 문득 저건 검은색이 아닐지도 모른다는 의심이 든다. 나도 모르게 가슴을 울렁거리며 검은 나비를 자세히 보려고 마당으로 내려간다. 나의 근접한 관찰을 아는지 모르는지 나비는 백일홍꽃 끝에서 그 큰 날개를 섬세하게 떨고 있다. 과연 검은색이 아니었다. 흑장미를 어떻게 단지 검다고 하겠는가. 그 얇고 가벼운 날개가 우물 속처럼 깊어지면서 그 밑바닥에 얼핏 붉은색이 비치는 게 아닌가. 그러니까 이 검은색은 붉은 색을 깊이깊이 파고들어가 그 극한에 다다른 경지다. 이렇게 깨닫는 순간 마치 나의 조급한 도통을 비웃기라도 하듯이 검은 나비가 가볍게 위치를 바꾸면서 아득한 곳에 가라앉은 붉은색이 거짓말처럼 푸른빛으로 바뀌는 게 아닌가. 그 날갯짓에 따라, 나의 시선의 각도에 따라 검은 나비는 온갖 색으로 요변을 거듭했다. 그 검은색 속에는 모든 색의 극한이 들어 있었던 것이다. 아니지, 모든 색은 아니었다. 내가 발견하지 못한 색은 아마 노란색이었을 것이다. 그러나 노란색이란 무엇이냐. 아이들이 그림 그릴 때 누가 가르쳐주지 않아도 빛을 표현할 때 쓰는 색깔이 노란색이 아니던가. 만약 빛의 협력이 없었다면 그 검은 나비가 실은 공작새보다도 화려하다는 걸 무슨 수로 보여줄 수 있겠는가. 이건 필시 나비가 아닐 것이다. 나비는 곤충이고, 곤충이라면 당연히 애벌레 시절이 있었을 게 아닌가. 나는 그 검은 나비가 애벌레 시절을 거쳐서 우화(羽化)했다고 믿고 싶지 않았다. 이 특별한 나비는 조물주의 손끝에서 직접 날아올랐을 것이다. 나는 어려서부터 꿈틀대며 땅을 기는 벌레에 대해 나도 임의로 할 수 없는 유별난 혐오감을 가지고 있다. 초등학교 5학년 때 새 이과(理科), 지금의 자연 교과서를 받았는데 그 안에 그려진 삽화에 구더기들이 오물대는 그림이 있었다. 살아 있는 것처럼 생생한 그림이었다. 나는 몸서리를 치면서 얼른 책을 덮었지만 온종일 징그럽다는 느낌이 따라다녀서 밥도 먹기가 싫었다. 스스로도 이해할 수 없는 유별남도 싫고 창피

했다. 견딜 수가 없어서 한밤중에 일어나 그 책장을 펼치고 그림 위에다 침을 퉤퉤 뱉고 나서 이를 갈며 손가락으로 문질렀다. 종이가 때처럼 밀리고 마침내 구멍이 뚫렸다. 그게 아마 내가 징그럽게 꿈틀대는 걸 직접 죽여본 처음이자 마지막 경험일 것이다. 징그럽다는 건 증오하곤 다르다. 증오하는 건 죽일 수 있지만 징그러운 건 죽일 수조차 없다. 나는 파리나 모기를 보면 기를 쓰고 쫓아가 죽여버리고 나방이나 매미, 잠자리도 실수나 장난으로도 죽일 수 있지만 구더기는 못 죽이겠다. 만일 내 몸이나 옷에 꿈틀대는 벌레가 붙었다 하면 펄쩍펄쩍 뛰면서 악을 써서 누군가의 도움을 청한다. 공주병 걸린 소녀라면 모를까 늙은이가 할 짓이 아니기 때문에 이건 내가 가장 숨기고 싶은 일급비밀이다.

아침에 산에 가다가 동행하던 혜경이가 길에 떨어진 검은 깃털을 보고 나빈가? 하고 지나쳤다. 나도 새 아니면 나비일 테지 하고 무심히 지나갔다. 혜경이가 건강을 회복해 나보다 앞장서서 산에 오르는 걸 보고 기뻤다. 허약하거나 나이먹은 사람에게 여름은 계절의 복병이다. 여름을 잘 났으니 또 한해를 보장받았다고 여기고 싶다. 그날 온종일 기다려도 검은 나비는 우리 마당에 나타나지 않았다. 그제야 혹시 아침에 본 깃털이 검은 나비의 죽음이 아니었을까 하는 생각이 들었다. 설마 신의 손끝에서 곧장 우화한 것처럼 신비스럽던 나비가 그렇게 속절없이 죽었을까 싶어 백과사전을 뒤져보았다. 애벌레에서 탈바꿈했다는 과거만 알았지, 앞으로 얼마나 살 수 있는지 그 수명에 대해서는 아는 바가 전혀 없었기 때문이다. 검은 나비는 안 나오고 공작나비라는 현란한 나비가 나오는데 수명이 매우 짧다고만 되어 있었다. 그러고 보니 마당에 고추잠자리떼가 안 날아온 지도 벌써 여러날 되지 싶다. 청명한 대낮에 고추잠자리떼가 날아와 공중에서 군무를 펼치면 잔디 위에 투영된 그 그림자까지 합해서 아득한 현기증을 유발하곤 했는데. 그것들은 나무 끝이고 풀 끝이고 내려앉는 법이 없었다. 교미도 선회하면서 공중에서 했다. 그것들은 다 어디로 갔는지 날아오지 않고 손녀가 휘두르던 잠자리채만 망 따로 대 따로 마당에 뒹굴고 있다. 사라질 것은 사라지고 남을 것은 남아 있다. 풀벌레는 구석구석 숨어서 울고 과꽃과 국화는 필 차례를 기다리는 중이지만 아마 된서리를 이기지는 못할 것이다. 그러나 어찌 소멸만 있다 하겠는가. 아직도 한여름처럼 무성한 목련나무 이파리를 한겹만 들춰봐도 그 안에 내년 봄에 필 꽃봉오리들이 교묘하게 숨어 있는 것을. 검은 나비도 아마 어딘가에 알을 낳고 죽었을 것이다. 소멸과 생성에 대한 순명(順命)이 바로 평화라는 거 아닐까.

〔2001〕

유년의 꽃

분꽃이 피었다/내가 이 세상을/사랑한 바 없이/사랑을 받듯 전혀/심은 바 없는데 분꽃은 뜰에 나와서/저녁을 밝히고/나에게 이 저녁을 이해시키고.

내가 이 세상에 오기 전의 이 세상을/보여주는 건지,/이 세상에 올 때부터 가지고 왔다고 생각되는/그 悲哀보다도 화사히/분꽃은 피어서 꽃 속을 걸어나오는 이 있다/저물면서 오는 이 있다

—장석남 「분꽃이 피었다」 전문

6월 초순 해 저물 무렵 우리 마당에 올여름 들어 첫 분꽃이 피었다. 제가 무슨 장미라도 되는 줄 아는지 딱 한송이 피었다. 그후 날마다 피는 송이수가 늘어나면서 포기도 빠르게 커지고 있었다. 작년에도 재작년에도 분꽃은 그 자리에 있었기 때문에 어느 만큼 크게 자랄 수 있는지 나는 알고 있다. 가을까지는 날마다 몇백 송이씩 새로운 꽃을 피우면서 맷방석만큼 크게 퍼질 것이다. 마치 풀꽃의 운명에 만족하지 못하고 나무가 되기를 꿈꾸듯이. 된서리 한번이면 속절없이 무너질 운명을 아는지 모르는지.

우리집 마당에는 꽤 여러 종류의 일년초들이 자라고 있다. 그중에도 분꽃이 있는 자리가 가장 비좁고 척박하다. 정원석과 계단 사이에 있는 폭이 한뼘도 안되는 길쭉한 땅에서 전혀 심은 바 없는 분꽃 싹이 나온 것은 이사오던 해 늦은봄이었다. 나는 떡잎만 보고도 그게 분꽃인 줄 알았기 때문에 뽑아버리지 않고 지켜보았다. 심은 바 없이 난 게 조금도 이상하지 않았다. 내 아득한 유년기로부터 나를 따라다니다가 이제야 겨우 현신(現身)할 자리를 얻은 것처럼 느껴져 반갑기도 하고 측은하기도 했다. 오랜 세월 잊고 지냈지만 분꽃은 나하고 가장 친하던 내 유년의 꽃이었다. 내 유년의 뜰에도 분꽃이 있던 자리는 뒤란도 아니고 사랑마당도 아닌 헛간 옆 뒷간 가는 길, 아무도 가꾸지 않은 어중간한 땅이었다. 대문을 들어서면 오른쪽은 사랑으로 통하는 작은 여닫이문과 사랑의 군불 아궁이가 있고 왼쪽은 넓은 헛간이었다. 지붕만 있고 문은 없이 안마당을 향해 열려 있는 헛간에는 닭들이 올라가서 잘 수 있는 홰가 길게 가로질러 있고, 알을 품을 수 있는 둥지도 매달려 있고, 둘둘 만 멍석이 세워져 있는가 하면, 작두·호미·낫 등 농기구도 널브러져 있고, 절구와 절굿공이도 있었다. 음력으로 오뉴월 긴긴 해가 미처 설핏해지기도 전에 헛간 앞 공터에 심은 바 없이 난 분꽃은 환하게 피어났다. 분꽃이 피어날 즈음이면 엄마와 작은엄마는 들에 나가 있다가도, 안에서 바느질을 하고 있다가도 어매, 벌써 보리방아 찧을 때가 됐나벼, 하면서 일손을 놓고 헛간으로 왔다. 시골에서 분꽃은 보리방아 찧을 때를 알리는 시계였다. 가을에 추수한 쌀은 한꺼번에 읍내 정미소에 가서 방아를 찧어다가 뒤주나 독에다 갈무리해두었지만 초여름에 거둔 보리는 껄끄러운 겉껍질만 벗겨낸 겉보리째로 두었기 때문에 매일매일 절구질을 해서 보얗게 대껴야 먹을 수 있었다. 분꽃은 보리방아를 찧을 때 피는 꽃, 그건 분꽃이 어린 나에게 이해시킨 저녁이었다. 엄마하고 작은엄마는 마주보고 쿵더쿵쿵더쿵 절구질을 하면서 시부모 흉도 보고 동네 소문도 퍼뜨리면서 신나게 스트레스 해소를 했다. 나는 그 옆에서 분꽃을 따다가 밑동을 자르고 나서 암술과 수술을 쏘옥 뽑아내고 밑동을 입에 대고 불었다. 뚜우 하는 빈약한 소리밖에 낼 수 없었고, 입에 댄 부분이 뭉그러지면 그나마의 소리도 안 났지만 나는 그짓을 지치지도 않고 되풀이했다. 보리방아 찧을 무렵은 동무 없이 온종일 혼자 논 계집애에겐 가장 심심한 시간이기도 했으리라. 맷방석만하게 퍼진 분꽃은 아무리 따내어도 표가 안 나게 지천으로 많이 피었다. 너무 오래 그짓을 하면 듣기 싫다고 핀잔을 듣기도 했다. 작은엄마가 평한 분꽃 피리 소리는 보리밥 먹고 뀌는 계집애 방귀소리 같다니 듣기 싫을 수밖에.

몇십년 동안 모습도 냄새도 없이 내 뒤를 쫓아다니다가 내가 마당 있는 집에 살게 되자마자 여봐란 듯이 그 모습을 드러낸 분꽃은 한 포기였을 때는 기적이었으나 그 이듬해 봄에는 여기저기 무수하게 돋아나 천덕꾸러기가 되었다. 놀라운 번식력이었다. 씨를 거두지도 않았거니와 뿌리지도 않았건만 봄이 되자마자 여기저기서 무수하게 분꽃 싹이 돋아났다. 나는 맨 처음 났던 그 조붓한 땅에 딱 하나만 남기고 분꽃을 전부 뽑아버려야 했다. 분꽃은 한 포기만으로도 저녁을 밝히기에 충분한 꽃이다. 금년에도 당초에 있던 자리에 한포기만 남겼는데 다른 바위틈에서 몰래 자란 게 있어서 차마 뽑지 못했다. 요새도 가끔 손녀들 앞에서 분꽃피리를 불어 보이면서 신기하지? 동의를 구하지만 플루트도 하고 바이올린도 하는 그애들은 멜로디를 만들 수 없는 단순한 삐익 소리를 시큰둥해한다.

지난 겨울이던가, 모 대학 독문과의 주선으로 독일어권의 여류문인들과 워크숍을 가진 적이 있다. 서로의 생활이나 관심사를 좀 더 깊이 이해하기 위한 방편으로 각각의 사는 모습이나 집필환경 등을 담은 사진을 교환해 보면서 설명도 하고 질문도 받는 시간을 가졌다. 나는 지난 여름 서재에서 찍은 사진이랑 가족들하고 찍은 사진 외에 분꽃 옆에서 찍은 사진도 한장 곁들였다. 지난 여름 분꽃의 개화가 최고조에 달해 하룻저녁에 백송이도 넘게 필 때 찍은 사진이었다. 외국에 많이 다녀보진 못했지만 우리의 땅에서만 자라는 꽃인 줄 안 봉숭아나 한련, 패랭이꽃들을 낯선 나라 들길이나 담 너머 정원에서 발견하는 수가 더러 있다. 그러나 분꽃을 본 적은 없고, 있을 것 같지 않다. 서울에서도 분꽃이 있는 정원을 본 기억이 없다. 여북해야 내 유년의 꽃이 싹틀 흙을 기다리며 내 뒤를 몇십년 동안 따라다녔을 거라는 몽상을 하였겠는가. 분꽃이 아주 환상적으로 찍힌 사진을 앞에 놓고 그 꽃에 얽힌 유년기 농촌 얘기를 하면서 통역을 통해 그런 얘기를 한다는 게 여간 갑갑하지가 않았다. 그러고 나서 상대방 작가는 그의 서재를 찍은 사진을 보여주었다. 내가 식물얘기를 해서 그랬는지 그 여성작가도 책상 위에 있는 선인장 화분을 가지고 이야기를 시작했다. 높이 20센티 정도의 원통형 선인장은 선인장이 으레 그렇듯이 온몸에 날카로운 가시가 돋아 있었는데 그의 친구 중에 그 가시를 가지고 음악을 연주할 줄 아는 이가 있다고 했다. 손가락으로 가시를 건드리면서 선인장에 확성기를 갖다대면 신비한 소리를 들을 수 있다면서 그는 입으로 그 소리를 흉내까지 내보였다. 흉내낸 그 소리는 정말이지 은쟁반에 구슬이 구르는 소리 같았다. 그 독살스러운 가시에서 그런 음이 나오다니 믿기지가 않았다. 믿거나 말거나라는 듯이 그는 친구가 선인장으로 연주하는 그 음악을 매우 좋아하지만 아무도 그 친구처럼 할 수는 없다고 했다. 가시가 여간 날카롭지 않아 아무도 손가락을 다치지 않고 그 선인장으로 연주는커녕 만질 수도 없는데 그 친구만은 손가락을 전혀 안 찔리고 그 무서운 가시를 마치 건반이나 현처럼 자유롭게 넘나든다고 했다. 이 신비한 선인장 얘기 역시 통역을 통해 들은 거라 섬세한 부분의 정확성은 장담할 수 없는 대신 신비감은 오래도록 남았다. 남들 다 찔리는 선인장 가시로 음악을 연주할 수 있는 손은 어떤 손일까. 그가 만진 건 가시가 아니라 음이 아니었을까. 가시 속에 숨겨진 음의 촉감은 도대체 어떠한 것일까. 음을 만질 수 있는 그 누구. 생각만으로 마음이 부푼다.

〔2001〕

노을이 아름다운 까닭

가을이 산을 내려오고 있다. 대청봉이나 내장산처럼 자지러지는 단풍은 아니지만 산정에만 드문드문 보이던 황갈색이 어느 틈에 중턱까지 퍼졌다. 봄은 기를 쓰고 올라가더니 가을은 이렇게 신속하게 내려오고 있다. 왜 그렇게 빨리 내려오는지 내리막길 조심하라고 주의를 주고 싶다. 산은 올라갈 때보다 내려올 때 더 조심해야 된다는 걸 늙어가면서 알겠다. 조금만 딴생각을 해도 발을 헛디디게 된다. 그럴 때마다 어머니 생각이 난다. 어려서 넘어지길 잘해서 어머니한테 걸을 때는 걷는 생각만 하라는 주의를 여러 번 들었다. 넘어지는 것말고도 어릴 적의 내 실수는 거의가 다 딴 생각을 하다가 저지른 거였다.

등산로 초입에 커다란 사시나무가 서 있다. 보통때는 그 나무가 거기 있다는 것도 모르고 지나다녔다. 특별히 눈에 띄는 나무가 아니었기 때문이다. 그 나무가 눈에 띈 것은 그 애처로운 떨림 때문이었다. 청명한 아침이었고 기분좋을 정도의 산들바람이 불고 있었다. 나무들의 이파리를 흔들 정도의 미풍이었는데 사시나무 혼자서 온몸으로 떨고 있었다. 나무들은 잎이나 열매, 크기, 줄기 등으로 자기가 무슨 나무라는 걸 알린다. 소나무나 아카시아처럼 한눈에 알 수 있는 나무도 있지만 자세히 살펴봐야 구별할 수 있는 나무도 있고, 이름을 모르는 나무가 더 많다. 어떻게 바람에 반응하느냐로 존재를 알리는 나무도 있다는 걸 그때 처음 알았다. 이건 나부끼는 것도 흔들리는 것도 아닌 떨림 그 자체였다. 신경이 떠는 것처럼 민감한, 전 존재가 공구(恐懼)하는 것처럼 깊고 걷잡을 수 없는 떨림.

나는 그때 문득 "쯧쯧, 왜 그렇게 사시나무처럼 떠냐?" 하는 어머니의 음성이 생각났다. 어려서 시골집에 살 때 겨울에는 부엌에서 목욕을 했다. 어머니는 자주 씻기는 편이었지만 기껏해야 한달에 한번 정도가 아니었을까. 가마솥에 데운 물을 나무로 깎아 만든 큰 함지박에 붓고 그 안에 들어앉아 때를 불렸다. 그러고 나면 어머니가 일으켜세우고 거친 베수건으로 박박 문지르면서 물을 끼얹었다. 함지박의 물이 미지근해지면서 떨림이 시작된다. 내 힘으로는 도저히 멈출 수 없는 떨림은 내 알몸을 함지박 바깥으로 번쩍 들어내 부엌바닥에 세워놨을 때 절정에 달한다. 아래윗니가 딱딱 부딪치게 떨렸다. 그런 나를 어머니는 사시나무 떨듯 한다고 했다. 베수건으로 물기를 다 닦아내도 떨림이 멈추지 않으면 어머니는 나를 당신 팔로 꽉 조이듯이 껴안았다. 따뜻한 포옹이 아니라 기둥처럼 완강한 제동이었다. 어머니는 살가운 분이 아니었는데도 나이들어가면서 더 자주 어머니 생각이 나곤 한다. 내 안에는 아직도 내 힘으로는 다스려지지 않는 떨림이 남아 있다. 살면 얼마나 더 살겠다고 모진 세상, 미지의 운명 앞에 이리도 알몸인 듯 시린가.

가을이 빠른 속도로 산을 내려오고 있는 걸 아는지 모르는지 지금 한창 만개한 철모르는 꽃이 있다. 아니 철을 모르는 게 아니라 가장 철에 민감한 꽃, 찬바람이 나야만 피는 꽃이란 어떤 꽃이겠는가. 두말할 것도 없이 코스모스다. 아치울 마을 동구 밖은 43번 국도이고 국도를 건너면 한강 둔치로 내려가게 되어 있다. 몇년 전만 해도 그곳은 버려진 땅이었다. 둔치 중에도 좀 지대가 높은 데는 비닐하우스가 있지만 강을 낀 10만평도 넘을 것 같은 저지대는 늪 같기도 하고, 우범지대 같기도 하고, 쓰레기를 몰래 버려도 묵인해주겠다는 약속의 땅 같기도 했다. 거기에 누군가가(아마 구리시청일 것이다. 개인이 하기엔 너무 광활한 땅이다) 꽃을 심기 시작한 것이다. 워낙 광활한 땅이라 몇백 몇천평씩 구획을 해서 사이로 산책로를 내고 철마다 꽃을 볼 수 있도록 유채꽃으로부터 장미, 홍초, 해바라기, 백일홍, 금잔화, 코스모스까지. 유채는 금년 봄가뭄이 심해 기대한 만큼의 꽃을 피워주지 않았다. 그밖에 장미나 홍초도 오랫동안 계속해서 피기 때문에 도리어 주의를 끌지 못하고 해바라기가 한창일 때는 정말로 굉장했다. 어떻게 그렇게 알고들 찾아오는지 많은 사람들이 활짝 웃으며 꽃밭에서 사진을 찍는 게 그렇게 보기 좋을 수가 없었다. 그들은 하나같이 영화배우처럼 웃었다. 아마도 「해바라기」라는 영화 속에 들어간 듯 착각했을 테니까. 영화 「해바라기」말고는 이땅에서 그렇게 넓은 해바라기밭은 누구에게나 아마도 처음일 것이다. 해바라기밭처럼 확 눈에 띄지는 않지만 백일홍이 한창일 때도 볼 만했다. 키가 큰 재래종 백일홍이 어쩌면 그렇게 다양하고 은은하고 세련된 색상으로 피는지. 녹의홍상이란 말도 있고, 어려서는 덮어놓고 명절날이면 샛노란 저고리에 새빨간 치마를 입었던 경험으로 우리 민족은 녹음과 진달래와 개나리를 사랑하는 것처럼 색에 대한 상상력도 거기 고정된 줄 알았다. 그러나 그런 원색의 유행은 외국에서 화학염료가 들어오고 우리네 살림이 정체성을 잃을 정도로 척박해진 후부터가 아니었을까. 요새 뜻있는 이들이 재현하고 있는, 우리 조상들이 즐겨입던 천연물감 들인 옷감을 보면 그렇게 다양하고 고상하고 세련됐을 수가 없다. 그런 색상들의 총집합이 바로 그 백일홍 꽃밭에 있었다. 놀라운 일이었다. 이제 그 백일홍 꽃밭은 지체높은 귀인의 말년처럼 기품있게 사위어가고 코스모스가 한창이다. 우리 시골에선 코스모스를 키다리라고 했다. 키다리보다는 코스모스가 더 예쁘고 정겹게 들린다. 요새 코스모스는 해바라기보다 더 사랑을 받고 있다. 통일로나 양평 가는 길 등 코스모스로 유명한 길도 많고 그래서 코스모스는 길가에만 피는 꽃으로 알지만 평원에 펼쳐진 코스모스밭은 더욱 볼 만하다. 물론 이 넓은 땅에 다 코스모스를 심은 건 아니다. 꽃에 따라 제 영역이 있고 제 차례가 되어야만 피건만 이상하게도 해바라기가 전성기일 때는 온통 다 해바라기밭 같고, 백일홍이 전성기일 때 또한 그러하였다. 지금은 코스모스만 보인다. 사라져가는 것들은 안 보인다. 요새 이곳 구리 둔치의 코스모스는 워커힐서부터 보이기 시작한다. 한강이 양평 쪽으로 완만하게 휘는 지점을 보면 그 일대가 분홍빛 아지랑이처럼 앙기앙기 피어오르는 게 보인다. 이 계절에 웬 분홍빛? 그리하여 환각 같기도 하지만 그게 바로 코스모스밭이다.

나는 해 저물녘의 그곳이 제일 좋다. 해바라기가 만개했을 때도 백일홍이 만개했을 때도 그곳에서 하염없이 아차산으로 해가 지는 걸 바라보는 게, 실은 그곳 산책의 하이라이트였다. 아차산에 안긴 우리 동네서 바라보면 한강 쪽에서 해가 뜨지만 한강 쪽에서 바라보면 아차산으로 해가 진다. 그냥 은은한 잔광만 남기고 꼴딱 질 적도 있지만 산정에 구름이라도 몇점 머물러 있으면 기가 막힌 노을을 보여줄 적도 있다. 구름은 부드러운 솜털구름보다는 터치가 힘찬 약간 성난 구름이면 더욱 장관을 보여준다. 노을이 너무도 핏빛으로 선열하여 영웅호걸의 낭자한 출혈처럼 비장할 적이 있는가 하면, 가인의 추파처럼 요요할 적도 있다. 어느 쪽이든 우리를 숨막히게 한다. 온몸을 나사처럼 죄어오다가 순식간에 풀어

준다. 그러고 나면 속은 것처럼, 내동댕이쳐진 것처럼, 서럽고 막막해진다. 아침에도 노을이 지지만 그건 곧 눈부신 햇살을 거느리기 때문에 사라지는 게 아니라 잊혀진다. 그러나 저녁노을은 언제 그랬더냐 싶게 순식간에 사라진다. 그 끝이 어둠이기에 순간의 영광이 더욱 강렬한 여운을 남긴다. 저녁노을이 아름다운 까닭은 그 집착 없음 때문이다. 인간사의 덧없음과, 사람이 죽을 때 어떻게 죽어야 하는지 알 것 같다. 아아, 그러나 너무도 지엄한 분부, 그리하여 알아듣고 싶어하지 않는 건지도 모르겠다.

〔2001〕

아차산

가을에는/호올로 있게 하소서……/나의 영혼,/굽이치는 바다와/백합의 골짜기를 지나,/마른 나뭇가지 위에 다다른 까마귀같이.

홀로 산길을 걷는데 문득 김현승의 「가을의 기도」 중의 마지막 연이 내게로 왔다. 위로받을 수 없는 섬뜩한 느낌으로. 산의 나무들이 마른 나뭇가지를 준비하는 바스락 소리가 아무런 무게도 없이 어깨를 쳤다. 봄은 봄대로 여름은 여름대로 가을은 가을대로 그토록 찬란했던 잎의 영화를 어찌 저리 무심히 떨굴 수가 있을까. 내가 있는 힘을 다해 헤쳐온 세파(世波)와, 문득문득 이 세상에 태어나길 참 잘했다고 믿게 해준 향기로운 도취의 시간들이 아무것도 아니란 걸 받아들여야 할 나이는 종교도 위안이 되지 않을 만큼 초라하다. 그러나 지금까지 애면글면 이룩했다고 믿어온 약간의 소유와 알량한 명예를 마른잎처럼 떨구지 못하는 한 마른 나뭇가지 위에 다다른 까마귀보다 더 초라해지리라는 걸 안다.

가을이 깊어갈수록 산길은 폭신폭신해진다. 늙을수록 예민해지는 건 뼈의 마디이다. 아무리 걷는 게 건강에 좋다고 해도 아스팔트나 보도블록 위를 걸으면 무릎이나 발목이 거기 관절이 있다는 걸 즉시 알려오기 때문에 오래 걷는 걸 피하게 된다. 몸속의 장기나 관절이 그 존재를 알려오는 건 위험신호와 같은 거기 때문에 무심할 수 있을수록 좋다. 명치께에 위가 있다는 걸 의식하는 건 과식했을 때나 소화가 안될 때뿐인 것처럼. 요즈음 산길은 등산화 없이 걸어도 전혀 관절에 부담이 안될 정도로 흙길 위에 쌓인 낙엽의 탄력이 쾌적하다. 간밤에 가랑비라도 한차례 뿌린 날 아침의 산길은 탄력뿐 아니라 그 향기 또한 깊고 그윽하다. 낙엽은 가랑잎이 주지만 솔잎도 꽤 섞였다. 젖은 솔잎과 가랑잎에서 은은하게 풍겨오는 향기를 폐부 깊숙이 들이마시면 마치 고고하고 탈속한 인격에서 말없는 감화라도 받은 것처럼 정신의 정화 같은 걸 경험하게 된다. 설사 그게 순간적인 환상에 지나지 않을지라도 세속의 잡스러운 일상에는 이게 웬 떡이냐 싶게 귀한 선물이다. 바로 그런 게 산의 좋은 기(氣)가 아닌가 싶다. 아차산은 야트막하고 골짜기마다 아치울 마을처럼 작은 마을들을 두 팔로 포근히 안고 있는 것 같은 형상을 한 모성적인 산이지만 정상에 올라 능선을 따라 걷다보면 의외로 매우 남성적인 산이라는 걸 알 수 있다. 능선의 중요한 지점마다 고구려의 보루성(堡壘城) 터가 남아 있어 이미 발굴이 완료된 상태인데 거기서 출토된 무기와 농기구, 생활용품을 서울대 박물관에서 전시를 한 일이 있다.

고구려는 무덤 속에 많은 벽화를 남겨서 그 시대 사람들의 생사관·우주관뿐 아니라 생활상을 생생하게 전해주고 있다는 것은 누구나 다 아는 사실이다. 우리가 관람할 수 있는 고구려 벽화는 중국 지린(吉林)성의 남쪽, 고구려 국내성이 있던 자리인 지안(集安)에 몰려 있는 고분군에서인데, 금년에 가본 바에 의하면 심한 훼손과 도굴 등으로 대부분의 고분이 관람불가였다. 몇년 전만 해도 5, 6기의 고분을 볼 수 있었는데 이제는 한 기밖에 개방을 하고 있지 않아 여간 실망스럽지 않았다. 직접 고분벽화를 못 본 이들도 사진이나 텔레비전 화면을 통해 고구려문화가 얼마나 호방하고 화려찬란했는지 정도는 다 알 수 있는 것은 훼손되기 전의 벽화 덕이었다. 무장을 한 무사나 말을 타고 짐승을 쫓는 남성상도 그 역동적인 모습이 인상적이지만 무용총 무희들의 물방울무늬 옷은 그 색채의 화려함에 있어서나 디자인의 세련됨에 있어서나 천오륙백년 전의 복식이라는 게 도무지 믿기지 않는다. 부엌에서 음식을 만드는 광경도 벽화로 남겼는데 그중에도 인상적인 것은 시루를 이용해서 음식을 익히는 모습이었다. 최근에는 가정집에서 시루를 별로 안 쓰지만 내가 시집가서 살림할 때만 해도 집안의 필수품이었다. 질그릇으로 밑에는 예닐곱 개의 구멍이 뚫려 있어서 그 위에다가 가는 새끼줄로 엮은 시루밑을 깔고 솥에다 얹어 김을 올려서 떡이나 약밥을 쪄냈다. 시루가 집집마다 있어야 하는 까닭은 매년 이맘때 즉 추수가 끝난 시월 상달에 고사를 지내 복을 빌고 이웃과 나눠먹기 위한 고사떡은 꼭 시루에다 붉은 팥을 켜켜이 깔고 쪄내는 시루떡이어야 하기 때문이다. 그런 시루의 역사가 천오백년이 넘는 줄은 몰랐다. 아차산 보루성터에서는 바로 내가 쓰던 것과 조금도 다르지 않은 시루가 출토되어 서울대 박물관에 진열되어 있었다. 그밖에도 한강유역을 차지하려고 고구려와 백제가 얼마나 치열하게 싸웠나를 생생하게 보여주는 무기도 많이 출토되었지만 유난히 시루가 신기했던 것은 천오륙백년을 무화하는 그 현재성 때문이다. 그러나 정작 지안에 있는 고구려 박물관에서는 시루를 볼 수 없다. 아차산 보루성터 출토물이 훨씬 더 다양하고 풍부하다.

삼국시대뿐 아니라 최근세사가 살아 숨쉬는 곳 또한 아차산이다. 아차산 능선을 남쪽으로 따라 내려오면 아차산성이 나오고 워커힐이 되지만 북쪽으로 올라가면 반대쪽으로 망우리 묘지가 나온다. 망우리, 얼마나 좋은 이름인가. 그러나 구리에 속한 동쪽 묘역 중에는 죽어서도 빛을 발하는 정신, 혹은 죽어서도 시름을 못 놓았을 것 같은 분들의 묘지가 있다. 만해 한용운, 소파 방정환, 호암 문일평, 처음으로 우두를 배워 시행한 지석영, 박인환, 조봉

암 등의 묘소가 같은 묘역에 적당한 거리를 두고 떨어져 있다. 그분들말고도 그 묘역으로 가는 안내도에 이름을 남긴 유명인사는 여러 분 더 있다. 그중에서 그분들만 기억하는 건 아마 내가 그분들을 안다고 생각하기 때문일 것이다. 그러나 안다고 생각할 뿐 만난 적이 있는 건 아니다. 내 가족이나 친지 중 먼저 간 사람은 많지만 망우리 묘지에 묻힌 사람은 없다. 망우리의 그 많은 무덤 중 내가 만나보고 기억하는 얼굴은 없다. 그럼에도 불구하고 내가 망우리 묘지를 좋아하는 것은 그런 분들의 묘역이 있기 때문이고, 아차산을 사랑하는 까닭도 그분들의 기가 서려 있는 산이라고 믿기 때문이다.

이 가을이 아주 가기 전에 어느 비 갠 아침 홀로 아차산에 오르고 싶다. 올라 그분들의 묘지 앞에서 내 청춘의 감수성을 건드린 아름다운 혹은 힘찬 문장을 떠올리고 싶다. 내 팔뚝에 아직도 크게 남아 있는 네 개나 되는 우두자국과 산골마을에서 그것을 맞으러 면소재지까지 가던 어린날의 공포를 떠올리며 미소를 짓는 것도 나쁘지 않을 것이다. 또는 제명에 못 죽은 무덤 앞에서 잔인했던 한 시대를 떠올리며 소름이 돋은들 어떠하리. 마지막으로 한용운의 묘소 앞에서 편안한 휴식을 취하고 싶다. 젖은 솔잎냄새를 맡으며. 그분의 죽음은 혹시 그런 향기를 뿜으며 백골이 되지 않았을까 몽상하며. 이 묘역이 나에게 특별한 것은 나에게 결핍된, 아니 처음부터 부재했던 부성적인 것에 대한 갈망이나 동경 때문인지도 모르겠다. 며칠 전에는 후배 문인의 시골집이 있는 양양엘

다녀왔다. 골짜기골짜기마다 자지러지게 물든 단풍이 대청봉에서 흘러내린 맑은 계곡물에 비치니 선경이 따로 없었다. 나는 최고의 찬사로 아차산 단풍은 여기 대면 아무것도 아니란 소리를 연발했다. 그러나 집으로 돌아와서는 뭐니뭐니 해도 아차산의 수수한 단풍이 제일이라고 말했다. 맹세코 둘 다 거짓말이 아니다.

〔2001〕

죽은 새를 위하여

밖을 내다보기 위해, 혹은 빛을 끌어들이기 위해 인간들은 집에 창을 낸다. 나도 집앞 개울 건너 밤나무숲을 바라보기 위해 큰 창을 냈다. 창살도 없는 통유리창 때문에 저만치 있는 밤나무숲이 마치 우리집 마당처럼 보인다. 유리창은 이렇게 경치를 빌려보는 데 편리한 것인 줄만 알았지 유리창을 통해 경치가 집안으로 들어올 수도 있다는 건 미처 몰랐다.

새벽에 눈을 뜬 지 채 5분도 안되어서였다. '딱' 하는 생나뭇가지 부러지는 소리와 함께 맹렬한 속도로 날아온 새가 유리창에 부딪히면서 땅으로 떨어졌다. 나도 모르게 비명을 지르며 밖으로 뛰어나가 보니 목뼈가 부러져 즉사한 새가 창밖에 널브러져 있었다. 부부였을까, 한 마리도 아닌 두 마리였다. 무슨 새인지 이름은 알 수 없었다. 크기는 참새보다는 비둘기에 가까웠지만 깃털은 참새와 비슷했다.

작년에도 유리창에 부딪혀 새가 즉사한 불상사가 두번이나 있었기 때문에 새가 왜 그런 실수를 하는지 알고 있다. 밖에서 유리창 안을 들여다보면 앞산이 그대로 비쳐 보인다. 낮에는 안의 사물들과 겹쳐 보이지만 해뜨기 전 어둑신한 새벽녘이면 유리 속은 더 어둡기 때문에 도리어 그 안에 비친 앞산은 실물보다 훨씬 깊고 신비한 심산유곡처럼 보이는 것이다.

새가 속은 것이다. 그리고 나는 새를 속여먹은 것이다. 산에다 덫을 놓아 오소리나 멧돼지, 산토끼 등을 닥치는 대로 사냥해 그 간을 내먹고 피를 빠는 인간들한테 분노하고 치를 떨 자격이 나한테 있을까. 이런 자괴심조차 나는 믿을 수가 없다. 나는 아차산 골짜기에 이 집을 새로 지을 때 자연친화적인 집을 지으려고 애썼다. 높게 짓지 않으려 했고, 외벽도 흙벽의 부드러운 질감을 닮은 마감재를 썼으며, 황토색과 초가지붕 빛깔의 중간쯤 되는 부드러운 색으로 칠했다. 자연친화적 좋아하네. 창살도 없는 통유리창을 어쩔 것인가. 자연의 일부인 인간이 이렇게 자연을 무자비하게 파괴하고 착취하다가는 결국 인간도 살아남지 못하리라, 이렇게 너스레를 떠는 것을 초목이나 산짐승이 알아듣는다면 그런 인간우월주의에 아마 구역질이 날 것이다. 자연과 문명은 어차피 적대적인 것이 아닐까.

촌구석에서 태어난 내가 처음으로 문명과 충돌한 것도 유리창을 통해서였다. 어머니에 의해 서울로 끌려오다시피 하다가 경유한 소도시 개성에서 나는 처음으로 유리창이라는 걸 보았다. 석양을 반사한 유리창은 화염을 내뿜는 것 같았다. 나는 비명을 지르며 엄마 치마꼬리에 매달렸다. 그전부터 나에게 유리와 불의 이미지는 따로가 아니었다. 오빠가 읍내 소학교에 다닐 때 학교에서 받아온 학용품 중 화경(火鏡)이 내가 난생 처음 본 유리였다. 하필이면 그 볼록한 유리의 쓸모가 불을 만드는 거라니. 화경을 통해 까만 종이 위에 햇빛을 모으면 연기가 모락모락 나면서 타들어가 구멍이 생겼다. 그걸 가지고 어른 몰래 장난을 치다가 짚더미에 불이 옮겨붙어 집을 태울 뻔한 일이 있었다. 그 무섭고 불길한 물건으로 온통 창을 싸바른 기차를 타고 도시로 온 게 자연과의 조화로운 삶과 영이별하는 것이었다.

아차산에는 온갖 새들이 산다. 그러나 생긴 걸 보고 이름을 알 수 있는 새는 까치, 참새, 굴뚝새 등 동네로 자주 내려오는 새들이고, 소리로 무슨 새인지 알 수 있는 것은 소쩍새와 뻐꾹새가 고작이다. 봄부터 지금까지 산에 온갖 잡새들이 별의별 소리로 지저귀지만 어떻게 생긴 새인지 그 모습을 본 적은 없다. 나는 혜경이랑 산에 갈 때마다 새소리에 홀린 나머지 죽어서 무언가로 태어날 수만 있다면 새로 태어나고 싶다는 소리를 여러번 했다. 우리집 유리창에 부딪혀 죽은 새는 한쌍이었으니 필시 엄마 아빠였을 것이다. 둥지에서 먹이를 찾으러 나간 엄마 아빠를 기다리다 지친 새끼들이 피나게 울고 있을지도 모른다. 내가 듣고 즐거워한 온갖 새소리 중에는 그 어린 새끼들의 슬픈 원성도 들어 있었을 것이다. 인간과 자연을 갈라놓는 건 이런 극복할 수 없는 착각이 아닐까.

내가 우리집에서 죽인 건 새뿐이 아니다. 작년에는 개도 한 마리 죽음에 이르게 했다. 똘똘이라는 요크셔테리어 종의 개인데, 원래 딸네가 아파트 안에서 기르던 거였다. 딸네 식구들은 우리집에 올 때면 꼭 개를 데리고 왔다. 딸의 말인즉슨 똘똘이가 산을 좋아한다는 거였다. 아치울 가자는 말만 나오면 좋아서 길길이 뛰기 때문에 미리 말하면 안된다고 했다. 우리집 마당도 좋아했지만 산에 데리고 갈 때마다 앞서면서 좋아라 어쩔 줄 모르는 게 볼 만했다. 공중으로 한길은 솟구쳐 몸을 회오리바람처럼 선회시키면서 온몸으로 기쁨을 표시했다.

딸은 그런 개를 집안에만 가두어 기르기가 안됐으니 여름 동안만 엄마가 맡아달라고 했다. 집안에서 기르던 개를 밖에서 길러도 괜찮을지 걱정하면서도 시험삼아 길러보기로 했다. 마당에 개집을 놓고 개가 가장 좋아하던 손자의 속옷을 깔아주었다. 똘똘이는 첫날부터 적응을 잘해 끽소리 없이 제집에서 자고 낮에는 바깥세상을 즐겼다. 때로 주인 없는 동네 고양이가 우리집에 얼씬거릴라치면 으르렁거리며 싸움을 걸어 피투성이가 될 때까지 싸워 이겨 자신의 영역을 확고하게 지켰다. 그러나 낮에 바깥마루에 앉아 우두커니 앞산을 바라보고 있을 때면 그 꼴이 너무도 작고 고적해 보여 괜히 가슴이 뭉클해지곤 했다. 그 표정은 날로 심오하고 착잡해져 마치 철학을 하고 있는 것 같았다.

철학자를 닮아가던 똘똘이가 어느날 아침 싸늘한 시체가 되어 마당에서 발견됐다. 외상도 토사물도 고통의 흔적도 없이 자는 듯이 죽어 있었다. 나는 그 조그만 개를 숲속에 갖다 묻으며 조금 울었던가. 한번도 그 개를 사랑하지 않은 데 대한 뉘우침이었다면 그건 얼마나 알량하고 위선적인 눈물인가. 똘똘이가 산을 좋아할 거라는 우리의 착각이 그 개를 죽음에 이르게 한 게 아닐까. 딸네 식구들은 다 바쁘다. 아침 일찍 각각 출근하고 등교했다가 저녁 늦게야 들어온다. 온종일 혼자서 집을 지키다가 일주일에 한번 일요일에나 주인과 같이 외출할 수 있다면 그 동반이 산이건 바다건 시장통이건 어찌 행복하지 않았으랴. 그래서 그토록 미친 듯이 좋아하는 걸 오직 산행만을 즐기는 줄로 알았으니. 몇천년 동안 인간 위주로 길들여놓고 나서 졸지에 자연으로 돌아가라니 얼마나 황당했을까.

그러나 똘똘이가 철학을 한 것만은 틀림없다고 생각한다. 인간이라는 족속이 즐기는 착각에 대해, 자연하고도 인간하고도 소통이 불가능해진 자신의 운명에 대해 생각하고 또 생각했을 것이다. 인간이 개똥철학이라고 비웃건 말건.

〔2001〕

아치울 통신

아침에 눈을 뜨자마자 나는 팔을 뻗어 창호지문부터 연다. 나는 언제나 새벽과 아침 사이의 시간에 깨어난다. 그건 시계가 가리키는 시간과는 상관없는 시간이다. 해뜨는 시간은 날마다 변하니까. 이런 버릇 때문에 나는 마치 내 몸이 천지의 기운과 친밀하게 닿아 있는 것처럼 느끼곤 한다. 창호지문 밖은 유리창으로 되어 있어서 직접 바깥바람을 쐴 수 있는 건 아니지만 창호지보다는 예민하게 상큼한 외풍을 전해준다. 그리고 시야 가득 숲과 하늘이 밀려온다. 눈에 거슬리는 인공적인 게 하나도 섞이지 않은 순수한 자연은 내가 마치 원시림의 오두막에서 눈을 뜬 것 같은 가슴 울렁거리는 착각을 불러일으킨다. 요새는 어떻게 된 게 나뭇잎들이 하루에 1센티씩은 자라는 것 같다. 어제까지도 언덕진 숲의 가장 저지대에 자리잡은 밤나무숲은 작년의 묵은 잎도 미처 다 떨구지 못한 남루한 갈색을 하고 있었는데 하룻밤 사이에 연연한 녹두색 안개를 피어올리고 있지 않은가. 그 위쪽으로는 참나무과에 속하는 각종 활엽수 사이에 간혹 산벚꽃나무와 때죽나무, 아카시아가 섞여 있고 밋밋한 능선을 이루는 정상 근처에는 소나무와 낙엽송이 주류를 이루고 있다. 그것들이 뿜어내는 몽글몽글한 각종 녹색의 향연은 찬탄 외의 딴 할말을 잃게 한다. 어떻게 저렇게 다채로운 녹색이 있을 수 있을까. 꽃처럼 현란하달 수는 없어도 꽃보다 더 황홀하다. 곧 해가 떠오르면 저것들은 더 밝고 다양한 색으로 요변할 것이다. 겨우내 울울하던 소나무까지 밝은 빛을 띠고 각양각색의 싱그러운 신록과 잘 어울리고 있다. 아아, 아직은 봄이다. 나의 찬탄에는 이런 감동도 섞여 있다. 숲은 나의 매일매일을 찬탄으로 시작하게 한다. 세상에 이런 복이 어디 있단 말인가. 봄은 너무 짧고 여름은 너무 길다고 사람들은 말한다. 나 역시 그렇게 느끼고 있다. 봄은 오고, 그리고 갈 뿐 머무는 법이 없지만 여름은 일단 왔다 하면 사람이야 지겨워하든 말든 한동안은 요지부동으로 버티고 있기 때문에 그렇게 느껴질 뿐 오고가는 시간까지 합하면 봄이 훨씬 길지도 모른다. 때늦은 폭설에도 불구하고 숲은 2월부터 도처에서 봄의 예감으로 달떠 있었고, 저 다양한 연녹색이 철갑처럼 두터운 진초록 일색으로 뭉개지기 전까지는 봄이라고 여기고 싶으니 안 그런가.

숲에는 사람을 불러내는 힘이 있다. 앙상한 겨울나무가 느닷없이 저토록 싱싱한 녹색을 분수처럼 뿜어오르게 하는 땅기운과 봄바람과 햇빛을 쐬고 싶은 것이다. 벌떡 일어나 마당에 나가면 숲의 전모가 확실하게 드러난다. 이상하게도 전체적으로 볼 수 있는 숲이 유리창을 통해 본 숲보다 훨씬 작아 보인다. 전깃줄, 전신주, 이웃의 지붕과 담장 등을 포함해서 볼 수밖에 없어서 그렇게 보이나보다. 그러나 이웃과의 공유감 때문에 훨씬 친근해진다. 산이라고 부르기엔 너무 나지막해 숲이라고 했지만 실은 아차산자락이었다. 아차산도 높은 산은 아니다. 그 아차산이 두 팔을 벌려 가슴 깊이 끌어안은 것 같은 동네가 우리 동네, 아치울 마을이다. 내가 숲이라고 부른 언덕은 두 팔 중 오른팔에 해당하고 왼팔은 오른팔보다 좀더 높아서 아치울의 바람막이 노릇을 해주고 있다. 이 마을의 집들은 교외의 단독주택단지답지 않게 마당이 넓은 편은 아니다. 최초의 분양면적이 백평 미만이었던 것 같다. 그러나 마을을 에워싸고 있는 산과 숲을 마당으로 공유하고 있어서 더 넓은 마당에 대한 욕심은 없다. 이 마을 사람들이 얼마나 산에 의지하고 숲을 사랑하는지는 이 마을의 집들을 보면 절로 느껴진다. 집들은 다들 아차산의 오른쪽 팔에 해당하는 숲을 바라보는 향으로 지어졌다. 그쪽이 남향이기 때문이다. 그래서 이 마을엔 조망권이나 일조권에 누를 끼칠 만큼 튀는 집이 없다. 서로에 대한 이런 배려 때문에 집들은 적당히 겸손하고 마을이 오순도순 아늑해 보인다. 돈냄새가 나는 집도 없지만 가난해 보이는 집도 없고 그냥 다들 나름대로 살 만해 보인다. 우리 마을엔 학자도 살고 운전사도 살고 교수도 살고 장사꾼도 살고 화가도 살고 공무원도 살고 의사도 살고 사업가도 살고 양봉가도 기술자도 글쟁이도 산다. 밥줄의 성질은 서로 판이하지만 매일 아차산에 찬탄을 보내면서 산 정기를 충분히 들이마시기 때문인지 소박해 보인다는 공통점을 가지고 있다. 누구네 집에 초상이 나면 대로를 막고 차일을 칠 수 있으며 마을에 벚꽃이 흐드러지게 피면 역시 길을 막고 차일을 치고 화덕을 설치하고 마을잔치를 벌인다. 통과하는 외부차량이 없기 때문에 그게 가능한 것이다. 길은 넓어도 아차산이 가로막아 동네로 들어오는 길은 결국은 막다른 골목이 된다. 도망갈 길이 없어서 도둑도 못 든다고 한다.

이 동네 사람들은 다들 내가 그냥 예사롭게 좋아할 수 있는 이웃들이지만 그중에는 특별히 더 친하게 지내는 이들도 있고 내가 일방적으로 좋아하거나 존경하는 이들도 있다. 그림을 그리는 혜경이도 내가 각별히 아끼는 이웃이고 또 가장 자주 만나는 이웃이다. 매일 아침 산에 같이 가니까. 나이는 내 딸 또랜데도 몸이 약한 편이어서 나 같은 늙은이하고도 서로 신경쓰지 않아도 걷는 속도가 잘 맞는다. 정상까지 못 올라가고 도중하산하는 체력의 한계도 비슷하다. 서로 말을 시작하면 죽이 잘 맞지만 한마디 안해도 전혀 부담이 되지 않는 것도 서로를 최고의 파트너라고 느끼게 한다. 우린 둘 다 산에 사는 온갖 것들 풀, 나무, 꽃, 산나물, 버섯,

이끼, 새, 짐승 들에 대한 호기심이 왕성해서 그것 때문에도 심심할 여지가 없는데 혜경이는 한술 더 떠서 만나는 사람들한테도 각별한 관심을 나타낸다. 나는 아는 얼굴이면 안녕하세요, 모르는 얼굴이면 미소 정도가 고작인데, 그는 처음 만나는 사람이 끌고 오는 개의 이름이나 습성, 족보까지 알고 싶어한다. 그가 알고 싶어하는 건 결코 상대방이 어디서 뭐 해먹고 사는 누구일까 하는 진부한 인적사항이 아니다. 전혀 엉뚱한 것이면서도 상대방이 은근히 나타내 보이고 알아주길 바라는 그 무엇이다.

며칠 전이었다. 우리가 거의 산을 다 내려왔으니까 산의 초입이었다. 사십을 넘었을까 말까 한 여성 둘이 길가로 비켜나 보온병에서 커피를 따르면서 휴식의 자세를 취하고 있었다. 커피향 때문에 나도 모르게 기분좋은 심호흡을 했다. 처음 보는 얼굴들이었다. 나는 누가 뭘 먹을 때는 쳐다보거나 가까이 가지 않는 것을 수로 알고 있기 때문에 눈인사도 안하고 지나쳤다. 그러나 뒤처진 혜경이는 웃으면서 그들에게로 다가갔다. 나는 혜경이가 틀림없이 커피를 얻어마시려고 그러는 줄 알고 도대체 어떻게 수작을 거나 걸음을 멈추고 바라보고 있었다. 그러나 혜경이가 이끌린 건 커피향이 아니라 그들의 옷차림이었다. 혜경이 자신이 빼어난 멋쟁이이기 때문에 평소에도 남의 옷이나 액세서리에 관심이 많다. 어쩌면 두 분이 다 그렇게 멋쟁이냐는 혜경이의 아낌없는 찬사에 그들은 환하게 웃으며 고맙다고 했다. 눈에 안 띄는 수수한 옷차림인데 혜경이가 대뜸 알아보고 그렇게 말하니까 그런 것 같았다.

멋쟁이는 멋쟁이끼리 알아보게 되어 있다. 옷을 화제로 그들이 의기투합하는 게 보였다. 그들은 혜경이가 검은 면점퍼에 달고 있는 코사주가 멋있다고 칭찬했다. 나는 그가 그런 코사주를 달고 있다는 것조차 그때 처음 알았다. 아주 아기자기하고 귀여운 코사주였다. 혜경이가 입으면 검은색도 화려해 보이는 게 신기했는데 그럼 저 코사주 때문이었나? 나는 속으로 그렇게 생각했다. 옷 칭찬 다음에 자연스럽게 서로 어디 사나를 묻고 있었다. 그들은 잠실에서 일부러 등산을 왔다고 했고, 우리는 바로 이 동네 아치울에 산다고 했다. 그들은 그러냐고, 그들도 아치울이 좋아서 가끔 아치울을 통해서 아차산에 오른다고 했다. 그리고 한마디 더 덧붙였다. 아치울에 사는 사람들은 얼마나 행복할까 지날 때마다 부러워한다고. 나는 멀찌감치 떨어져서 그들의 수작을 들으면서 기분이 째지게 좋았다. 칭찬받아 싫을 사람 없다지만 그 이상의 예찬이 어디 있겠는가. 되로 주고 말로 받는다더니 옷 칭찬 좀 해주고 이게 웬 떡이냐 싶었다. 우리 동네보다 자연환경이 뛰어나고 교통이 편리한 호화주택 동네는 땅값이 비싼 서울시내에도 얼마든지 있을 것이다. 그러나 성처럼 미려하고 견고해 보이는 저택과 손질이 잘된 넓은 정원을 갖춘 호화주택촌을 보고 그런 데가 행복한 동네라고 생각할 사람은 별로 없을 것이다. 이땅에서 저 정도로 버젓하게 살려면 뒤로 어떤 손과 더러운 뒷거래를 해야 하는 걸까, 하는 야비하고도 불온한 상상을 하게 될지도 모른다.

우리 동네는 과분한 자연환경을 누리고 있으면서도 남에게 그런 못된 적개심을 일으키지 않으니 얼마나 행복한 동네인가. 다 아차산 덕이고, 아차산을 누릴 뿐 소유하지 않은 덕이다.

〔2001〕

3부

이야기의 고향

개성사람 이야기

내 안의 언어사대주의 엿보기

놓여나기 위해, 가벼워지기 위해

개성사람 이야기

내 고향은 개성이 아니라 개성시내에서 남쪽으로 8km 가량 떨어진 개풍군(開豊郡) 청교면(靑郊面)의 한 작은 마을이다. 그래도 서울 와서 살면서 고향이 어디냐고 물으면 개성이라고 대답했다. 우리 식구들이 다들 그렇게 하니까 나도 따라서 그렇게 한 것도 있고, 아마도 서울사람들에 대한 시골뜨기의 열등감 때문에 개성사람이라고 하면 조금은 알아주지 않을까 하는 저의도 있었을 것이다. 그게 자연스러울 만큼 사투리를 비롯해서 생활문화 전반에 걸쳐서 고려문화권의 특질을 공유하고 있었다. 행정구역상으로도 19세기말 고종 때부터 개풍군 내의 면들은 개성부(開城府)에 속했다고 한다. 우리 고향사람들도 스스로를 개성사람이라고 칭하면서 당시의 개성부는 송도(松都)라고 차별해 불렀다. 어려서부터 송도를 흠모한 것은 요새도 시골 어린이라면 누구나 경험할 수 있는 도시에 대한 막연한 동경 못지않았다. 그러나 내가 송도를 처음 본 것은 여덟살 때였다. 여러 지면을 통해 회고했듯이 우리 마을에서 개성까지 사이에 있는 네 개의 고개 중 마지막 고개인 농바위고개를 다 오르자 발밑에 은빛으로 빛나는 아름다운 도시가 펼쳐졌다. 토질이 사질(沙質)일 뿐 아니라 송도중학·호수돈여중을 비롯한 주요 공공건물들이 흰 화강암으로 되어 있어서 녹색과 암갈색에 익숙한 눈에 그렇게 눈부셔 보였나보다. 생전 처음 보는 유리창에 반사된 햇빛은 눈부시다 못해 공포스러웠다. 첫인상 중 또 하나 잊을 수 없는 것은 도시 전체에 핏줄처럼 섬세하게 펴져 있는 시냇물이다. 개성사람들은 그 시냇물을 '나깟줄'이라는 예쁜 이름으로 불렀다. 개성은 송악산·용수산·자남산·진봉산 등 풍광이 뛰어난 산에 둘러싸여 있어서 이들 산에서 발원한 맑은 물이 이 아름다운 고도(古都)를 골고루 적시고 있었다. 또 나깟줄에는 여기저기 희고 깨끗한 너른 바위가 노출되어 있어 생무명이나 광목 등 깃것을 마전하기에 적합했다. 개성 여자들은 마전을 하고 또 해서 뽑아낸 마지막 흰색에 남다른 심미안을 갖고 있었던 것 같다. 서울살림을 하면서 우리 어머니한테 들은 불만 중 잊혀지지 않는 것은 서울서는 도무지 빨랫빛이 안 난다는 거였다. 어머니는 버선만 보고도 어디 사람이라는 걸 알 수 있다면서 개성사람 버선은 옥시설처럼 희고, 서울사람 버선은 푸르뎅뎅하게 희고, 일산·금촌사람 버선은 불그죽죽하게 희다고 했다. 옥시설은 어머니가 완벽한 흰색에 바치는 최고의 찬사인데, 사전에는 없는 말이다. 추측건대 옥(玉)과 시설(柹雪)의 합성어가 아닌가 싶다. 서울의 석탄가루 섞인 흙과 시골의 황토흙과 개성의 깨끗한 땅이 각각 흰 빨래에 그렇게 영향을 미친다는 소리였다.

서울 와서 우리가 자리잡은 곳은 변두리의 빈촌이었는데 수돗물도 안 나오는 고지대였다. 그나마도 셋방살이였다. 물이 흔한 고장에서 청결이 몸에 밴 어머니는 그걸 몹시 괴로워했다. 그러나 어머니가 더 견디기 어려웠던 건, 사는 법도의 차이가 아니었나 싶다. 하수도도 따로 없어서 좁고 비탈진 골목길이 시궁창이나 다름없고, 대여섯 칸짜리 오막살이들이 방방이 세를 주어 인구밀도가 높아 식구끼리 이웃끼리 싸움질이 그칠 날이 없는 더럽고도 시끌시끌한 동네였다. 이웃끼리 싸움도 잘했지만 뭘 꾸러 오기도 잘했다. 어머니는 누가 돈 꿔달랄까봐 전전긍긍했다. 처음부터 그랬던 건 아니다. 처음엔 급하게 쓸 돈이라고 숨찬 소리를 하면 자식들 월사금(의무교육이 실시되기 전 학교에 꼭 내야 하던 납입금) 주려고 꾸려놓은 돈이라도 선뜻 꿔준 것 같다. 물론 언제 월사금 내야 할 돈이라는 걸 밝혔고 그때까지 갚는다는 철석 같은 약속을 받아내고 꿔줬을 것이다. 바느질품을 팔아 우리를 공부시키는 어머니에게 쌀과 월사금은 거의 신앙 같은 거였다. 월사금 낼 돈이라고 했음에도 불구하고 사전에 한마디 양해도 없이 안 갚는 사람을 어머니는 견딜 수 없어했다. 언제나 이 동네를 면할꼬,가 어머니의 입버릇이었다. 돈이 없다고 하면 개성집에도 돈 떨어질 때가 있냐고 안 믿었고, 꿔준 돈을 재촉하면 과연 개성깍쟁이는 무섭다고 싫어했다. 개성사람 앉았던 자리엔 풀도 안 난다더니 정말이라고 비꼬기도 했다. 어머니는 적반하장도 분수가 있지 셈이 흐린 서울사람들, 자기네들이 무섭지 셈이 바른 개성사람을 왜 무섭다는 건지 모르겠다고 개탄을 하곤 했다. 실상 우리 집안은 개성 토박이는 아니었다. 어떤 연유에서였는지는 모르지만 증조부 때 서울서 그쪽으로 이주했기 때문에 친척들이 거의 다 서울 살고 있었고, 어머니는 더군다나 서울 근교 태생이 개성으로 시집을 갔을 뿐 순 개성사람도 아닌데, 서울 변두리 빈촌에 살면서 자식들의 정체성만은 확실하게 개성사람으로 만들려는 경향이 있었다. 셋방살이 하면서 안집에서 툭하면 고기 살 돈이 없다고 꾸러 오는 걸 가장 경멸하면서도 안집이라 안 꿔주지는 못하고 속을 끓이는 것 같았다. 그런 경험 때문인지 어머니가 자식들한테 가르친 사는 법도 중 돈에 관한 건 좀 특별한 데가 있었다. 누가 돈을 꿔달라고 했을 때 못 받으면 가서 애걸복걸해서라도 받아야 할 만큼 너에게 중요한 돈이라면 처음부터 꿔주지 말아라. 그러나 쌀 살 돈이 없다면 무조건 꿔줘라. 자식 월사금 낼 돈이 없다면 네가 당장 쌀 살 돈이라고 해도 꿔줘라. 돈거래는 될 수 있는 대로 못 받아도 아깝지 않을 사람하고만 해라. 그런 사람에게 꿔준 건 그 즉시 잊어버려라, 등등이다. 이건 우리 어머니의 교훈이라기보다는 개성사람들의 경제적 특질이라고 생각한다. 돈셈에 있어서의 투명성과 정직성은 개성사람들의 가장 본받을 만한 점인데 그걸 가지고 무섭다고 욕하는 건 마치 돈셈이 우물쭈물 흐린 걸 후한 인심으로 착각하는 것과 같지 않을까.

개성은 예로부터 상업이 발달한 고장이다. 그건 조선왕조가 500년 동안 유교를 통치이념으로 삼아 선비를 우대하고 장사를 업신여기는 정치를 펴는 동안 개성에서는 이씨왕조에 벼슬하기를 굴욕스럽게 여긴 고려 유민들이 독자적으로 상업을 발달시킨 탓도 있지만, 고려란 나라가 워낙 조선보다 개방적이고 상업적이었기 때문일 것이다. 고려가요나 송도의 유적지에는 멀리 아라비아의 회교도하고까지 교역을 한 흔적이 도처에 남아 있다. 장사는 돈벌자고 하는 짓이다. 그러나 글을 읽고 벼슬길에 나선 적이 있는 식자층이 너도나도 장삿길에 나서 돈을 벌게 되자 오로지 돈밖에 몰라 무시당하는 장사꾼과는 어디가 달라도 다르게 보이고 싶었을 것이다. 사람에게 인격이 있듯이 노력해서 번 돈은 돈 자체에도 격이 있어 함부로 쓰거나 너무 안 쓰면 돈이 스스로 등을 돌리게 되어 있다고 생각하는 게 개성사람들이다. 청결을 좋아하는 것도 개성사람들의 특징으로 알려져 있지만 그건 집치레나 옷치레에서보다는 오히려 돈 씀씀이에 더 해당하는 말이 아닌가 싶다. 오리(五厘)의 이문을 위해 십리를 뛰어간다는 말이 있듯이 작은 이문을 위해서도 최선을 다하지만 큰돈이라도 믿고 대줬다가 못 받을 때는 뒤끝이 그렇게 깨끗할 수가 없다. 개성에서는 큰 장사꾼일수록 도제관계가 철저해서 큰 도가(都家)집에서도 아들을 딴 도가집에다 맡겨 장사를 배우게 하는 풍습이 있었다. 일단 남의 가게로 고용살이를 들어가면 장삿일뿐 아니라 주인영감 요강까지 부시게 하는 혹독한 훈련을 시키고도 용돈 한푼 안 준다. 그러나 그런 훈련을 거쳐 장사꾼으로 한몫하게 생겼다는 믿음이 가면 가게를 하나 새로 차려서 내보낸다. 요샛말로 하면 자회사나 지점에 해당하는 이런 수하상인을 송도에선 예전부터 차인(差人)이라 불렀다. 인품을 믿는 동업자끼리 이런 방식으로 자식을 교환하는 것말고도 자식을 장사꾼으로 키우고 싶은 집에서는 어떡하든지 재력과 인품을 갖춘 큰 상인한테 자식을 보내서 잔심부름부터 배우게 하고 싶어했다. 큰 상인들의 눈에 들어 차인이 되면 장래를 보장받은 거나 마찬가지였다. 뒷돈을 대주어 장사를 시킬 때 처음엔 일정한 이자를 받다가 만약 차인이 이문을 못 남기고 밑졌다고 하면 다음에는 이자 없이 다시 뒷돈을 대주는 식으로 끝까지 봐주지 한두 번의 실패로 내치는 일이 없기 때문이다.

외화(外華)치레보다는 실속을 중하게 여기는 것도 개성사람들의 좋은 특질 중 하나이다. 지방색, 특히 북쪽지방의 특질을 남한 땅에서 찾아보기 어렵게 된 지금도 개성음식 하면 다들 알아주고 개성사람이라는 것만으로도 미식가려니 넘겨짚는 사람도 있다. 그래 그런지 서울서 개업중인 개성음식점들이 사랑받고 있고 나도 자주 가는 편이지만 떡국이나 만두가 너무 작고 앙증맞아 같은 개성이라도 촌에서 자란 나에겐 지나치게 세련되어 보인다. 좋은 음식은 좋은 재료에서 나온다는 건 두말할 것도 없다. 우선 기름진 풍덕평야에서 나는 쌀의 깊고 차진 맛을 잊을 수 없다. 벼가 누렇게 익을 무렵 집앞 논에서도 얼마든지 잡을 수 있는 참게로 담근 게장맛은 내가 칠십 평생 맛본 음식 중 최고의 진미이다. 암케 딱지 속의 고약처럼 검고 찐득한 알의 맛을 안다는 것만으로 나는 이 세상의 어떤 미식가도 못 따를 최고의 사치를 했다고 자부한다. 개성 인근의 참게맛은 예로부터 진상 게로 알려져 있는데 그게 우리 마을엔 지천이었다. 그뿐일까, 잎사귀가 청청하고 줄기가 얇은 개성 배추로 담근 보쌈김치는 검은 이파리를 걷어내면 마치 신기하고 커다란 꽃봉오리처럼 향기롭고 아름답다. 섣달 그믐께 곤 수수엿으로 만든 각종 강정의 단정한 모양, 시집가는 딸에게 폐백으로 해보내던 약과의 호사스러움, 개성 제육·개성 순대의 깊은 맛, 아무리 촌에서도 그런 것들을 아무 그릇에나 담아먹지 않고 반드시 거기 맞는 기명(器皿)과 짝 맞출 줄 아는 깔끔한 감각 때문에 지금 생각해도 왕의 식탁 못지않았다. 이런 음식사치에 비해 집을 꾸미거나 옷을 잘 입는 데는 별로 신경을 안 썼다. 외화보다는 실속을 중히 여기는 정신은 가옥구조에 잘 나타나 있다. 식민지시대를 겪으면서 많이 변질됐지만 개성의 전통가옥은 사랑채는 초가고 안채만 기와집이다. 아주 초라해 보여도 안에 들어가면 으리으리한 집이 많은데 그것도 비싼 세간살이 때문이 아니라 여자들이 맨날 걸레를 들고 윤을 내기 때문이다. 부엌 찬장이건 솥단지건 안방 장롱이건 반들반들 얼굴이 비치게 닦는 게 개성여자들의 못 말리는 버릇이다. 조선팔도 방방곡곡 개성상인들의 발길이 안 닿는 데가 없고, 그렇게 장사 나간 남편은 일년에 두 번 추석과 설에나 집에 돌아왔기 때문에 개성사람은 통계상으로도 5월 생일과 9, 10월 생일이 압도적으로 많다고 한다. 개성여자들은 아마도 남편시중 들 필요가 없이 남아도는 한가하고 고적한 시간을 열심히 장 걸레질하는 걸로 달랬는지도 모르겠다. 정결하고 반질반질한 것말고 개성사람들의 남다른 집치레가 있다면 그건 아마 화초 가꾸기가 아닌가 한다. 아무리 작은 집에도 마당에는 화강암을 고인돌처럼 괴어놓은 '긴 돌'이 두 개 정도는 있게 마련이다. 긴 돌은 방이나 마루, 부엌이나 마찬가지로 집안에 없어서는 안될 구조물인데 화분을 장식하기 위한 것이다. 집의 규모에 따라 긴 돌은 두 단짜리도 있고 세 단짜리도 있고, 둘레에 나무나 꽃밭이 있지만 그런 여유가 없는 마당에도 긴 돌 하나는 꼭 있어야 되는 줄 알았으니 꽃가꾸기가 사람도리의 으뜸까지는 안 가도 도리 안에 들긴 했던 모양이다.

촌에는 긴 돌 대신 뒤란이 있었다. 사랑마당은 있는 집도 있고 없는 집도 있었지만 뒤란은 오막살이에도 있었고, 뒤란의 주인은 터줏가리였다. 터줏대감을 모신 큰 고깔 모양의 지푸라기가 있는 주위는 온통 꽃나무와 씨 뿌리지 않아도 저절로 나는 한해살이 꽃들로 뒤덮여 있었다. 우리집 뒤란 울타리는 개나리로 되어 있었다. 촌에는 장사 나가는 남자가 없어서 그런지 집안에서 여자들이 장롱 걸레나 치고 있을 새가 없었다. 우리 마을 여자들은 도시여자들이 핸드백 들고 다니듯 필수품처럼 허리에 '종댕이'를 차고 다녔다. 종댕이에는 호미나 머릿수건 같은 게 들어 있었다. 종댕이를 차고 다니면 어디서나 씨 뿌리고 거두는 데 편했다. 논두렁이고 밭두렁이고 노는 땅만 보면 후비적후비적 파고 씨 뿌리고, 영근 콩꼬투리나 팥꼬투리가 있으면 제때제때 거두기도 하고, 풋고추나 오이, 호박을 따담기도 하는 데 호미와 종댕이는 필수품이었다. 이렇게 거둔 것들을 다음날 새벽에 송도로 이고 나가 돈이나 필수품으로 바꿔가지고 왔다. 어릴 적 아침에 눈 비비고 일어나 바깥마당에 나가면 그때 벌써 송도에 갔던 여자들이 명랑하게 떠들면서 마을 어귀에 들어서고 있었다.

서울 와서 옹색한 셋방에서 학교 다니면서 유일한 낙은 어서어서 방학해서 시골 내려가는 거였다. 방학하던 날로 내려가서 개학하기 전날 올라왔다. 시골집은 나에게 잃어버린 낙원이었고, 서울의 빈궁과 누추를 견디게 하는 힘의 원천이기도 했다. 내가 아는 시골은 우리 고향이 전부이기 때문에 시골은 다 그런 줄만 알았지 우리 시골이 특별히 부유하다고는 생각해본 적이 없었다. 자라면서 다른 시골을 가볼 기회가 생기면서 비로소 대개의 시골집들은 정말로 게딱지 같은 초가집이라는 걸 알게 되었다. 개성 농가는 규모가 크고 번듯하다. 집집마다 사랑채가 있고 대문이 버젓하고, 안채는 높게 짓고, 안방과 부엌을 일자(一字)로 두고, 안방은 윗방 쪽에서 꺾어서 머릿방을 두기 때문에 밝다. 또한 안방 윗방 다 뒤란 쪽으로 뒷문이 나 있어 통풍이 잘될 뿐 아니라 뒤란을 감상할 수가 있다. 다들 자작농이고 삼포만이 송도부자들 소유였다. 나는 서울 오기 전까지 이 세상에 부자와 가난뱅이가 따로 있다는 걸 몰랐다. 먹을 것은 넉넉했고 사람들은 부지런하고 유쾌했다. 더 나은 삶이 있다는 걸 몰랐기 때문에 결핍의 불행감도 몰랐다. 우리 시골이 당시의 우리나라의 일반적인 농촌에 비해 삶의 질이 높았던 것은 늘 옆구리에 종댕이를 차고 다니던 여자들의 부지런함과 무관하지 않다고 생각한다.

송도시내에 사는 여자들이라고 다들 장롱 걸레질, 솥뚜껑 행주질만 하고 산 것은 아니다. 그들도 기회만 있으면 체면 가리지 않고 경제활동에 나섰다. 수매한 인삼을 백삼으로 만들려면 껍질을 벗겨야 한다. 그때가 가정부인들이 빈부나 지체를 가리지 않고 부업에 나서는 때이다. 조합 너른 마당에 큰 맷방석에다 인삼을 산처럼 쌓아놓고 여자들이 둘러앉아 대나무칼로 인삼 껍질을 벗긴다. 한 맷방석에 아홉 명, 열 명 혹은 열한 명씩 둘러앉는다. 열심히 손도 놀리고 입도 놀리며 껍질을 벗기기 시작하면 대개 오전중에 끝난다. 작업이 끝나는 대로 임금이 지불된다. 정해진 임금은 사람수효에 따라 나오는 게 아니라 한 맷방석당 얼마로 나오기 때문에 아홉 명 혹은 열한 명이 나누려면 우수리가 생길 수도 있다. 동업하던 개성상인은 이익을 나눌 때 1전이 남으면 엿을 한가락 사서 반씩 나눠먹는다는 말이 있다. 그것도 타지사람들이 개성사람 흉보는 말인데 이 여자들은 한술 더 떠서 인삼조합에서 받은 임금을 분배하고 1전이 남으면 성냥 한갑을 사서 성냥개비로 나눈다고 한다. 엿 한가락을 10등분하기보다 성냥 한갑을 그렇게 하는 게 얼마나 더 쉽고 공평한가. 그러나 타지사람들은 개성사람들이 이렇듯 셈에 철저한 걸 인색한 것과 동일시하는 것 같은데 그건 절대로 아니다. 개성사람이 인색하다면 아마 그건 자신에게 대해서일 것이다. 자신에겐 박하고 남에게 후한 거야말로 개성 인심의 진수이다. 후하다는 건 덮어놓고 뭘 많이 준다는 게 아니라 일단 도와줄 만해서 도와주면 그만이지 그걸 갖고 질질 끌며 생색을 내려 들지 않는 깔끔함을 말한다. 서울서는 별로 안 쓰는 말인데 개성사람이 많이 쓰는 말 중 '더리다'가 있다. '더리다'를 강조하기 위해 '더리적다' '지더리적다'라고도 하는데, 주로 자기가 한 작은 선행이나 자선을 오래 마음에 두고 보답을 바라거나 공치사하고 싶어하는 구질구질하고 산뜻하지 못한 인품을 딱하게 여길 때 그런 표현을 썼다.

타지사람들이 개성사람을 앉은 자리에 풀도 안 날 지독한 사람으로 여기는 게, 자신을 위해 아끼고, 베풀 만한 사람에게는 베풀되 나중에 그걸 가지고 절대로 떠벌리지 않는 결곡한 정신 때문이라면 흉될 것도 없다고 생각한다. 개성에는 소문난 몇몇 부잣집이 있는데 그들이 일제 때 소리소문없이 해외에 독립자금을 댄 건 개성사람이면 누구나 다 아는 사실이다. 일제 때야 소리소문없이 할 수밖에 없었다고 쳐도 해방후에는 그걸로 애국자연할 수도 있으련만 아무도 그러지 않았다. 그런 소문난 부자는 아니지만 내가 존경해온 어느 학자분도 돌아가신 후에 후배 학자들이 너도나도 등록금도 못 낼 곤경에서 그 어른의 도움으로 학업을 계속할 수 있었노라고 회고하는 걸 듣고 놀란 적이 있다. 그 어른의 평소 생활이 너무도 검소했기 때문이다. 그러나 잡숫는 것만은 여간 까다로운 미식가가 아니셨던 듯 지금도 그댁에는 그분이 즐기시던 개성지방의 정통 음식솜씨가 며느님에 의해 고스란히 전수되어, 동향의 친구들은 가끔 그댁에 초대되는 걸 큰 복으로 여기고 있다. 나는 그분의 생활방식을 전해들을 때마다 아무리 가난해도 쌀과 월사금만은 마지막까지 지켜내려고 했던 우리 어머니를 떠올리곤 한다.

마지막으로 면면히 이어져와 개성사람들의 특질을 만들어낸 저항정신을 빼놓으면 안될 것 같다. 개성에서 일본상인들이 발을 못 붙인 건 누구나 다 아는 사실이다. 그건 상권을 지켜낸 일이 될 뿐 아니라 주변 농촌을 피폐하지 않도록 지켜준 마지막 보루가 되지 않았나 싶다. 1전을 10등분하기 위해 성냥을 한통 사서 나누는 지독한 개성여자들도 일본상인들에 대해서는 기꺼이 손해를 보면서까지 저항했다. 자식한테 5전짜리 비누를 사오라고 심부름을 시켰다. 분명히 비누 한 개는 5전인 줄 알았는데 두 개를 가져왔다. 까닭을 물으니 새로 낸 일인 상점에서 신장개업 기념으로 선심을 쓴 거였다. 어미는 아이에게 그 물건을 돌려주고 조선사람이 파는 가게에 가서 하나만 받아오라고 이른다. 1전에 치를 떠는 어미가 기꺼이 5전에 손해를 본 것이다.

나는 일제 말기에 고향으로 내려가 학교 때문에 개성시내에 살다가 해방을 맞았다. 먹을 갈아 급하게 일장기를 태극기로 변조했다. 일본국기가 쉽게 태극기가 되는 걸 천만다행으로 여기면서. 집집이 급조한 태극기가 펄럭이는 골목을 지나다가 가끔가끔 오랫동안 장 속에 숨겨뒀음직한 태극기를 보고 발길을 멈춘 적이 있다. 그중에는 흰색 공단 바탕에다 같은 공단 천으로 사괘(四卦)와 태극무늬를 박음질한 태극기도 있었다. 흰 바탕이 노랗게 변색하고 접었던 자리의 변색이 더 심한 태극기를 우러르며 먹을 갈아 급조한 태극기가 부끄럽고 그 집 전체가 우러러 보였다. 공단처럼 고급천은 아니더라도 해방된 날 고이 간직했던 태극기를 내다건 집이 적지 않았던 개성이 내 고향이라는 게 자랑스럽다.

〔2000〕

내 안의 언어사대주의 엿보기

1. 나의 이중언어 시절의 이중성

나는 식민지시대에 태어났다. 개성에서 10킬로 정도 떨어진 산간벽지였다. 일찍부터 개화된 개성보다 훨씬 투박한 사투리를 쓰는 고장이었다. 그러나 이상하게도 우리 식구들은 서울 표준말을 썼다. 내가 우리집에서 쓰는 말과 동네사람이 쓰는 말이 다르다는 걸 언제부터 의식하게 되었는지는 잘 생각나지 않지만, 언어의 차이 때문에 스트레스를 받은 기억은 지금까지도 생생하다. 우리집은 그 고장 토박이가 아니었다. 19세기말 나라가 어지러울 때 과거에도 번번이 실패하고 생계도 곤궁해진 선조가 부자 친척의 배려로 그쪽으로 이주했다고 한다. 우리집은 송도유수를 지내면서 많은 토지를 장만해 그 고장에서 떵떵거리며 살게 된 그 친척과 집을 나란히하고 살았다. 그 집은 기와집이고 우리집은 초가집이었다. 두 집이 다 현재 살고 있는 그 지방 풍속보다도 떠나온 서울 풍속을 더 존중하며 살았다. 특히 우리 할아버지의 의식은 서울 지향적이어서, 매사에 우리가 마을사람보다 지체 높은 양반이고 또 서울사람이라는 티를 내고 싶어했다. 그러나 끼니 거를 걱정이나 안하고 겨우겨우 사는 우리 형편이 마을사람보다 나을 게 조금도 없었기 때문에, 쓰는 말이라도 표나게 다른 말을 씀으로써 마을사람들과의 차별성을 확실하게 해두려는 것 같았다. 차별성이란 물론 우리가 그들보다 신분이 높다는 우월감이었다. 밖에 나가 놀게 되면서 자연스럽게 배워오는 그 고장 사투리와 억양이 집에서는 어떤 나쁜 짓보다 더 심한 꾸지람거리였다. 할아버지의 세 며느리 중 우리 엄마가 유일하게 서울 근교 출신이어서 우아한 서울말을 썼다. 그런 엄마를 서울며느리, 서울며느리 하면서 표나게 편애할 정도로 할아버지의 서울 우러름증은 좀 유난스러운 데가 있었다. 단지 서울사람이라는 이유로 잘난 척을 하며 사는 할아버지를 닮아 나도 곧 내 또래 동무들 사이에서 잘난 척이 하고 싶어졌고 그 방법은 간단했다. 동무들하고 놀 때도 동무들이 쓰는 내 고장 말을 쓰지 않고 우리 집안에서만 통용되는 서울말을 쓰는 거였다. 표나게 다른 언어를 씀으로써 나는 어느 틈에 동무들로부터 소외됐지만 나는 그들보다 한단계 높다는 우월감 때문에 외톨이 처지를 오히려 즐길 수 있게 되었다. 나는 내가 태어난 환경 때문에 너무 어린 나이에 내가 쓰는 말에 자부심을 느꼈을 뿐 아니라, 내 귀에 세련되지 못한 말을 쓰는 사람을 얕잡아보는 고약한 버릇까지 습득하게 되었다.

이렇듯 나는 내가 쓰는 말로 인하여 우월감을 가질 수 있다는 사실을 너무 어린 나이에 알아버렸지만, 그 시기는 순식간에 지나가버리고 말았다. 과부가 되어 맏며느리의 굴레로부터 어느정도 자유로워진 우리 엄마는 서울며느리답게 아이들 교육은 서울서 시키고 싶어했고, 먼저 오빠만 데리고 서울 간 엄마는 내가 여덟살 되던 해 나까지 데리러 왔다. 서울 오자마자 미처 도시생활에 적응할 새 없이 당장 초등학교에 집어넣어진 나는 처음으로 내가 쓰는 언어가 국어가 아니라는 사실을 알게 되었다. 내 나라 말이라는 뜻의 국어는 일본어였고, 조선어는 금기의 언어였다. 어떻게 그런 일이 있을 수 있는지 이해할 수 없었고 학교생활이 무섭고 끔찍했다. 하루하루를 마치 수영이라는 걸 전혀 모르는 채 물속으로 떠다밀린 것처럼 필사적으로 허우적댔다. 때는 1930년대말, 일본제국주의의 식민지 경영이 무르익을 대로 무르익어 자신감이 극에 달했을 때였다. 초등학교의 교과과정은 국어교육 위주로 편성되어 있었고, 조선어란 이름으로 일주일에 한시간 정도로 미미하게 남아 있던 과목도 이미 사라진 뒤였다. 조선총독부의 어문정책은 조선어 말살을 강력하게 추진하고 있었다. 입학하자마자 우리말은 한마디도 쓸 수 없는 이상한 세계가 기다리고 있었다. 그때 우리는 서울 변두리 빈촌에 살았는데 엄마가 나를 집어넣은 학교는 부유한 고급주택가의 명문학교였다. 그 학교 아이들은 대부분 신식교육을 받은 부모 밑에서 자랐기 때문에 쉬운 일본말은 알아들었고, 읽고 쓸 줄도 알았다. 교과서에 나오는 일본말에다 한글로 토를 달아 읽는 나를 아이들은 이방인 취급했다. 그러나 그 나이란 워낙 언어습득이 빨라서 나도 곧 알아듣는 데는 지장이 없게 되었고, 집에서는 국어책도 낭랑하게 잘 읽어 엄마를 기쁘게 했지만 이상하게도 말문은 잘 열리지 않았다. 선생님이 나에게 뭘 시킬까봐 늘 조마조마했고, 선생님 눈에 띌까봐 시선을 내리깔고 몸을 될 수 있는 대로 오그리고 살았다. 성적도 하위권에 속했고, 아이들은 내 말수 없음과 초라한 옷차림 때문에 바보 취급을 했다. '시골떼기 꼴떼기'란 놀림은 늘 나를 따라다녔고, 신발이나 소지품을 멀리 내던지고 나한테 집어오라고 시키고 깔깔대는 아이들도 있었다. 가장 잊을 수 없는 건 2학년 때 운동회날이었다. 일제시대의 운동회는 규율이 엄해서 처음부터 끝까지 일사불란하게 단체가 한몸처럼 움직이는 걸 목적으로 삼았다. 점심시간을 빼고는 자기 자리를 이탈할 수 없었다. 화장실에 가는 것도 선생님한테 허락을 맡아야 했다. 나는 선생님과 일 대 일로 대화하는 걸 거의 병적으로 무서워했기 때문에 오줌이 마려운 걸 어떡하든지 참으려고만 했다. 운동회의 마지막 순서는 전교생의 매스게임이었다. 나는 매스게임 도중에 드디어 참지 못하고 오줌을 싸고 말았다. 아이들의 놀림감이 되는 데 길들여진 못난 계집애였지만 그날 집으로 오면서, 내 종아리로 오줌이 흘러내려 바닥에 흥건히 고이는 걸 목격한 동무들이 다 죽어 없어지게 해달라고 마음속으로 빌 정도로 그때 내 어린 자존심이 입은 상처는 참혹한 것이었다.

돌이켜보면 학교에서 비록 존재 없는 아이이기는 해도 2학년 때까지 화장실 가고 싶단 일본말을 못할 정도의 지진아는 아니었는데도 선생님하고 일 대 일로 말하는 게 죽기보다 싫었다. 일찍부터 나에게 주입된 반듯한 말, 점잖은 말에 대한 강박관념 때문이었을 것이다. 나는 아무리 해도 선생님이 쓰는 상냥하고 사근사근한 일본말을 흉내낼 수 없었다. 무뚝뚝한 우리말 발음이 그대로 묻어 있는 내 일본말이 내 귀에도 어찌나 촌스럽게 들리는지 지레 주눅이 들어 우물쭈물하다가 결국은 말없는 아이가 되어버렸다. 나는 내 이런 고통을 엄마한테도 말하지 못했고, 오줌을 싼 일도 숨겼다.

그 시절의 나의 유일한 낙은 엄마한테 옛날얘기를 조르는 거였다. 내가 옛날얘기를 바치게 된 것은 유년기 때부터의 버릇이었다. 시골서는 할머니하고 같이 잤는데 잠들기 전에 자장가 삼아 옛날얘기 한두 꼭지는 들어야 잠들곤 했다. 그런 버릇에다 학교에서 따돌림당해 점점 내성적인 성격으로 변하면서 더욱더 이야기에서 위안을 찾고자 한 것 같다. 어머니는 시집올 때 필사본 이야기책을 한짐이나 가져온 게 두고두고 화제가 될 정도로 지금으로 치면 문학애호가였다. 엄마는 무궁무진한 이야기를 가지고 있었고, 당신의 이야기솜씨를 이용해서 나에게 하기 싫은 공부를 시키려 들었다. 엄마는 내가 좋은 상급학교에 가기를 꿈꿨고, 그러기엔 국어성적이 턱없이 모자란다고 판단했다. 국어책 열번 읽으면 옛날얘기 해주지, 하는 식으로 나를 꾀셨다. 엄마는 내가 국어책 읽는 소리를 좋아했고, 나 역시 국어책을 소리내어 읽는 게 빨리 일본말을 잘할 수 있는 비결이라는 걸 터득하게 되었다. 고학년으로 올라가면서 차차 일본말에 자신이 생겨서 선생님이 나에게 뭘 시킬까봐 전전긍긍하지 않게 되었고, 국어성적이 올라가니까 공부 잘하는 아이 축에 속하게 되었다. 당시의 상급학교 시험은 국어·산수 두 과목만 봤기 때문에 초등교육도 그 두 과목 위주로 되어 있었다. 엄마의 이야기도 구전된 옛날얘기에서 우리의 고대소설과 중국의 고전까지 그 범위를 넓혀갔다. 결론은 한결같이 권선징악이었지만, 그 이야기들에는 내가 속한 궁색하고 답답한 환경을 뛰어넘어 상상의 날개를 펴고 아름다운 꿈을 꿀 수 있는 이상한 힘이 있었다. 나는 엄마를 통해 문학의 세례를 받은 거였다. 엄마는 우아한 우리말로 그 모든 이야기를 해주어 나를 매료시켰지만 한편으로는 점점 강화되는 식민지정책에 의해 우리말은 내가 극복해야 할 조선말에 지나지 않게 되었다. 학교에선 꿈도 일본말로 꿔야 한다고 가르칠 때였다.

그때도 초등학교에서는 일년에 한두 번씩 학부형회를 했다. 의무적으로 참석해야 하는 건 아니어서 주로 열성적인 신식 엄마나 공부 잘하는 애 엄마들만 나오게 되어 있는데도 엄마는 내가 공부 못하는 지진아일 적부터 학부형회엔 꼬박꼬박 참석을 했다. 전체 회의가 끝나고 개별 면담을 할 때 일본말 못하는 엄마는 반장이 통역을 했다. 같은 반 애로 하여금 나에 대한 선생님의 평가를 고스란히 듣게 한다는 게 얼마나 참을 수 없는 모욕인지 엄마는 이해하려 들지 않았다. 나는 어떡하든지 엄마에게 학부형회날을 알리지 않으려고 했지만 한번도 성공해본 적이 없었다. 태평양전쟁이 일어나고 나서는 국어 상용이 더욱 강화되어 가정에서도 일본말을 쓰는 집이 애국가정으로 추켜세워질 때라, 조선인 선생님까지도 일본말 못하는 학부모하고 상담할 땐 반장을 불러 통역을 시켜가면서까지 일본말만 썼다. 그런 선생님하고 면담할 때 엄마는 얼마나 속이 상했는지, 구역질이 나는 걸 너 때문에 억지로 참았다고 나한테 화풀이를 하곤 했다.

5학년 때 담임은 일본인 남자 선생님이었는데 군인 출신이라는 걸 대단히 자랑스럽게 여겨 엄한 규칙과 난폭한 말로 우리를 군대식으로 통제하려 들었다. 그는 우리 담임일 뿐 아니라 상급반 전체의 교련선생이기도 했다. 나무를 일본도처럼 깎은 긴 몽둥이를 들고, 조선인은 게으르고 더럽다는 소리를 입버릇처럼 달고 다녔다. 나는 그때 일본말을 잘하는 아이에게 타의 모범이 되라고 주는 벚꽃 문양의 뱃지까지 받을 정도로 일본말을 유창하게 할 수 있게 되었는데도 전체가 한몸처럼 움직여야 하는 교련에서는 늘 한박자가 늦거나 반대로 움직여 구박데기 노릇을 했다. 나는 일본말이 잘 안될 때보다 운동신경이 덜 발달된 걸 더 고민스러워했다. 어느날 그렇게 무서운 선생님의 수업중에 엄마가 교실문을 드르륵 열고 나타났다. 나는 너무 놀라 피가 멎는 것 같았다. 학부형회날도 아니었고, 선생님에게 급한 볼일이 있어서 왔다고 해도 휴식시간까지 기다리는 게 상식이었다. 얌전하게 쪽을 찌고 흰 옥양목 치마저고리를 단정하게 차려입긴 했어도 고무신은 신은 채였다. 누구라도 교실이나 복도에 신을 신고 다닌다는 건 상상도 못했다. 선생님의 찡그린 얼굴이 엄마의 신발에 머무는 걸 속수무책으로 바라보는 건 악몽이었다. 엄마는 선생님에게 90도로 허리 굽혀 인사를 하고 나서 교실을 한바퀴 두리번거리다가 나하고 눈이 마주쳤다. 엄마는 나를 가리키며 저애 엄마라고 자기소개를 하고 나서 시골에서 할아버지가 위독하시다는 전보가 와서 딸애를 데리러 왔다는 요지의 말을 통역 없이 곧바로 우리말로 했다. 일인 선생님이 알아들었을 리가 없다. 그러나 엄마의 조선말은 품위있고 장중했다. 나는 일인 선생님 앞에서 조금도 주눅들지 않고 조선말로 극상의 예절을 갖추어, 하고 싶은 말을 끝까지 하는 엄마가 자랑스러운지 부끄러운지 자신도 이해할 수 없는 감동으로 오싹 소름이 돋는 것 같았다. 나는 선생님의 얼굴에 나타난 여태까지 본 적이 없는 낯선 표정, 외경(畏敬) 같은 것도 놓치지 않았다. 그건 직선적인 군인 선생님답지 않은, 혼란스럽고 조금은 겸손하기까지 한 표정이었다. 선생님이 반장을 부르지 않고 나한테 나와서 통역을 해보라고 했다. 평소의 나 같으면 일본말도 못하는 촌뜨기 엄마가 창피해서 쥐구멍에라도 들어가고 싶었으련만 그때는 마치 엄마의 자존심이 옮아붙기라도 한 것처럼 당당하게 앞으로 나갔다. 그러나 나는 내 일본말 실력이 엄마의 말에서 느낀 그 품위있고 장중한 느낌까지 전달하기에는 역부족이라는 자의식 때문에 평소보다 훨씬 서툰 일본말밖에 할 수가 없었다. 선생님은 기차시간에 늦지 않게 어서 책보 싸가지고 엄마 따라가라고, 나에게 그 어느 때보다도 친절하게 대해주었다. 내 멋대로의 느낌이긴 하지만 조선말이 일본말을 압도한 것처럼 여겨보긴 그때가 처음이었다. 내가 산 식민지시대를 통틀어도 그건 전무후무한 단 한번의 사건이었다. 또한 그 사건은 일생 동안 나를 운명처럼 따라다니게 될, 나와 모국어와, 그밖의 또하나의 강대국 언어 간의 의미심장한 삼각관계의 축도(縮圖)가 아니었을까.

2. 모국어는 지하에서 어떻게 연마됐나

나는 어느 틈에 엄마한테 옛날얘기를 조르지 않게 되었다. 학교에서 도서관 견학을 간 게 계기가 되어 동화책과 소년소녀소설이라는 걸 처음으로 접하게 되었다. 그전까지 교과서 외에 그런 재미있는 책이 이 세상에 있다는 것도 모를 정도로 나의 문화적 환경은 척박했다. 또한 시대적으로도 극도로 궁색한 전시였다. 양질의 소년소녀용 책들은 거의가 서양 어린이용 읽을거리의 번역물이었다. 일본은 서양 여러 나라와 전쟁중이어서 미국이나 영국을 짐승이나 도깨비 나라처럼 가르칠 때였지만, 아름다운 삽화와 이국적인 이름과 아기자기한 이야기가 있는 서구의 동화책은 그와는 별도로 건재했고 매혹적이었다. 나는 책을 읽는 게 아니라 책한테 먹혀버린 것처럼 무아지경의 황홀을 맛보았다. 나는 아무런 갈등 없이 일본의 원수인 미국·영국과, 그런 재미있는 이야기를 만들어낸 서양을 별개의 것으로 인식하게 되었다. 나는 이제 내가 엄마보다 더 많은 이야기를 알고 있다는 걸로 엄마를 무시하는 마음까지 품게 되었다. 일본말도 못하는 엄마는 무시당해 싸다고 생각했고, 그건 어쩌면 엄마로부터 비로소 분화된 것 같은 일종의 독립감이기도 했다. 중학생이 되자 내 독서경향은 동화책에서 자연스럽게 연애소설로 옮아갔다. 당시 우리들 사춘기 소녀들이 즐겨 읽던 연애소설은 거의가 일본 상류사회의 서구화된 연애풍속도를 다룬 거였다. 공작이니 후작이니 하는 황족·귀족 계급의 아름다운 귀공녀와, 서양물을 먹은 세련된 귀공자가 풍광명미(風光明媚)한 휴양지나 고급주택가를 무대로 벌이는 사랑놀음은 은근히 호색적이면서도 결국은 순결성을 옹호하게 되어 있었다. 성교육이 전무하던 때 나는 일본 연애소설을 통해 성에 눈떴다고 해도 과언이 아니고, 내가 스스로 도덕적이라고 믿는 성에 대한 보수성 역시 그때 주입된 순결성 미화에 영향받은 바가 크다. 나의 사춘기는 태평양전쟁 말기와 겹친다. 하루하루를 살아남기가 너무도 고달팠다. 창씨개명의 수모까지 겪고 나서도 생활은 계속해서 남루해져서 기름을 짜고 난 깨나 콩의 찌꺼기까지 먹으라고 배급이

나왔다. 희망이라고는 없는 암담한 시대에 연애소설이 위안이 됐던 건 이성에 대한 호기심, 사랑에 대한 동경, 앞날에 대한 설렘 등 사춘기 현상은 영양부족 상태에서도 돌파구가 있어야 할 만큼 왕성했던 탓이 아니었나 싶다.

만으로 14세가 채 안되었을 때 우리는 일본으로부터 해방이 되었다. 해외에서 독립투사들이 돌아오고 징병이나 군인으로 끌려간 젊은이들이 살아 돌아오기도 하고, 혹은 소식이 묘연해 가족들의 애를 태우기도 했다. 미군이 주둔을 하고 밀가루와 드롭스가 무상으로 배급되어 굶주림을 면했다. 거리거리에 미군이 넘치면서 아이들이 제일 먼저 배운 영어는 '아이 엠 헝그리, 기브 미 짭짭'이었다. 짭짭은 입맛을 다실 때의 의성어이다. 미군들이 껌이나 초콜릿 따위를 던져주기를 바라서였다. 방학중에 해방이 되었기 때문에 개학해서 등교했을 때는 일본인 선생은 한명도 남아 있지 않았다. 동무들과 우리말로 떠드는 게 익숙지 않아 일본말을 섞어 쓰면 야단을 맞았다. 사립학교라 일본인 선생보다 조선인 선생이 훨씬 더 많아서 수업에는 지장이 없었지만 식민지시대의 국어선생이 계속해서 국어선생으로 남아 있다는 건 난센스였다. 그러나 일본의 명문인 토오꾜오나 나라 고등사범에서 일본어와 일본 고전에서부터 근대문학까지를 철저하게 교육받은 국어선생이, 하루아침에 조선말이 국어가 되고 나서도 국어선생으로 남을 수 있었다는 건, 일제하에서도 모국어로 된 글을 저버리지 않고 계속해서 찾아 읽었기 때문이 아니었을까. 내가 초등학교에 입학할 무렵은 나중에 태평양전쟁으로 이어진 중일전쟁이 한참 승승장구할 때였고, 조선사람도 똑같이 천황의 백성임을 무슨 시혜(施惠)처럼 강조하면서 철저하게 조선어 말살정책을 쓸 때였다. 그러나 그 몇년 전까지만 해도 초등학교에서도 조선어를 가르쳤고, 계집애는 학교에 안 보내는 구식 가정에서도 시집가기 전에 어떡하든 한글은 가르쳐서 보냈다. 일본말이 국어이던 때도 조선말 문맹은 거의 없었기 때문에 우리말로 된 시나 소설이 꾸준히 읽힐 수 있었고, 우리말로 된 문학은 당연히 우리의 모습을 담고 있었다. 나의 사춘기 때 이십대 청년이던 오빠만 해도 이광수, 김동인, 홍명희의 열렬한 독자였고 이광수가 창씨개명에 앞장서고 일본이름으로 신문지상에 등장해 한국청년을 전쟁에 내모는 글을 썼을 때 얼마나 분개하고 절망하였는지 한동안 살맛을 잃고 방황했노라고 훗날 술회하곤 했다. 그러나 오빠하고 나이 차이가 많은 나는 당시에는 식민지 청년의 그런 뼈아픈 배신감과 우울을 이해하지 못했다. 내가 일본말 잘한다는 표시인 벚꽃 문양 뱃지를 가슴에 달고 비로소 어깨 펴고 다닐 때도, 조선사람의 의식을 움직이는 중요한 힘은 어느 구석에선가 조선말을 끝까지 부둥켜안고 그걸로 이야기나 노래를 만든 사람들로부터 왔던 것이다. 끝까지 조선말을 포기하지 않고 문학을 한 사람들말고 한글학자의 공도 잊을 수가 없다. 그들에 의해 조선말은 박해받고 묻혀 있는 동안에도 발전을 멈추지 않았으니까. 해방후 우리가 배운 국어는 거의 지금 쓰는 철자법과 문법체계를 갖추고 있었다. 그것은 우리 엄마가 갖고 있는 이야기책의 문체와 철자법하고는 많이 다른 거였지만, 더 익히기 쉬운데다 어떤 복잡하고 논리적인 생각도 표현하기에 부족함이 없도록 아름답고 기능적으로 정리된 것이었다. 우리말을 말살해버리고 식민지 종주국의 언어만이 횡행하던 때 오히려 우리말은 지하에서 놀랍고 아름답게 발전해왔던 것이다. 일제에 의해 공식적으로 폐기처분된 한글을 몰래 갈고닦은 한글학자들이 언젠가 자신이 연마하고 있는 것들이 빛을 볼 날이 있으리라는 신념 없이 그 일을 할 수 있었을까. 그런 뜻으로 그 어른들의 공은 해외에 나가 독립운동한 분들 못지않다 하겠다. 또한 그분들이 연구·발전시킨 철자법과 문법체계에 동의하고 따라주는 동시대의 사용자가 없었던들 그들이 그 일을 지속할 힘이 났겠는가. 사용자들이란 일본말도 못하는 무지렁이와 신문이나 잡지에 글을 쓰는 글쟁이들이었다. 예로부터 우리는 한글을 읽고 쓰게 되는 걸 깨친다고 했다. 깨친다는 건 각성한다는 뜻도 된다. 의미심장하지 않은가.

해방 직후의 국어선생 대부분이 식민지시대의 일본말 국어선생이었다는 건 말도 안되는 웃음거리로 들리겠지만 실은 다른 정치적 혼란에 비해 그들의 변신은 유연하게 이루어졌다. 극히 드문 예이긴 하지만 그후 몇십년을 더 국어를 가르치다가 정년을 채우신 분도 있다. 그럴 수 있었던 것은 국어선생이란 그때나 이때나 어느만큼은 문학애호가이고 그런 성향이 나라를 빼앗긴 동안도 모국어로 된 글을 꾸준히 찾아 읽도록 했기 때문일 것이다. 문학적 소양이 있는 교양인이 비록 전공은 아니었다 해도 애정을 가지고 읽고 쓴 모국어의 기초를 가르치기는 그다지 어려움이 없었을 것이다. 더군다나 우리는 학년의 고하를 막론하고 읽고 쓰기부터 배워야 하는 문맹상태였다. 중학생 문맹은 수치스러운 일이었지만 나라를 빼앗긴 동안도 어딘가에 숨어 모국어를 갈고닦은 분들과, 모국어로 글을 쓴 이들과, 그 글에 독자가 있었다는 건, 해방이 저절로 이루어진 게 아니라 이런 아름다운 정신이 합력해서 예비해 왔구나, 하는 순수한 감동을 맛보기에 알맞은 나이이기도 했다. 그럼에도 불구하고 우리는 아직도 일본말을 섞어 써야 의사소통이 자유로운 얼치기 세대였다. 우리들은 그것 때문에 툭하면 학교에서 야단을 맞아야 했고, 우리 스스로도 그걸 부끄럽게 여겼지만, 섬세하고 은밀한 감정까지 표현해내야 직성이 풀릴 나이여서 부끄러운 실수는 계속되었다. 그런 우리 실정에 맞게 정책적으로도 국어교육을 강화해나갔다. 국어에 가장 많은 시간을 배당했고 일본말에 침윤된 말투나 단어를 솎아내고 바로잡는 운동이 학교뿐 아닌 사회 각계각층에서도 활발하게 일어났다. 식민지 백성을 벗어나 자주민이 되었다는 으뜸가는 실감은 온 국민이 모국어로 자유롭게 의사소통을 할 수 있는 기쁨이었다. 모국어가 구박받고 소멸위기에 놓였을 때처럼 서럽고 자존심이 상했던 적이 없다는 걸 우리는 결코 잊지 못했다. 모국어는 곧 우리의 자존심이었다.

우리 학교에서도 일본말을 전공한 국어선생은 차츰 도태시키고 식민지하에서도 우리말로 글을 쓰거나 우리 문학을 연구해온 문인이나 학자들을 다투어 모셔오게 되었다. 그 나이에 비로소 우리 역사를 배우고 고전문학을 접했다는 건 우리 세대의 특별한 불행인 동시에 행운이었다고도 생각된다. 점잖고도 웅장한 시조, 자유분방한 속요, 단아한 규방문학 등을 그렇게 맛있게 빨아들인 것은 문학적인 감수성이 막 개화했을 때 아무런 선입관 없이 곧바로 와 닿았기 때문이 아니었을까. 그리고 그 가락이 그렇게 눈물겹도록 친근했던 것은 내 어릴 적 듣던 옛날얘기와 무관하지 않다고 생각한다.

3. 세계로 통하는 통로로서의 일본어

그러나 빼앗긴 모국어를 찾는다는 건 빼앗긴 성(姓)을 찾는 것처럼 간단하지도 순식간에 되는 것도 아니었다. 해방후에 나에게 생긴 엄청난 사건은 갑자기 많은 책이 생긴 거였다. 그때까지 내 마음을 사로잡은 소설책들은 거의 다 빌려본 것들이었다. 한반에 몇명 정도는 소녀 취향의 연애소설을 많이 가지고 있게 마련이었고, 일단 학교에 가지고 오기만 하면 그 책은 표지가 나달나달해질 때까지 교실 안을 돌고돌았다. 순서를 정해 내 차례가 돌아와야만 볼 수 있었기 때문에 더욱 그런 책들이 감칠맛 있었을 것이다. 패전한 일본인들이 귀국하면서 그들이 쓰던 각종 세간살이들이 거리로 쏟아져나왔는데 그중엔 책들도 많았다. 평소 보고 싶어하던 일본 유명작가의 단행본은 물론 각국 문호의 전집, 세계문학

전집 등이 거리거리에 산적해 어떤 물건보다도 헐값으로 손님을 불렀다. 마침내 나는 부자 친구집 서가에서 그림의 떡처럼 침 삼키며 바라보던 세계문학전집을 내 것으로 할 수 있었다. 마침 우리집도 도시빈민층에서 중산층으로 발돋움했을 때라 오빠는 책벌레 동생을 위해 그런 것들을 장만해주었고 나 스스로 사볼 수도 있었다. 그건 마치 우물 안에서 세상 밖으로 나온 것 같은 충격이요 황홀경이었다. 학교에서 재미없는 수업시간에는 선생님 말씀은 건성으로 듣고 책상 밑에 소설책을 놓고 읽곤 했는데 그러다가 들키면 선생님은 책을 뺏어 머리를 가볍게 때리면서 공부는 안하고 이런 통속소설만 읽으면 어떡하냐고 모욕을 주었다. 선생님이 통속소설이라고 야단도 치고 빼앗기도 하는 건 거의가 다 일본소설책이고, 호오, 벌써 이런 책을 읽나, 하고 조금은 신통해하며 봐주는 책은 러시아나 영국·미국·프랑스 등 구미 대가들의 책들이었다. 학교에서 고학년을 위한 필독서로 지정해주는 문학서적 역시 일본인이 만든 세계문학전집을 근거로 하고 있었다. 이렇게 일본인이 한 번역과 일본인의 선택은 반일감정과는 상관없이 해방후에도 오랫동안 우리에게 영향을 주었고 권위를 인정받았다. 그러면서도 일본문학을 통속적이고 가볍다고 능멸하는 건, 아마 식민지를 갓 벗어난 해방된 민족이 식민지 종주국에 대해 품는 통과의례 같은 것이었으리라. 그렇더라도 식민지하에서 한껏 왜소해지고 황폐해진 민족이 정신의 고양과 자유와 위대를 꿈꾸며 앙모한 세계문학이 일본어라는 통로를 거치지 않고는 다가갈 방도가 없다는 이 모순을 어찌할 것인가.

해방이 되었다고는 하나 구해볼 수 있는 우리말 문학작품은 많지 않았다. 친일한 작가는 당연히 외면당했고, 대중성과 문학성을 겸비한 작가 중에는 월북한 작가도 적지 않았다. 식민지 치하에서도 붓을 꺾지 않고 우리말을 지켜온 작가의 작품은 단연 빛났지만 그게 수적으로 많은 건 아니었다. 황순원, 김동리, 강경애, 김유정, 이상 등 내가 우리의 좋은 작가들과 만난 것도 그 무렵이었다. 강경애의 작품을 읽고 울음을 참지 못한 건 내가 모르고 있던 이웃의 참상을 내 일처럼 아파한 최초의 경험이었고, 즐거워하기 위한 독서가 아니라 고통받기 위한 독서가 내 성향에 맞는다는 자기 발견의 계기도 되었다. 그러나 해방공간에서 만날 수 있는 한국문학은 나의 왕성한 문학적 갈망을 채우기엔 양적으로 턱없이 모자랐고, 내 서가는 일본사람들이 버리고 간 책으로 터질 듯이 풍성했다. 소위 세계문학의 거봉을 차례로 순례하면서 단지 끝까지 읽어냈다는 성취감말고는 독서의 즐거움을 제대로 느끼지 못한 경우도 많다. 다들 내 나이에 그 진수를 맛보기엔 버거운 대작들이었다. 건성으로 읽었음을 깨달은 것은 나이들면서 다시 읽을 기회를 가지고 나서였지만, 물론 다시 안 읽고 만 작품도 많다. 그때는 왜 그 고생을 하면서 그짓을 한 것일까. 그것도 일종의 사대주의 근성이 아니었을까. 힘세고 부유하고 문화적 전통이 유구한 나라는 그 백성 중에 위대한 정신도 많고, 위대한 정신이 낳은 문학은 위대한 문학일 거라고 숭배하는 마음이 없이는 그짓을 못했을 것이다. 당시의 사회적 분위기도 우리 안에 남아 있는 일본의 잔재는 왜색이라 하여 어떡하든지 극복하고 넘어가야 할 것들이었고, 일본을 이긴 연합군 국가들의 문화는 닮아야 할 선진문명이었다. 그러나 망각하고 극복해야 할 언어를 통하지 않고는 배우고 닮아야 할 문학과 접속이 안되는 게 엄연한 현실이었다. 더군다나 나는 일본어를 통해 문학적 감성이 길들여진 세대였다. 일제시대라면 지긋지긋한 것도 사실이지만 일본말을 거의 모국어 수준으로 할 수 있게 되고 나서 해방이 된 걸 행운으로 여길 정도로 해방후에 오히려 더 본격적으로 일본소설의 감칠맛에 매료되었다. 일본어판 세계문학전집을 섭렵한 건 어느정도는 지적 허영심이었지만, 일본인의 일본문학을 읽는 건 이미 중독된 쾌락이었다. 우리나라가 미군정을 벗어나 정식 독립국가가 되었을 무렵이었고, 나는 대학입시를 앞두고 있었다. 성인이었다. 성적인 호기심이 줄어든 대신 기발하거나 대단한 줄거리 없이도 잘 읽히고 쓸쓸한 여운이 남는, 우리가 사소설(私小說)이라 칭하는 소설들을 특히 좋아했다. 사소한 일상 속에 숨은 생명의 애련함, 은은한 삶의 무늬, 죽음과 소멸의 예감 따위를 묘사하는 데 일본말처럼 잘 어울리는 건 없어 보였다. 아꾸따가와 상으로 우리나라에도 잘 알려진 그 작가〔芥川龍之介〕의 단편들도 나로서는 놀라운 발견이었다. 광기(狂氣) 일보 직전의 분열된 심리를 그린 그의 『하구루마(齒車)』를 읽고 우리반 문학소녀들끼리 열띤 토론을 벌인 것도 꽃다운 날의 잊을 수 없는 추억이다. 지금 생각해보면 그때 내가 탐독한 일본

소설들은 일본말 특유의 맛이 가장 잘 우러난 소설이었다고 생각된다. 어떤 언어에 의해 문학적 감수성이 길들여졌나는 이렇게 중요한 것이다. 엄연한 문화민족에게서 그의 모국어를 철저하게 빼앗는 것을 통치의 기본이념으로 삼았던 일본의 식민지정책은 얼마나 지능적이고 악랄한가. 해방되고 독립한 후까지도 종주국 언어의 영향력은 그토록 집요하고도 막강했으니.

4. 복수로서의 글쓰기

순진하고 행복한 문학애호가가, 나도 장차 글을 쓰리라는 계시 같기도 하고 전율 같기도 한 강력한 예감에 사로잡힌 것은 6·25전쟁중이었다. 대학에 입학하자마자 전쟁이 났다. 이미 중일전쟁, 태평양전쟁 등을 겪었지만 전국토가 전쟁터가 되어보긴 처음이었다. 다만 이념이 다르다는 이유 하나로 같은 민족끼리 그렇게 불구대천의 원수가 될 수 있으리라고 누가 상상이나 했겠는가. 이념으로 양분된 동족상잔에는 전선이 따로 없었다. 민간인끼리 가족끼리 형제끼리 원수가 되어, 밀고하고 등돌리고 죽고 죽였다. 식민지시대에는 식민지 종주국에 대한 적개심 때문에 오히려 더욱 굳건하게 유지되던 마을, 가족, 친족, 씨족 등 전통적인 공동체는 복구가 불가능할 정도로 무참히 와해되었다. 나는 이념 때문에 꼬이고 뒤틀린 가족관계로 인하여 공산치하에서는 우익으로, 남한

정부로부터는 좌익으로 몰려서 곤욕을 치르지 않으면 안되었다. 그게 얼마나 치명적인 손가락질이라는 건, 그 더러운 전쟁의 와중에 있어보지 않고서는 도저히 상상도 못할 일이었다. 단지 살아남기 위해 온갖 수모와 만행을 견디어내야 했다. 그때마다 그 상황을 견디어낼 수 있는 힘이 된 것은 언젠가는 이걸 글로 쓰리라는 증언에의 욕구 때문이었다. 도저히 인간 같지도 않은 자 앞에서 벌레처럼 기어야 하는 상황에서도 오냐, 언젠가는 내가 벌레가 아니라 네가 벌레라는 걸 밝혀줄 테다, 이런 복수심 때문에 마음만이라도 벌레가 되지 않고 최소한의 자존심이나마 지킬 수가 있었다. 문학에는 이런 힘도 있구나. 내가 글을 쓰게 된 것은 그후에도 20년이나 뒤였지만 지금까지도 예감만으로 내가 인간다움을 잃지 않도록 버팅겨준 문학의 불가사의한 힘에 감사한다.

그러나 20년 동안이나 참았다가 글을 쓰게 된 것은 우선 전쟁중에 와해된 내 가족을 다시 봉합하는 게 급했기 때문이다. 그러고 나서 나는 떨어져나와 새로운 나의 가족을 만들었고 가정이 주는 평화와 안일에 푹 빠져, 그 치유능력에 스스로를 맡겼다. 그동안이 그렇게 오래 걸렸다. 상처의 치유는 망각하고는 다르다고 생각한다. 나는 전쟁의 기억을 잊어버리고 싶지는 않았지만 시간과 더불어 원경(遠景)으로 물러나주기를 바랐다. 원경이 되지 않고는 전모를 볼 수가 없지 않은가. 그러나 어떻게 된 게 6·25의 기억은 세월이 지나도 원경이 되지 않고 항상 나에게 찰거머리처럼 붙어다녔다. 나는 그게 지겨워 단지 붙어다니는 어둡고 무서운 기억을 떨쳐버리기 위해 썼다. 숲을 그리지 못하고 겨우 나무 한그루만 그린 꼴이다. 변명 같지만 내가 겪은 전쟁을 총체적으로 그리지 못한 건 나의 개인적인 전쟁체험이 아무리 시간이 지나도 도무지 멀어지지 않기 때문이었다.

언젠가는 글을 쓸 것 같은 예감에 시달릴 때나, 정말로 글을 쓰게 되고 나서나, 이것저것 닥치는 대로 책을 읽는 버릇은 여전했다. 살아 있는 동안 글을 못 쓰게 되는 게 더 괴로울까, 남의 글을 못 읽게 되는 게 더 괴로울까, 자문해본 적이 있는데 대답은 늘 후자 쪽이다. 몸을 비스듬히 될 수 있는 대로 편안하게 하고, 재미있는 책에 푹 빠져들기도 하고 왜 썼는지 모르겠는 재미없는 책은 휙 내던져버리기도 하는 맛이 없다면 인생이 얼마나 지루할까. 지금은 순전히 재미있으려고 하는 독서지만 처음에 글을 쓰기 시작할 무렵을 전후해서는 내 글도 과연 활자가 될 수 있을까 하는 두려움 때문에도 남의 글에 관심을 갖지 않을 수가 없었다. 남은 어떻게 쓰나 또 나라 밖 세상은 어떻게 돌아가나를 알고 있어야 할 것 같아서 공부삼아 한 독서였다. 그때는 이미 일본말도 많이 잊어버린 뒤였지만 우리말로도 글을 쓰기에는 표현력이 딸린다는 걸 절감하게 되었다. 선배 작가들의 글을 곱씹어가며 읽게 되면서 줄거리보다 문장에 매료되는 맛도 터득하게 되었지만, 무슨 소리인지 못 알아듣겠는 난해한 문장을 쓰는 작가 중에도 높은 평가를 받는 작가가 많다는 것도 알게 되었다. 그 난해성은 내가 세계문학의 동향을 알고 싶어서 찾아 읽는 번역문의 난해성과도 유사한 것이었다. 사고(思考)의 회로가 보통사람하고는 전혀 다른 것 같은 낯설음에도 색다른 매력을 느낀 것은 아마도 외국문학과의 유사성 때문이 아니었을까. 내가 개인적인 전쟁의 상처와 싸우는 동안 국가적으로도 폐허를 떨치고 일어나 잘살아보기에 여념이 없던 시기였다. 오로지 '잘살아보자'를 국가적인 지표로 삼고 매진했다고 해도 우리처럼 문화적 자긍심이 높은 민족이 어찌 경제적인 '잘'만을 추구했겠는가. 지금보다도 국민소득이 훨씬 낮을 적부터 우리는 우리가 선진국이라고 믿는 서양 여러 나라에 자식들을 유학시켰고, 외국어를, 특히 영어를 유창하게 구사하게 된 자식은 반은 성공한 거나 마찬가지였다. 외국과 장사하는 데 앞장설 수도, 외교무대에 등장할 수도 있었으니까. 외국문학을 전공하여 학위를 따고 돌아온다는 것도 물론 금의환향이었다. 그들은 대학 강단에도 서고, 동시대의 외국작가를 국내에 소개하기도 하고, 서양문학의 우수성을 강조하며 서양의 문학사조에 입각해서 우리 문학을 심도있게 비판하기도 했다. 그런 그들의 번역문과 평문은 우리의 전통적인 표현방식을 크게 흔들어놓았다. 초기에는 그런 낯설음이 부정적으로 평가되고 우려하는 소리도 높았으나 우리말은 그런 외풍에 부대끼는 사이에 발전하고 풍요로워진 게 아닐까. 어차피 개인이나 국가나 고립되어서는 먹고살 수 없는 세상이다. 우리말도 국제화 바람을 쐬면서 오염된 것은 사실이나 그렇다고 마냥 순수의 온실 안에 가두어놓는다면 점점 복잡하고 기능적인 표현방법을 원하는 현대인의 사고체계에 밀려 사어(死語)가 되고 말았을지도 모른다. 오염됐기에 이 눈부신 변화의 속도 속에서도 여전히 생명력을 유지하고 있다고 볼 수 있다. 누구보다도 말을 사랑하게끔 운명지어진 글쟁이들 입장에서도, 오염을 흡수해서 그걸 자양분 삼아 우리말을 더욱 풍요하고 섬세하고 아름답게 변화시켜야지 덮어놓고 순수를 옹호하고 지키는 것만이 능사는 아니라고 생각한다. 오늘날 우리의 생활양식이나 사고체계는 우리의 전통적인 표현력의 한계를 뛰어넘은 지 오래다. 우리말의 변천에 결정적인 영향을 끼친 외국어, 특히 영어권 언어의 직수입과 굴절, 직역투 문장의 범람은 비단 외국문학 전공자들의 탓만은 아닐 것이다. 해당국 문화와 국력에 대한 소비자의 동경과 숭배, 닮고 싶은 욕망 없이는 그렇게 급속하게 확산될 수 없는 일이다. 우리나라의 외국어 전공자의 실력도 이제는 거의 원어민에 육박하게 되었고, 또 받아들이는 쪽과 공급하는 쪽의 문화의 차이도 예전과는 댈 것도 아니게 좁아짐에 따라 오늘날의 번역문은 거의 번역이라는 걸 느낄 수 없을 정도로 유연해졌다. 그러나 초기에는 의미가 통하지 않는 조잡한 번역도 많았다. 우리는 괴로움을 무릅쓰고 그 안에서 뭔가 우리보다 우수한 가치있는 것을 찾아내려고 애썼다. 번역의 미숙으로 난해한 것도 심오한 사상으로 인하여 그러려니 했고, 말도 안되는 오역까지도 뭔가 새로운 것이 있다고 생각했다. 그럴 수 있었던 것은 그쪽 문학에는 우리가 배워야 할 뭔가 특별한 것이 있다는 무조건적인 언어사대주의 때문이 아니었을까.

5. 극복 안되는 내 안의 언어사대주의

세계화가 우리 경제를 주도하면서 왜 우리 문학은 수입만 하고 수출은 하나도 못하느냐고 은근히 비웃는 소리도 들린다. 또 뭐든지 국위선양에 갖다붙이기를 좋아하는 사람들은 우리 문학은 뭐가 모자라서 여태 노벨상 한번 못 탔냐고 서운해하기도 한다. 이 조그만 나라의 일억도 안되는 인구가 쓰는 언어는 어차피 변방의 언어다. 세계시장에서 상을 타고 싶어서든 선을 보이고 싶어서든 세상 밖으로 나가려면 우선 영어와 같은 국제어로 번역이 되는 과정을 거쳐야 한다. 그동안 우리가 꾸준히 배출한 외국문학 전공자들이 그 일을 안해준 건 아니다. 그들은 외국문학을 우리말로도 옮기고 우리 문학을 외국어로도 옮기는 쌍방통행을 했다. 그러나 우리 문화와 문학을 사랑하고 이해한 외국인이 제 나라 말로 우리 문학을 옮긴 예는 극히 드물었다고 생각한다. 지금까지 나온 좋은 번역이 다 그러하였듯이, 번역은 번역된 말을 모국어로 하는 번역자가 하는 게 가장 이상적이다. 우리가 초창기에 말도 안되는 조잡한 번역에서도 열심히 뭔가를 배웠고, 결국에는 그게 득이 되었듯이 우리 문학도 조잡하게라도 수적으로 많이 번역되는 게 수라고 말하는 소리도 더러 있는 것 같은데 나는 그렇게 생각하지 않는다. 우리는 그때 굶주렸으니까 맛 같은 거 따지지 않고 왕성하게 먹고 소화해냈지만 배부른 자들은 결코 그렇게 하지 않는다. 그들에게 이 낯선 변방의 언어를 주목하게 하려면 뭔가 특별한 것이 있어야 한다.

우리가 일본의 식민지이던 적은 반세기도 넘어 전의 일이다. 잊을 때도 됐지만 생각하고 싶지도 않다. 우리만이 아니라 세계 도처에서 약소민족을 억압하던 식민지경영은 사라진 것처럼 보인다. 그대신 세상은 부자 나라와 가난한 나라로 양분됐고 가난한 나라가 부자 나라에 대해 갖는 비굴한 의존성과 닮고 섬기려는 사대주의는 식민지시대보다 훨씬 더 자발적이다. 내가 아무리 내 나라에서 알아주는 작가라 해도 구미언어권 작가들 사이에 섞이면 단지 영어를 못한다는 이유로 주눅이 든다. 그쪽에서 우리말을 못하기는 마찬가진데도 말이다. 주눅들기 싫어서 교류의 기회도 피하고 싶어진다. 나를 주눅들게 하는 건 상대방이 아니라 어디까지나 내 안의 사대주의임을 알면서도 그게 극복이 안된다. 강대국이 약소국에게 대등한 대우를 하는 것처럼 보이는 것은 시혜일 뿐 우정이 아님이 뻔히 보이는 걸 어쩌랴.

1997년에 프랑스에서 주최한 한국문학 포럼에 초대된 적이 있다. 그 나라에서는 문화대국답게 아시아뿐 아니라 유럽에 있는 주변국가들의 문학도 그런 방법으로 소개하는 행사를 꾸준히 가져온 듯했다. 그들은 행사 전에 촬영팀을 한국에 보내 초대한 작가들의 인터뷰를 따가는 등 사전준비를 철저히 했다. 인터뷰할 때 내가 영향받은 작가가 누구냐는 질문을 받았다. 나는 우리의 전래 동화와 이상, 김유정, 강경애 등을 열거했다. 그 이름이 낯설 수밖에 없는 질문자는 외국작가는 없느냐고 재차 물었다. 아직도 나에겐 식민지 백성의 열등감이 남아 있어서인지 내가 가장 영향받은 일본작가들의 이름은 슬쩍 건너뛰어 도스또예프스끼와 체호프를 말했다. 프랑스 현지에서는 그 필름을 기자들과 현지의 문학애호가들이 참가한 가운데 회의장의 대형 스크린으로 보여주었다. 내가 나온 장면을 보니, 내가 영향받은 작가에서 우리나라 작가들 이름은 모조리 빠지고 도스또예프스끼하고 체호프만 남아 있었다. 나는 모욕을 느꼈다. 그런 것이 바로 문화강대국이 약소국의 낯선 것을 대하는 오만이 아닐까. 서양문화라면 말 뒤에 숨은 역사·문화적 배경까지 놓칠세라 세심한 주의를 기울이는 우리와는 정반대로 자기네가 모르는 건 아예 없는 걸로 취급해버리고 나서도, 개미를 밟고 지나간 것처럼 느끼지도 못하는 게 강대국이 변방의 문화를 대하는 일상적인 태도다.

모국어야, 너는 얼마나 작으냐? 작지만 얼마나 예쁘고 오묘한지 알기 때문에 더이상 작아지는 건 차마 못 보겠다.

그래도 나는 이 나라의 작가인 게 기쁘고 자랑스럽다. 가난하고 박해받은 경험 때문에 깊고 다양하게 느낄 수 있었고, 식민지시대와 동족상잔의 전쟁은 무릎꿇어 경배하고픈 고귀한 인간성에서부터 짓밟아도 시원치 않은 비루한 인간까지 천층만층의 다양한 인간을 경험하게 했다. 내 안에 입력된 그 무진장한 성격 때문에 나는 누구보다도 부자다. 우리 사회를 지탱해온 힘은 고난과 박해를 받은 사람을 잊지 않고 다시 써먹는 탄력성에도 있지만, 언제 어디서나 신바람을 일으키는 원동력이 되는 천연덕스러운 해학정신 또한 간과할 수 없다. 그 여유로움이 바로 우리 문화의 사랑스러운 점이고, 날로 인간을 소외시키는 이 물질문명 세상에서 눈여겨봐야 할 특별한 점이라고 생각한다. 지금 세계를 휩쓰는 자본주의의 열풍은 뭐든지 세계시장에 내다팔라고 부추긴다. 그저 팔고 사고 사고 팔아 이익을 남겨 풍요를 누리고, 소비를 늘리라는 외침과 속삭임으로부터 한시도 자유로울 수가 없다. 이런 추세라면 아마 안 팔리고 마지막까지 남는 건 우리말밖에 없을 것이다. 말은 이 나라를 지키는 마지막 주인이고 작가는 그 말의 신봉자이니 작가야말로 이 나라의 진정한 주인이 아니겠는가. 나는 늙었지만 살아 있으므로, 앞으로도 생각하는 거나 관심사가 얼마든지 변할 수 있지만, 생각이건 말이건 글이건 모국어로밖에 못한다는 것엔 변함이 없을 것이다. 나는 모국어 안에서만 비로소 자유로울 수 있다. 그게 내 한계이자 정체성이다.

* 이 글은 대산문화재단이 주최한 '2000 서울 국제문학포럼'의 발표문이다.

〔2000〕

놓여나기 위해, 가벼워지기 위해

또 6월이다. 올여름을 어떻게 나나. 해마다 이맘때가 되면 여름 날 일을 미리 걱정하면서 지겨워하게 된다. 내 기억은 50여년 전에 못박혀 있다. 마음의 못자국을 몸이 옮겨받아 같이 시난고난 앓는 건 나의 피할 수 없는 계절병이다.

그해 그 싱그럽던 6월이 다 갈 무렵 그 난리가 났다. 점점 가까워지던 포성이 마침내 미아리고개 너머까지 육박해왔는데도 늙은 대통령은 수도 서울의 방위는 철통 같으니 시민들은 안심하고 생업에 종사하라는 빈말을 남기고 한강을 넘어갔고, 넘어간 후 한강다리를 폭파시켜버렸다. 우리는 그것도 모르고 생전 처음 들어보는 대포소리가 무서워서 그 더운 여름날 솜이불을 잔뜩 뒤집어쓰고 늙은 대통령이 남기고 간 떨리는 목소리를 무슨 생명줄처럼 여기며 악착같이 매달렸다. 그후 석달 동안 서울에 남아 있던 시민들은 살아남기 위해 온갖 고초를 다 겪었다. 숨어살고 싶어도 누군가가 먹여주지 않으면 목숨을 부지할 수 없다는 건 자명한 이치. 가족 중 한 사람이라도 밥벌이를 해야만 살 수 있다는 생존의 법칙은 전시일수록 오히려 더 엄혹했다. 최소한의 부역은 생업이었다. 서울이 수복되고 정부가 돌아오자 우리는 미친 듯이 환호했다. 썩은 동아줄 같은 거짓말을 남기고 도망친 데 대한 원망 같은 건 품을 새도 없었다. 굶주림과 공포가 끝난 것만 고마웠다. 거짓말을 남기고 도망친 데 대한 사과는 그 다음이어도 좋았다. 사과는 아니어도 좋으니 너그럽게 다독거리고 위로해주려니 했다. 그것조차도 어리석고 착한 백성의 헛된 환상, 분수를 모르는 응석이었을까. 굶주림은 어느정도 해결됐지만 공포가 끝난 건 아니었다. 부역했다는 손가락질은 치명적이었다. 사과와 위로가 있는 따뜻한 세상은 오지 않았다. 거짓말은 해명되지 않았다. 교만한 정부는 위로 대신 가혹한 응징을 우선했다. 심지어는 백성을 내팽개치고 도망친 것까지도 잘못이 아니라 큰공으로 둔갑했다. 고위층끼리도 도강(渡江)파니 잔류파니 편을 갈라 도강파가 더 으스대는 꼴을 보아야 했으니까. 사적인 복수까지 묵인되어 횡행했다. 여름내 반동분자라고 끌려가고 죽음을 당한 숫자 위에 빨갱이로 몰려 처형되거나 무자비한 복수의 표적이 된 인명이 보태졌다. 그건 훗날 전사자보다 더 많은 민간인 희생자라는 통계숫자를 남겼다. 개인은 몇백만분의 일 외의 아무것도 아닌 게 되었다. 나는 내 피붙이들의 목숨이 그렇게 도매금으로 넘어가는 걸 참을 수가 없었다. 하나의 목숨은 하나의 우주고 각자 무엇과도 바꿔치기할 수 없는 고유한 세계이다. 그뿐 아니라 하나의 목숨이 억울하게 제명에 못 죽었을 때 그를 사랑한 살아남은 이에게 하늘만큼 땅만큼 큰 고통을 남긴다. 나는 내가 사랑한 피붙이들의 죽음을 몇백만 단위의 집단으로부터 끌어내어 고유한 것으로 만들고 싶었다. 그리하여 살아남은 슬픔과 치욕을 희석하여 견디기 수월하게 하려고 소설을 썼다. 망자를 위하여 지노귀굿을 하는 것은 망자를 위해서가 아니라 살아남은 자가 조금이라도 망자의 무게로부터 가벼워지려고 하는 짓이다.

그러나 아직도 내 기억은 '6·25동란'에 못박혀 있다. 못이 녹슬고 썩고 삭아서 흙이 되고도 남을 세월이 지났건만 못자국의 통증은 자주 도진다. 6·25는 내 기억의 원점이다. 나는 지금도 그때의 고통이 도져서 혼자 신음하며 울 적이 있다. 4·19 때 온몸이 폭발할 것처럼 기뻤던 것도 거짓말을 한 대통령을 용서 못하는 마음 때문이었을 것이다. 그러나 세상은 달라지지 않았다. 세상에 대해서 말할 때 늘 '이놈의 세상'이라는 폭언을 일삼았고 이놈의 세상이 언제나 바뀌나, 변화를 갈망해왔다. 그런 성향 때문에 스스로를 진보의 편에 서 있다고 자부했고, 한번 쥔 기득권은 죽도록 놓지 않고 누리려는 이들을 보수라고 역겨워했다. 지금 나는 그렇게 역겨워하던 보수 편에 서 있는 것 같다. 진보를 외치던 사람들이 권력을 잡았건만 세상은 아직도 달라져야 할 이놈의 세상으로 보인다고 말했더니 남들이 나를 보수 취급했다. 나는 내가 누구인지 잘 모르겠다. 세상을 두 패로 갈라 내가 어느 편에 속하는지 확실하게 해두지 않으면 불안한 것도 6·25의 후유증일 듯싶다. 내가 발붙여온 한결같은 입장이 있다면 그건 반체제가 아니었을까. 아마도 영원한 반체제 기질 때문에 소설을 쓰지 않을 수 없었을 것이다. 내가 가장 싫어하는 건 정치가이다. 정치가 싫으니까 정치적인 사람도 혐오스럽다. 자신의 이익을 위해서 어떤 거짓말도 할 수 있는 사람을 정치적인 사람이라고 생각하니까 내가 가장 싫어하는 건 아마 정치가보다는 거짓말쟁이가 더 맞을 것이다. 그럼에도 불구하고 나는 매일매일 어떡하면 그럴듯한 거짓말을 할 수 있을까 그 궁리밖에 할 게 없는 소설가이니 내 처지가 딱하지 않을 수 없다. 소설은 허가 맡은 거짓말이니까 아무리 거짓말을 해도 법에 걸리지는 않겠지만 사람 사는 세상에는 왜 예로부터 허가 맡은 거짓말이 있어왔을까, 생각할수록 내 아둔한 머리로는 여간 고민스럽지가 않다. 어떡하면 정직할 수 있을까, 그 생각만 하면서 거짓말을 꾸며대고 있다면 누가 믿을까.

나보다 먼저 저세상에 간 남편은 내가 원고가 잘 안 써져서 지치고 불행한 얼굴을 하고 있으면 아이들한테 쉿, 느이 엄마 건드리지 말아라, 아마 거짓말이 바닥이 났나보다고 놀려대곤 했다. 그는 거짓말이 바닥난 마누라를 이마에 뿔난 마누라보다 더 무서운 척했다. 그래도 그의 그런 놀림 때문에 악마에게 쫓기는 것 같은 초조감에서 놓여나 숨을 돌리면서 이 노릇이 그렇게 대단한가, 자신을 돌이켜볼 여유를 가질 수 있었다. 이 노릇은 힘이 많이 드는 일이다. 점점 힘에 부친다는 걸 느끼기 때문에 작은 일이라도 시작하려면 먼저 내 몸하고 의논을 해야 한다. 하다못해 짧은 여행을 떠나려도 그전에 내 몸의 눈치부터 봐야 하는 주제에 대작이라도 구상하고 있는 것처럼 말한다면 아마 저승사자가 다 웃을 것이다. 슬슬 무계획하고 헐렁하게 살고 싶어서 몇년 전 서울을 벗어났다. 작은 동산에 안긴 동네라 아무 때나 산에 갈 수 있어서 좋다. 등산이라기보다는 걷기라고 해야 할 정도로 부담없이 오를 수 있는 야트막한 산인데도 산은 오르기보다도 내려오기가 더 힘들다는 걸 요즘 자주 느끼게 된다. 발목을 삐거나 돌부리에 걸려 휘청거리는 것은 오르막길에서가 아니라 내리막에서이다. 무릎이 안 좋다는 걸 느끼게 되는 것도 오를 때가 아니라 내려올 때다. 내려올 때 후들대거나 미끄러지지 않고 의젓하고 품위있게 걸어내려오려면 올라갈 때 힘을 다 써버리면 안된다. 내려올 힘도 남겨놓아야 한다는 게 바로 하산의 요령이다. 그래서 언제나 마음 내킬 때 혼자서 간다. 동행이 있으면 보조를 맞춰야 한다. 뒤질까봐 눈치봐야 하고 경쟁심이 생길지도 모른다. 이야기도 나눠야 한다. 암말 안하고 같이 걸어도 부담이 안되는 동행은 쉽지 않다. 무엇보다도 타인과의 조율이 부질없다.

늙는 것도 쉬운 일은 아니다. 산천이나 초목처럼 저절로 우아하게 늙고 싶지만 내리막길을 저절로 품위있게 내려올 수 없는 것처럼 그게 그렇게 쉬운 일이 아니다. 그래도 나는 이 나이가 좋다. 마음놓고 고무줄 바지를 입을 수 있는 것처럼 나 편한 대로 헐렁하게 살 수 있어서 좋고 안하고 싶은 건 안할 수 있어서도 좋다. 다시 젊어지고 싶지도 않다. 안하고 싶은 걸 안하고 싶다고 말할 수 있는 자유가 얼마나 좋은데 젊음과 바꾸겠는가. 다시 태어나고 싶지도 않다. 볼꼴 못 볼꼴 충분히 봤다. 한번 본 거 두번 보고 싶지 않다. 한겹 두겹 책임을 벗고 점점 가벼워지는 느낌을 음미하면서 살아가고 싶다. 소설도 써지면 쓰겠지만 안 써져도 그만이다. 마음속에 나를 억압하는 찌꺼기가 없어져서 못 쓰는 거라면 그 또한 얼마나 좋은 일인가. 결국은 가벼워지기 위해 썼다는 게 가장 맞는 말이 될 것이다.

〔2002〕

4부

사로잡힌 영혼

사로잡힌 영혼

그는 그 잔혹한 시대를 어떻게 살아냈나

모두모두 새가 되었네

사로잡힌 영혼

1991년이었을 것이다. 동독의 훔볼트(Humboldt) 대학에서 동구권의 한국문학 연구자들과 모임을 가진 일이 있다. 우리 쪽에서는 네 사람의 평론가와 소설가 두 사람이 참석했는데 김윤식(金允植) 교수와 나도 그 여섯 사람 중에 포함되어 있었다. 그와 처음 해보는 여행이었다. 북한 문인들도 참가한다기에 나는 철없이 기대에 부풀어 있었지만 그들은 나타나지 않았다. 특별초청된 루이제 린저가 김일성 주석으로부터 선물받았다는 양단 치마저고리를 입고 나타나 기조연설 같은 걸 했는데 북조선에서 받은 극상의 대접에 비해 남한에 대해서는 섭섭한 게 많은 듯했다. 씸포지엄이 끝난 후 우리 일행은 체코를 관광하고 돌아오기로 미리 계획을 잡아놓고 있었다. 나는 염불 쪽보다는 잿밥에 마음을 두고 있었기 때문에 회의가 끝나자 생기가 났다. 프라하까지 기차여행이라니, 가슴이 울렁거리지 않을 수 없었다. 동베를린과 주변의 관광지를 대강 구경하고 드레스덴으로 갔다. 나는 드레스덴이라는 유서 깊은 도시에 대해 아는 것이 별로 없었기 때문에 도처에 널린 아름다우나 곧 무너져내릴 듯이 퇴락한 옛 건축물을 보고 사회주의체제에서 제대로 된 보살핌을 못 받아서 저 지경이 되었구나 넘겨짚은 게 고작이었다. 그때 우리가 드레스덴에 들른 참뜻은 르네쌍스 후기 예술의 걸작품들을 수장하고 있다는 드레스덴 미술관을 관람하기 위해서였다는 걸 안 것은 그후에 나온 그의 책 『지상의 빵과 천상의 빵』(솔 1995)을 통해서였다.

그때 생각을 하면 지금도 웃음이 난다. 드레스덴 미술관은 꼭 봐야 한다기에 쫄레쫄레 따라갔다. 일행이 다 갔는지 그중 몇명만 갔는지는 잘 생각나지 않는다. 아무튼 일행 중에서 그가 제일 먼저 보이지 않았다. 그림을 보는 둥 마는 둥 쏜살같이 앞서갔기 때문이다. 나는 아마 속으로 별꼴 다 본다고 생각했을 것이다. 순전히 어디어디 갔다왔다는 걸 남에게 과시하기 위한 속물들의 '빨리빨리' 관람태도에 다름아니었기 때문이다. 그가 그러건 말건 나는 어떤 그림 앞에서는 오래 머물기도 하고 어떤 그림 앞에서는 고개를 끄덕이기도 하면서 느릿느릿 그럴듯하게 미술관을 다 둘러보고 밖으로 나왔다. 얼마나 오래 걸렸는지 그는 밖에서 기다리는 일행 중에도 없었다. 먼저 숙소로 돌아갔다는 것이다. 그는 아마 얼른 숙소로 돌아가 쉬지 않을 수 없었을 것이다. 그는 황홀경을 경험했을 테고, 그러고 나서는 지독하게 피곤했을 테니까. 그의 수많은 저서 도처에서 가장 자주 변주되어 나타나는 게 바로 황홀경 뒤에, 또는 동시에 오는 지독한 피로감이라는 걸 내 아둔한 기억력도 잊지 않고 있었다.

나는 드레스덴 미술관을 다 보려 했기 때문에 하나도 보지 못했다. 거기서 무엇을 보았는지 한점도 인상에 남은 그림이 없으니 안 본 것과 다를 게 없다. 그러나 그는 오직 한점의 그림을 위해 거기 들렀고 딴 그림은 안중에도 없이 곧장 그리로 빨려들어갔다. 그를 일직선으로 빨아들인 그림은 끌로드 로랭(Claude Lorrain, 1600~82)의 「아시스와 갈라테아」(1657)였다. 나도 그 그림 앞을 지나쳤겠지만 아무런 느낌 없이 통과만 했으니 안 본 거나 다름없기에 그의 글을 그대로 인용하겠다.

로랭은 원시인이 살아가는 생활인 목가적 풍경을 그린 대가이다. 잔잔한 파도, 석양빛에 물든 바닷가에 사는 순박하고 멋진 인간의 모습을 그린 것이 바로 「아시스와 갈라테아」이다. 지평선에는 꾸불꾸불한 산맥의 옆모습이 파르스름하게 보인다. 바닷가의 바위에는 저녁 어둠이 스며들었으나, 먼곳에는 아직 햇빛이 충만하여 전체적으로 가볍고 장엄하고 또 화려함이 조화되어 있다. 도스또예프스끼는 이러한 환상적인 정경에서 영감을 얻어 스따브로긴의 고백이라든가 베르제로프의 독백이라는 불후의 걸작을 낳았다.

그럼 스따브로긴은 누구인가. 내가 십대에 뜻도 모르고 순전히 동무들에게 으스대기 위해 읽은 『악령』에 나오는 그 나쁜 새끼가 아닌가. 그가 인용한 스따브로긴에게 찾아온 로랭의 황홀경은 다음과 같다.

그것은 그리스의 다도해 한 모퉁이로 애무하는 듯한 푸른 파도, 크고작은 섬들, 바위, 꽃이 만발한 해변가, 요술의 파노라마와 비슷한 곳, 손짓하여 부르는 낙조, 도저히 말로 표현할 수 없다. 여기서 유럽의 인류가 자기의 요람을 기억 속에 새겼던 것이다. 이곳에서 신화의 최초의 정경이 이루어졌고 이곳에 지상의 낙원이 존재했던 것이다. (…) 이곳에는 아름다운 사람이 살고 있었다. 그들은 행복하고 깨끗한 마음으로 잠을 깨었다. 숲은 그들의 즐거운 노랫소리로 가득 찼고 신선한 힘이 넘쳐흘러 단순한 기쁨과 사랑에만 쏟아졌다. 태양은 아름다운 자기 아이를 바라보면서 섬이나 바다에 빛을 내려쏟고 있었다. 이것은 인류의 멋진 꿈이며 위대한 망집(妄執)이다. 황금시대, 이것이야말로 원래 이 지상에 존재한 공상 중에서 가장 황당무계한 것이지만 전 인류는 그 때문에 예언자로 십자가 위에서 죽거나 죽음을 당하거나 했다. 모든 민족이 이것 없으면 산다는 일을 원치 않을뿐더러 죽는 일조차 불가능할 정도이다.

그 나쁜 새끼가 어떻게 이런 멋있는 말을 했을까. 그러나 그것은 스따브로긴의 입을 빌린 도스또예프스끼의 말이다. 도스또예프스끼는 실제로 유럽여행중 드레스덴에 두달 가량 머문 적이 있고 감식안에 뛰어난 그는 로랭의 환상적인 그림에서 영감을 얻어 '스따브로긴의 고백' 같은 불후의 걸작을 낳았다고 김윤식 그는 말하고 있다. 드레스덴 미술관에서 그를 끌어당긴 건 그러니까 로랭이 아니라 도스또예프스끼였던 것이다. 미술이 아니라 문학이었던 것이다. 내가 드레스덴 미술관에 진열된 모든 그림과 눈을 맞추었으되 단 한점도 건지지 못한 반면 김윤식은 단 한점의 그림이나마 확실하게 건졌다. 그건 그의 감식안이라기보다는 문학에의 매혹 덕택이었던 것이다.

1996년이던가, 뻬이징대학에서 루쉰(魯迅) 문학을 가지고 토론하는 작은 모임이 있었다. 그때 나도 따라갔는데 그때도 잿밥에만 마음이 있어 뻬이징에서의 일정이 끝나면 시안(西安)·구이린(桂林)·샹하이(上海)로 해서 쑤저우(蘇州)·항저우(杭州)를 돌아오는 코스에 마음이 끌렸다. 뻬이징대학에서의 토론이 본바닥 뻬이징 덕이 나오는 만찬으로 해피엔딩을 맺고 그 다음날 일행이 만리장성으로 관광을 떠나는데 나는 그와 함께 빠졌다. 만리장성은 전에 한번 가본 적이 있었기 때문이다. 날씨가 춥기도 했거니와 한번 보고 질렸으면 됐지 또 보고 싶은 곳은 아니란 데 합의하자 갑

자기 유쾌해졌다. 게다가 우리를 안내해줄 유학생 부부까지 있어서 뻬이징 시내를 마음 내키는 대로 돌아다닐 수 있었다. 지금은 기념관이 되어 있는 루쉰이 살던 집을 보러 갔다. 그는 안내책자와 유학생의 도움으로 방방을 둘러보며 문방구며 침대, 심상치 않은 사연이 깃들였음직한 베개까지 꼼꼼히 확인하고, 나는 내 식으로 휙 한번 훑어보고 나서 마당에 서 있는 정향나무 아래서 그를 기다렸다. 지금까지도 그 집 마당에 정향목(丁香木)이란 팻말을 달고 서 있는 나무가 라일락 맞나? 하는 정도가 그 집에 대해 남아 있는 궁금증의 전부이다. 루쉰의 집을 보고 나서 뻬이징반점으로 갔다. 구관과 신관이 있는데 구관은 백년이 넘는다고 했다. 지금은 더 좋은 데도 많이 생겼겠지만 그때만 해도 넓은 홀을 받쳐주고 있는 장대한 붉은 기둥들을 금빛 찬란한 용이 용틀임으로 감아 올라간 모습하며, 고풍스럽고도 장중한 집기하며, 문에서 맞이하는 팔등신 미인의 발목부터 엉치 밑까지 찢어진 착 붙는 옷 사이로 드러난 눈부신 각선미하며, 모든 것이 초일류호텔의 역사 깊은 호사와 품격을 과시하고 있었다. 홀이 내려다보이는 로비 같은 데서 학생부부와 넷이서 차를 마셨다. 그가 해방되기 전 1940년대의 만저우(滿洲) 일대와 뻬이징반점에서 무슨 일이 있었나 얘기를 하기 시작했다. 그는 달변이 아니다. 지루할 적도 있고, 잘못 알아들을 적도 있다. 그러나 어느 순간 확 빨려들 적이 있다. 그와 환상을 공유할 수 있을 적에 그러하다. 나는 그 호화호텔 넓은 홀에서 이향란의 노래를 들으며 친일파와 독립투사와 신문기자와 첩자와 아편장수와 일본 군벌과 어울려 김사량과 백철과 노천명이 나비처럼 춤추는 환각에 빠져들었다. 아아, 그랬었구나, 국내에선 청년들이 징병과 징용에 끌려가고, 소녀들은 정신대에 끌려갈까봐 열다섯도 되기 전에 시집을 가고, 콩깻묵으로 연명할 때 비록 식민지 백성이라 해도 지식인에게는 그래도 그 정도의 별천지가 돌파구로 마련돼 있었구나. 그게 너무도 새롭고 신기해서 사실이라기보다는 환각으로 받아들였는지도 모르겠다. 너무도 감질나는 환각이어서 언젠가 꼭 한번 뻬이징반점에서 묵어보려고 하룻밤 숙박비를 물어봤더니 100달러 정도라고 했다. 그러나 그후 다시 뻬이징에 갈 일은 없었다.

올여름 한겨레여행사에서 모집한 '고구려 문화탐방'이라는 여행을 따라간 적이 있다. 김윤식과 그의 제자들이 주축이 된 팀이었다. 지안(集安)에서 고구려 벽화를 보고 백두산 천지도 보고 버스로 옌지(延吉)로 이동할 때였다. 그때는 이미 여행일정이 끝나갈 무렵이었고, 나는 두번씩이나 밤기차를 타고 이동한 후유증 때문에 혼미한 반수면 상태였다. 차창 밖에 펼쳐지는 푸르고 풍요한 농촌풍경에 거의 무관심했다. 그쪽이 초행이 아니어서 더 그러했을 것이다. 어따오빠이허(二道白河)를 지날 때 중간자리에 앉았던 그가 앞으로 나오면서 마이크를 잡았다. 누가 시키지도 않았는데 노래를 하려나, 나는 호기심 때문에 정신이 번쩍 들었다. 그가 자청해서 하고 싶은 건 노래가 아니라 옛날얘기였다. 찢어지게 가난한 농부가 행여 살기 좀 나을까 남부여대 서간도까지 흘러들어

중국인 지주 땅을 부치다가 흉년이 들어 소작료를 못 내자 지주는 외동딸을 빼앗아가고 병든 아내는 죽기 전에 딸의 얼굴 한번만 보기가 소원이었다. 지주에게 찾아가 갖은 수모를 견디며 애원도 해보았으나 끝내 딸의 얼굴을 못 보고 아내가 죽자 이 불쌍한 농부가 할 수 있는 일은 과연 무엇이었을까. 눈이 뒤집힌 그는 지주의 집에 불을 지르고 불길을 피해 나온 두 사람 중 중국인 지주를 도끼로 쳐죽이고 마침내 딸을 품에 안는다는 이야기였다. 최서해(崔曙海)의 단편 「홍염(紅焰)」의 대강 줄거리이고 그 이야기 무대가 바로 이 어따오빠이허 지방이라는 걸 김윤식은 말하고 싶은 거였다. 엄연히 근대문학에 속하는 최서해의 작품을 나는 왜 옛날얘기처럼 들었을까. 궁핍한 식민지시대에 태어나 가난에 대해서는 속속들이 알고 있다고 믿는 나 같은 사람도 최서해의 너무도 사실적인 가난의 묘사는 지긋지긋했는데 이 넘치게 풍요한 세상에 그런 이야기가 아랑곳이나 한가. 때에 찌든 가난을 그렇게 세세하게 사실적으로 묘사한 것과는 달리 미운 놈 죽이고 딸을 구한 후 그 아비는 어떻게 되었는지에 대해선 전혀 책임질 필요가 없는 이야기 방식도 옛날얘기와 닮았다. 그러나 무엇보다도 마이크 잡은 그의 표정에서 고사(故事)로 현실에 개입해보려는 유식한 할아버지 같은 친절과 순진성을 읽었기 때문일 듯싶다. 하여튼 그의 덕으로 어따오빠이허는 내가 가보았으되 내 마음에 아무런 흔적도 남기지 않아 가나마나 한 땅이 된 수많은 지명 중에서 확실하게 가본 특별한 땅이 되었다. 우리가 잊을 수 없는, 잊어서도 안되는 슬픈 이야기의 무대가 된 것이다. 우리가 주목하고 관람하기 위해 무대는 조명받아 마땅하다. 조명받지 못하면 무대가 아니다.

재학중 김윤식의 강의를 들었다는 서울대 졸업생한테서 들은 얘기다. 졸업한 지 십수년이 되어 유능한 사회인으로 제몫을 하고 있는 지금도 자주 꾸는 악몽이 있는데, 그건 김윤식 교수 시간에 지각을 하거나 부득이 빼먹는 꿈이라고 했다. 김윤식은 엄하고 철저하게 꼬박꼬박 출석을 불렀고, 그게 학점과 연결이 되어 그는 두번 내리 F학점을 받고 입대를 할 수밖에 없었다니 악몽도 꿀 만하지 않은가. 나는 그런 얘기를 들으면서 그는 한국문단에 이름을 올린 문인은 다 한번씩 출석을 불러 눈빛을 맞추고 얼굴을 익혀온 특별한 평론가가 아닌가 하는 생각을 했다. 물론 작품으로 말이다. 그리하여 그가 출석을 안 불러주면 나 문인 맞나? 의심하는 작가도 있을지 모르고, 혹은 이름을 불러 야단을 칠까봐 조마조마 안 불러주길 바라는 작가도 없으란 법은 없다. 잘 쓴 작품이든 못 쓴 작품이든 활자가 되어 문예지에 찍힌 이상 그를 피해가기는 어림없다 싶을 만큼 그는 죄다 읽는다. 나는 그가 너무 피곤해 보일 때라든가 여기저기 아픈 데를 호소하는 걸 들을 적이면 뭣 하러 그 쓰레기 같은 것까지 다 읽느냐고 충고인지 비아냥거림인지를 몇번 한 적이 있다. 혹시 이 글을 읽는 소설가가 있다면 먼저 양해를 구하고 싶다. 내가 쓰레기 같다고 한 것은 내 소설도 포함해서이다. 나는 한때 신문소설을 쓴 적이 있는데, 그때 나는 내 소설을 밑씻개라고까지 비하해 마지않았다. 왜냐하면 그때만 해도 신문지를 뒤지로 쓸 때였고 연재소설은 특히 일 보는 동안 읽기에 알맞은 분량이어서 그동안 심심하지 않으려고, 그리고 일 본 후의 쓸모를 위해 뒷간에 갈 때는 일부러 소설이 있는 신문지를 가지고 간다는 소리를 들었기 때문이다. 뒷간에서라도 읽어주면 고맙지 아무도 안 읽어주면 소설책은 한낱 종이쓰레기에 지나지 않는다. 그게 슬프고 허망해서 가끔 그런 난폭한 말을 한다는 걸 이해해주기 바란다. 입으로는 그렇게 말했지만 그가 정말 할일이 없어서 쓰레기나 뒤지고 있다고 생각하는 건 아니다. 오히려 그는 작가가 공들여 쓴 작품이 쓰레기가 될까봐 그걸 참을 수가 없어서 그토록 열심히 많이 읽는 게 아닐까. 나도 내 딴엔 많이 읽는다고 생각하지만 워낙 많이 쏟아져나오니까 마치 뷔페식당에서 맛있는 것만 요것조것 골라서 맛보는 것처럼 찔끔찔끔 집적거려보고 나서 머리에 아무것도 안 남았다고 투정이나 하는 쪽이다. 읽어도 읽으나 마나 하다가 그의 평을 보고 비로소 확실하게 읽은 게 되는 작품이 한두 편이 아니다. 가치있는 게 쓰레기가 될까봐 눈에 불을 켜고 길목을 밝히는 거, 그게 바로 문학에 대한 지독한 사랑이 아니고 무엇이겠는가.

나는 그를 좋아하지만 그건 존경이나 우정, 친근감하고는 다르다. 인간적인 약점이나 고뇌, 시시콜콜한 사람 사는 속내를 서로 한번도 드러낸 적이 없기 때문이다. 그를 좋아하는 감정은 내가 역사인물 중 고산자 김정호를 가장 좋아하는 느낌과 비슷하다. 그건 그 시대에 그가 없었으면 어쩔 뻔했나 싶은, 특별한 일에 사로잡힌 영혼에게 느끼는 외경과 연민이다. 김정호가 순전히 발로 뛰고 눈으로 더듬어 최초의 우리나라 지도를 만들었듯이 그도 발로 뛰고 눈으로 더듬어 그와 동시대의 우리 문학의 지도를 만들었다. 훗날 후학들이 그가 그린 지도 위에 그가 미처 못 본 아름다운 섬을 추가할 수도, 산맥의 높이가 틀렸다고 정정할 수도 있을 테지만 아무도 이 최초의 지도를 전적으로 깔아뭉갤 수는 없을 것이다. 그의 업적을 전적으로 부정하기 위해서는 먼저 그가 읽은 것보다 더 많이, 최소한 그가 읽은 것만큼은 읽어야 한다. 누가 그렇게 많이 읽을 수 있을 것인가. 그렇게 읽을 수가 있다고 해도 그가 한 것처럼 따끈따끈할 때 읽으면서 동시대의 증후까지를 읽어내는 일은 미래의 시간 속에서는 어차피 불가능한 일이다. 그가 의식했든 안했든 결과적으로 우리 시대의 문학판의 지도를 그릴 수 있었던 것은 그의 독특한 현장비평에 의해서만 가능했던 게 아닐까. 그는 또한 소설가 개개인이, 대가는 물론 중견이나 신인에 이르기까지 각자의 독립된 문학사를 갖도록 해주었다. 그의 월평은 월평이 아니다. 작가 본인도 언제 썼는지 잊어버린 예전 작품까지 들춰내서 지금 쓴 작품하고 한 끈에 꿰어서 보여준다. 기억력에 의존하는 건지 특별한 자료정리에 의한 건지는 모르지만 기껏 해놓은 메모지도 언다 두었는지 잊어버리거나, 찾아낸 메모지의 전화번호나 이름이 무엇과 관계된 건지 전혀 생각이 안 나는 나 같은 사람으로서는 오직 압도당할밖에 없다. 남이 못하는 특별한 일에 사로잡힌 사람 앞에서 뉘라서 안 질리겠는가. 무엇에 사로잡혔는지 그도 아마 그 실체를 본 적은 없을 것이다. 아무도 운명의 얼굴을 본 적이 없듯이. 혹시 문학에 사로잡혔다면 정답이 될까. 문학은 환각이라고 그가 누차 말하지 않았던가. 환각 또한 얼굴 없기는 마찬가지다. 소설가가 현실을 보고 환상을 만든다면 그는 환상을 통해 현실을 이해하려는 것 같다.

내가 잘못 봤더라도 웃어넘겨주길 바란다. 작가 쪽에서 볼 때 그라고 어찌 오독이 없었겠는가. 작가 자신이 지적한 오독도 그는 막무가내 자기가 옳다고 우길 것만 같다. 나라고 그러지 못할 것도 없다는 배짱으로 이 글을 쓴다.

〔2001〕

그는 그 잔혹한 시대를 어떻게 살아냈나

나는 1951년 11월경부터 1953년 초까지 미군 PX에서 일한 적이 있다. 휴전이 성립되기 전, 전선(戰線)이 38도선 근처에서 일진일퇴를 거듭할 때라 서울은 포성이 바로 산 너머에서 들리는 듯 지척에서 느껴지는 최전방 도시였다. 민간인의 한강 도강은 금지되어 1·4후퇴 때 남쪽으로 피난간 대부분의 시민들이 아직 못 돌아오고 있어서 서울의 인구는 매우 희소했다. 지금의 신세계백화점이 그때 미8군의 메인 PX였다. 쓸 만한 건물은 모조리 파괴된 텅 빈 수도지만 그래도 미군부대 근처는 일자리나 미군물자, 하다못해 흘러나오는 미제 쓰레기라도 얻어걸리려는 남루한 하루살이

인생들이 모여들어서 이른바 기지촌 경기로 흥청거렸다. 미군부대에서 나오는 것들에는 쓰레기가 있을 수 없었다. 깡통이나 보루바꼬(board box)는 건축자재로, 먹다 남은 음식찌꺼기는 꿀꿀이죽이라는 영양식이 되어 거래될 때였다. 그중에서 남대문시장을 낀 PX 일대는 서울에서 가장 화려하고 활기 넘치는 상업지대였다. PX에서 온갖 방법으로 유출된 미제물품과 염색한 군복, 구제품 중에서 쓸 만한 옷가지 등을 파는 노점상들이 지금의 백화점 못지않은 고급상가 구실을 하고 있었다. 또한 달러장수, 구두닦이, 소매치기, 거지 등이 요소요소에 진을 치고 있는 우범지대이기도 했다.

나는 그때 오빠가 죽고 졸지에 가장이 되어 있었다. 어머니와 어린 두 조카를 굶겨죽일 수밖에 없을 것 같던 이 대책없는 가장은 이상한 활기에 이끌려 그 거리를 헤매다 기적처럼 쉽게 PX에 취직이 되었다. 어머니는 내 취직을 산 입에 거미줄 치란 법은 없구나,라는 정도로 반겼지만 PX 경기에 대해 어느 만큼 아는 이들은 우리집이 금시발복(今時發福)을 할 것처럼 축하와 시기를 겸해 부러워했다. 나도 꿈의 궁전에 입성하는 것만치나 얼떨떨하고도 황홀했지만 내가 일할 곳은 미제물건을 파는 매장이 아니라 한국물산을 파는 위탁매장이었다. 처음에는 미싱자수로 무궁화나 용, 공작 따위를 등과 가슴에 수놓은 파자마나 하우스 코트를 파는 매장에 있다가 곧 초상화부로 보내졌다. 초상화부와 파자마부는 같은 사람이 사장이어서 가라면 가고 오라면 올 수밖에 없는 처지였다. 기껏 남들이 부러워하는 PX에 취직한 줄 알았는데 미제물건은 그림의 떡인 한국물산부에 있게 된 것도 억울한데 초상화부라니, 기가 막혔다. 물론 나더러 초상화를 그리라는 건 아니었고 화가들의 뒤치다꺼리를 하면서 미군들로부터 그림주문 받아내는 일을 하라는 것이었다. 나는 꽁하니 비사교적인 성질인데다 영어도 짧아 초상화부에서 전혀 실적을 올릴 수 없었다. 파자마를 파는 건 미군이 원하는 물건을 이것저것 보여주고 치수나 물어보고 정가대로 팔면 되지만, 초상화는 그렇지 않았다. 초상화부에 견본으로 진열된 초상화들은 다 젊고 아름다운 여자들 얼굴이었다. 제 얼굴이나 아버지 얼굴을 그려달라는 미군은 온종일 한명도 없다고 해도 과언이 아니었다. 지나가는 어리숙한 미군을 골라잡아 수작을 걸고, 그가 마침내 패스포트를 꺼내 아내나 여자친구의 사진을 꺼내 보여주면서 자랑을 시키도록 만들고, 그 여자들의 미모에 까무러칠 듯이 놀라며 이런 놀라운 미인이 애인이라면 단속을 잘해야 할 거다, 그녀만을 사랑한다는 표시로 그녀의 초상화를 그려 보내준다면 얼마나 감동하겠느냐, 대강 이 정도의 과정을 거쳐야 주문 하나를 맡을 수 있는데 나처럼 짧은 영어로 될 수 있는 일이 아니었다. 사장이 나를 내쫓으려고 그리로 보낸 것 같은 추측이 무엇보다도 견디기 어려웠다. 전에 있던 종업원이 받아놓은 주문량이 거의 바닥이 날 즈음 사장보다 먼저 화가들이 아우성치기 시작했다. 거의 3, 40대의 간판장이들은 여러 식솔을 거느린 가장이었고, 나는 월급제였지만 그들은 일한 양에 따라 일주일 단위로 돈을 타갔다. 한장도 못 그리면 한푼도 못 받게 되어 있었다. 나는 매일 아침 그달 월급이나 받고 그만둘 생각으로 죽어도 하기 싫은 출근을 했다. 그러나 그만두면 어떻게 사나 하는 공포감과 내 식구뿐 아니라 화가들한테 딸린 식구들의 밥줄까지 내 어깨에 달려 있다는 책임감이 조금씩 말문을 열게 했다.

그무렵 새로 채용된 화가가 박수근(朴壽根)이었다. 1952년 어느날이었을 것이다. 사장한테 들은 그의 신상은 월남한 사람이라는 것과 부양해야 할 식구가 많다는 것 정도여서 나는 그가 진짜 화가인 줄 모르고 있었다. 이름도 알 필요 없이 그냥 박씨라고 불렀다. 그는 몸집은 크지만 무진 착해 보여서 소 같은 인상이었다. 착하고 말수 적은 사람이 어리석어 보이기 십상인데 그는 그렇지가 않았다. 그러나 그 바닥은 어질고 점잖은 사람을 알아볼 만한 고장이 아니었다. 나부터도 그랬다. 내가 말문이 열리고 또 어느 만큼은 뻔뻔스러워지기도 해서 엉터리 영어로나마 미군들과 된소리 안된소리 수작을 걸 수 있게 되어 차츰 그림주문이 늘어나자 나는 화가들에게 방자하게 굴기 시작했다. 내 덕에 그들이 먹고살 수 있게 되었다는 교만한 마음과, 양갓집 처녀에다 서울대학생인 내가 기껏 간판장이들이나 먹여살리려고 여기서 이러고 있다는 자기모멸이 뒤범벅이 되어 얼마나 싸가지없이 굴었는지 지금도 그때를 생각하면 얼굴이 화끈거린다. 내 아버지뻘은 되는 화가들을 김씨, 이씨 하는 식으로 함부로 대했다. 나는 그때 내가 더이상 전락할 수 없을 만큼 밑바닥까지 굴러떨어졌다고 여겼고, 그 불행감을 탐닉하는 맛에 살고 있었다.

그때 초상화부에서 미군들이 가장 많이 선호하는 품목은 스카프에다 그리는 초상화였다. 사장이 파자마부를 겸하고 있었으니 만치 파자마를 만드는 것과 같은 재질의 번들번들한 인조견(새틴)을 우리는 미군들한테 '사텐'이라고 말했다. 흰 인조 사텐을 스카프 크기로 톱니가위로 자르고 한쪽 귀퉁이에다는 꾸불꾸불 용(龍)을 날염하고 용의 몸통 여기저기다가 문산·동두천·김화·양구 등 당시의 격전지 지명을 영문으로 집어넣은 기념 스카프는 파자마부에서 1달러 30센트로 꽤 잘 팔리는 인기상품이었다. 그 스카프의 용의 날염과 대각선으로 반대 귀퉁이에다 초상화를 그려주면 6달러를 받았다. 위탁매장 매상은 당일로 PX 사무실에다 입금해야 하고, 일주일 단위로 몇할을 제하고 나서 우리 돈으로 바뀌어 지급됐다. 사장은 거기서 다시 원가 제하고 자기 이익 챙기고 나서 실적에 따라 화가들에게 분배했다. 나는 그림주문 받는 일뿐 아니라 그런 회계도 겸했지만 화가들에게 몇할이 돌아갔는지 그 비율은 생각나지 않는다. 아무튼 작업한 양만큼 보수를 받는 그들에게는 많이 그리는 것도 중요했지만 주문한 미군이 트집잡지 않고 순순히 찾아가는 것은 더 중요했다. 다시 그려줘야 하기 때문이다. 그들은 그것을 '빠꾸 맞는다'고 했는데, 그림을 마음에 들지 않아 하는 미군을 달래서 '빠꾸 맞지' 않도록 하는 것도 내 수완에 달렸고, 나도 차츰 그런 요령이 생기면서 더욱 화가들한테 안하무인으로 굴었다. 나는 틈만 있으면 그들이 작업하고 있는 책상 사이를 오락가락하면서 그들의 그림솜씨를 모욕적으로 평하기를 즐겼다. "김씨, 사진 좀 똑바로 보고, 머리도 좀 써가면서 그리면 안돼요. 사진보다 조금만 예쁘게 그려주면 입을 헤벌리고 찾아가는 그 어리숙한 쫄병들 비위 하나 못 맞춰요. 이 따위로 그려놓고도 빠꾸 맞으면 뒤로 남탓이나 하고……" 이런 식이었다. 영락없이 아무런 애정 없이 지진아 보충수업하는 초등학교 여선생처럼 굴었다.

어느날 박씨가 두툼한 화집을 한권 끼고 출근했다. 나는 속으로 '꼴값하고 있네, 옆구리에 화집 끼고 다닌다고 간판장이가 화가 될 줄 아남' 하고 같잖게 여겼다. 그가 망설이는 듯 수줍은 듯한 미소를 띠고 나에게로 왔다. 화집을 펴들고 있었다. 숙제를 가지고 와서 선생님에게 칭찬받고 싶어하는 어린이처럼 천진무구한 얼굴이었다. 그가 어떤 그림 하나를 가리키며 자기 작품이라고 했다. 선전(鮮展)에 입선한, 촌부(村婦)가 절구질하는 그림이었다. 우습게 알고 함부로 대한 간판장이들 중에 진짜 화가가 있었다는 건 나에겐 사건이요 충격이었다. 나는 몹시 부끄러웠고, 그동안 열중해 있던 불행감에서 깨어나 정신이 드는 것 같은 기분을 맛보았다. 그리고 나의 능멸을 말없이 견딘 그의 선량함이 비로소 의연함으로 비쳐지기 시작했다.

그는 왜 느닷없이 그 화집을 나에게 보여주고 싶어진 것일까. 간판장이들과 다르게 보임으로써 내 구박을 조금이라도 덜 받을 수 있다고 생각한 것일까. 그러나 그 화집을 보여준 후에도 그는 여전히 잘난 척이라곤 모르는, 간판장이들 중에서도 가장 존재없는 간판장이로 일관했다. 그가 화가라는 걸 밝힌 것은 내가 죽자꾸나 빠져 있던 불행감, 실은 자기도취로부터 헤어나게 하려는 가장 그다운 심사숙고였는지도 모른다는 생각을 하게 된 것은 한참 후의 일이다. 내 입장에만 몰두했던 시선을 돌려 남의 입장도 볼 수 있게 되고부터 PX 생활이 한결 견디기 쉬워졌다. 나만 억울하게 인생의 밑바닥까지 전락했다고 생각했는데 그 안에는 별의별 계층의 사람들이 다 섞여 있었다. 청소부 중에도 중학교 선생이 있는가 하면 고관의 미망인도 있었다. 전쟁이란 그런 것이었다. 그에 대한 연민이 그 어려운 시대를 함께 사는 간판장이들이나 동료 점원들에게까지 번지면서 메마를 대로 메말라 균열이 간 내 마음까지 적셔오는 듯했다. 내가 막돼가는 모습을 그가 얼마나 연민에 찬 시선으로 지켜보아주었는지도 알 것 같았다.

그후 그와 나는 자연스럽게 가까워졌다. 그러나 같이 퇴근하는 날도 저녁을 같이 먹거나 그의 집까지 따라가본 적은 없다. 을지로 입구 전차정류장까지 같이 걷거나 큰마음 먹고 명동으로 빠지는 게 고작이었다. 나의 처녀작 「나목」에도 몇번 나오는 것처럼 우리는 명동 노점상에서 장난감 구경하기를 즐겼다. 지금이야 별의별 신기한 장난감이 많지만 그때만 해도 태엽을 틀어주면 움직이는 장난감은 PX를 통해 흘러나오는 최신 미제여서 사람들이 겹겹이 둘러서서 구경을 했다. 태엽만 틀어주면 침팬지가 술을 따라 마시기도 하고, 신나게 징을 치기도 하는 장난감이 어찌나 재미있고 신기하던지 나는 배창자가 땅기도록 웃었고, 그도 빙그레 웃으면서 장사꾼한테 한번 더 해달라고 간청을 하기도 했다. 그러다가 군밤이나 호콩을 사서 한껏 느리게 까먹으면서 전차정류장까지 걷기도 하고, 간혹 다방에 들르기도 했다. 커피 한잔 시켜놓고 무슨 말을 했는지 생각나지 않지만, 포성이 유난히 가까이 들리는 날은 둘 다 말을 잃고 우울한 얼굴로 귀를 기울였다. 1952년도의 서울은 초연도 채 가시지 않은, 전운(戰雲)이 무겁게 감도는 최전방 도시였다. 포성을 들을 때마다, 나는 브로큰 잉글리시(broken English)로 꼬부라진 혀를 풀고 그는 이국 여자들의 싸구려 화상을 그리는 노역에서 놓여나 오붓하게 마주앉아 있는, 그 작은 행복과 평화마저 언제 어떻게 될지 모른다는 불안한 예감으로 가슴이 옥죄곤 했다.

그는 워낙 말수가 적어 말은 주로 나 혼자 맡아서 했는데도 그의 가족에 대해 물은 적은 한번도 없다. 그러나 그의 아내는 어떤 여자일까 하는 궁금증마저 없었던 건 아니다. 그의 사시장철 변함없는 빛바랜 미군 작업복과, 사장한테 들은 부양가족이 많다는 선입관 때문인지 나는 그의 아내를 무식하고 거칠고, 아이를 쑥쑥 잘 낳는 재주와 바가지 긁는 재주밖에 없는 끔찍한 여자로 상상하고 있었고, 그런 상상에 묘한 만족감을 느꼈다. 너무도 평범한 그에게 그 정도의 비극적인 장식을 해주고 싶은 게 나의 못 말리는 소녀취미였다. 그러나 그를 모델로 한 소설 「나목」에서 나는 그의 아내를 빼어난 이조백자에 비유할 만큼 미화하고 있다. 「나목」이 세상에 나오고 나서 몇년 뒤, 그의 유작전에서 나는 처음으로 그의 부인을 보았다. 부인은 내가 상상하던 것과는 딴판으로 미모와 교양과 품위를 고루 갖추고 있었다. 그때 나는 어찌나 놀랐는지 먼발치로 바라만 보다가 인사도 못하고 나왔다. 놀랐을 뿐 아니라 쓰라린 배신감까지 가졌던 것 같다. 그가 나에게 한번도 그의 부인을 나쁘게 말한 적이 없었으니 나는 순전히 내 상상력에 배신을 당한 셈이었다. 그러고도 모자라 만약 내가 부인의 미모와 교양을 진작 알았더라면 절대로 내 소설에서 그분을 그렇게 미화하진 않았을걸, 하는 억울한 생각까지 들었다. 내 멋대로 상상한 추녀 악처에 대한 보상심리가 소설 속에서나마 그녀를 그토록 미화하려고 했던 것 같다.

그와 내가 같은 일터에서 일한 것은 일년 미만이었지만, 그동안에는 봄, 여름, 가을도 있었으련만 왠지 그와 같이 걸었던 길가엔 겨울풍경만 있었던 것처럼 회상된다. 그가 즐겨 그린 나목 때문일까. 그가 그린 나목을 볼 때마다 내 눈엔 마냥 춥고 헐벗어만 보이던 겨울나무가 그의 눈엔 어찌 그리 늠름하고도 숨쉬듯이 정겹게 비쳐졌을까, 가슴 저리게 신기해지곤 한다. 그와 그 시대에 대해 증언하고픈 강렬한 욕구가 어느날 40세의 평범한 주부를 작가로 만들었다. 그런 걸 운명적 만남이라 할 수 있지 않을까. 운명적 만남은 그가 나에게 화집을 펼쳐 보여주던 순간에 왔다. 내 생애에 그런 만남을 경험하게 해주신 신에게 감사한다.

내가 그의 그림을 소장하고 있을지도 모른다고 여기는 사람이 아직도 좀 있는 것 같다. 안 가지고 있다는 걸 믿고 나면 나의 선견지명이랄까, 안목없음을 딱하게 여기는 이도 더러 있다. 내가 선견지명이 없는 건 사실이다. 그러나 그가 지금처럼 그림값 비싼 화가가 될 것을 미리 알았다고 해도 그의 그림을 공짜로 얻으려 하지는 않았을 것 같다. 그리고 나의 재력은 그의 그림이 쌀 때나 비쌀 때나 그걸 소장하기엔 턱없이 부족했다. 그러나 그때 '빠꾸' 당한 그의 스카프 초상화를 한두 장쯤 보관하지 못한 나의 선견지명 없음은 두고두고 아쉽다. 그 조악한 인조 사텐 스카프와 거기 그린 결코 잘 그렸다고 할 수 없는 초상화와, 당시의 격전지 문산·동두천·김화·양구 등 지명이 든 용의 날염은 그 자체가 그 더럽고 혹독한 시대를 화필(畵筆) 하나로 살아남은 예술가의 적나라한 초상이 아니었을까. 남의 나라 전쟁에 투입된 GI들은 그런 지명을 읽을 때마다 '갓뎀 문산' '갓뎀 양구' 하는 식으로 강한 혐오감을 나타냈다. 아마 빌어먹을, 또는 우라질 양구쯤 될 것이다. 박수근은 양구 출신이다.

〔1995〕

모두모두 새가 되었네

나의 시집살이는 연탄과 함께 시작되었다. 취사와 난방연료로 장작 대신 십구공탄을 정책적으로 권장하고, 산에도 베어쓰려야 쓸 나무도 없던 시절, 휴전이 성립되던 해에 결혼을 했기 때문이다. 숯불이나 장작불처럼 불을 새로 지피지 않아도 부엌에 늘 음식을 만들거나 데울 수 있는 불이 있다는 건 당시로서는 혁신적인 생활의 변화였다. 그러나 때에 맞춰 연탄을 가는 일은 새내기 주부에게는 여간 고통스러운 일이 아니었다. 당시만 해도 연탄을 갈 때는 새 연탄을 괄한 불기가 남아 있는 연탄 위에다 열아홉 개의 구멍을 잘 맞춰 얹고 힘껏 누르면 괄한 연탄 밑에 있던 다 사윈 연탄이 밑으로 부서져내리고 그걸 연탄아궁이 밑에 있는 공깃구멍을 통해 파내야 했다. 무지하게 연탄먼지를 많이 들이마시게 되고, 맨밑에 있는 연탄재 대신 불씨가 되어주어야 할 괄한 연탄이 먼저 깨져버릴라치면 부엌바닥에 퍼질러앉아 울어도 시원치 않았다. 그때 연탄집게가 나타난 것이다. 쇠로 된 아주 간단한 집게가 이 고통을 단숨에 해결해주었다. 획기적인 발명품이었다. 아마 전기나 전화의 발명도 그렇게 순식간에 서민들에게 환영받고 이용되지는 못했을 것이다. 이렇게 우리가 연장이라고 부르는 철기는 인간의 노역을 조금이라도 덜어주거나 편하게 해주려는 누군가의 아이디어가 대장장이의 담금질을 거쳐 우리 앞에 현실화된 것일게다. 돌이나 막대기로 땅을 파던 농부에게 호미가 쥐어졌을 때의 황홀경을 상상해보라.

얼마 전 젊은 작가가 쓴 연탄에 대한 글을 읽은 적이 있다. 주로 저소득층이 많이 소비한 연료라고 했는데 그건 그가 태어나기 전 세상을 몰라서 그렇지 아파트라는 중앙난방의 집단주택이 일반화되기 전까지 연탄은 상·하류를 막론하고 대안없는 유일한 연료였다. 큰 집에서 연탄을 몇천장씩 들여놓고 아끼지 않고 펑펑 쓸 수만 있어도 부자 취급을 받았다. 겨울엔 연탄아궁이 공깃구멍을 열어놓으면 불이 괄해져서 방바닥이 뜨끈뜨끈해지는 건 좋은데 갈 때는 연탄집게에 아래위 두 장의 연탄이 붙어서 나오기 일쑤였다. 밑의 연탄에 아직 불기가 남아 있으면 막무가내 안 떨어졌다. 그때 내가 생각해낸 게 식칼이었다. 그땐 나도 스테인리스로 된 외제 부엌칼을 장만한 뒤라 무쇠식칼은 찬장 뒤에 처박혀 있었다. 녹슬고 날이 무디어진 식칼은 이글이글한 두 장의 연탄의 잇짬을 내리치기 알맞았다. 윗목의 걸레도 얼어붙는 혹한의 한옥에서 자정 가까운 심야, 그날의 고된 가사노동의 마지막 마무리로 방방의 연탄을 갈면서 식칼을 높이 쳐들었을 때 폭발할 것 같은 내 에너지원은 순전히 이 웬수 연탄을 언제 면할꼬, 싶은 분노가 아니었을까. 오로지 연탄 때는 집을 면하고 싶어 강남에 속속 들어서기 시작한 아파트 청약예금에 들었고 기나긴 기다림 끝에 마침내 소원을 이루었다. 아파트로 이사가던 날 연탄을 면한 기쁨은 우화등선(羽化登仙) 그 자체였다. 훨훨 나는 몸이 무엇 하러 뒤를 돌아보겠는가. 20년 가까이 나와 더불어 연탄과 싸워가며 그 웬숫덩어리를 길들여준 고마운 집게와 식칼을 그때 어디다 버렸는지 그것들이 훗날 어디서 무엇이 되었는지 생각해본 적도 없다.

그것들은 새가 되어 있었다. 이영학(李榮鶴)의 작업실에서 나는 새가 된 나의 연탄집게와 식칼을 만난 것이다. 어찌 식칼과 연탄집게뿐일까. 처녀들이 대처로 도망칠 때 밭고랑에 내던진, 혹은 만삭의 아낙이 김을 매다가 그 자리에서 몸을 풀기 위해 힘없이 놓친 호미도, 기역자도 모르는 무지렁이의 일생의 동반자였던 낫도, 밤새워 등잔불을 돋우고 바느질을 해야 했던 상봉하솔(上奉下率)의 고단한 며느리에게 입에 혀처럼 순종했던 인두와 가위도, 울컥울컥 지하수를 토해내던 펌프 주둥이도, 노련한 미장이 솜씨에 의해 진흙반죽을 길이 잘 든 장판처럼 매끄럽게 다듬어주던 흙손도, 대목이 다듬은 나뭇결에 정확하게 대못을 박던 장도리도, 그 대못도, 쓰임새에 따라 섬세하게 모양을 달리하던 쇠스랑도, 기둥과 문짝 사이에 끼여서 생전 햇빛을 못 보던 돌쩌귀도 모두모두 새가 되어 있었다. 왜 하필 새였을까. 그건 이영학이 그 도구들의 인간에 대한 우직한 봉사의 일생을 위무하고 자유와 해방으로 보상하려는 제의(祭儀) 같은 게 아니었을까. 나의 연탄집게가 그러하였듯이 그 단순소박한 도구들은 처음 생겨났을 때 인간에게 마치 새 세상을 열어준 것 같은 환영을 받았고, 주인을 만나 길이 들면 거의 육친애적인 친화감을 맺고 아낌을 받았다. 철기시대는 이렇게 인간에게 새로운 문명을 열었다. 철로 만든 칼은 사람을 죽이는 무기도 되었지만 대부분의 철기는 인간의 노동을 도와주는 생산적이고 평화적인 도구가 되었다. 대장장이는 철을 담금질해서 도구를 만들 때 어떡하면 사람에게 쉽게 길들고 힘을 덜어줘 사랑을 받을 수 있을까를 요모조모로 사람 편에 서서 궁리를 거듭했을 것이다. 우리의 아름다운 규방문학인 『조침문(弔針文)』만 봐도 손끝에서 길들여진 도구에 대한 정이 얼마나 깊고 애틋했는가를 읽을 수 있다. 그러나 도구는 다 사람의 힘을 들여야 그 임무를 다할 수가 있다. 사람의 힘 대신 석유에너지·전력·원자력 등이 인간을 육체노동에서 해방시켰고 인간에게는 믿을 수 없을 정도의 새 세상이 열렸다. 가장 오래된 산업인 농업만 봐도 낫으로 벼를 베는 농촌은 거의 사라졌다. 칼이나 가위처럼 아직도 유효한 도구도 철 대신 녹이 안 스는 스테인리스로 대치되었다. 그리하여 인간들은 수족처럼 길들여온 도구를 하루아침에 원수처럼 지긋지긋해하며 광이나 마루 밑 아무데나 유기하거나 엿을 바꿔먹기도 했다.

그것들은 어디서 무엇이 되었을까. 대부분은 대장간의 화로보다 몇배 더 뜨거운 용광로에서 다른 무엇으로 태어났겠지만 그 축에도 끼지 못한 하찮고 낡은 것은 이영학을 만나서 새가 되었다. 이영학 조형의 오브제가 된 연장들은 쓰고 또 써서 닳고 녹슨 것들뿐이다. 새것은 하나도 없다. 그는 혹시 육체노동, 그 신성한 고통을 모르면 날지도 못하리라고 말하고 싶었던 게 아닐까.

나는 그가 만든 새떼들을 보면서 열한살 때 돌아가신 할아버지 생각이 났다. 나는 그 어른의 편애 때문에 공주 같은 유년기를 보낼 수 있었다. 할아버지는 주경야독의 부지런한 농부이자 선비였다. 그러나 말년의 2, 3년은 중풍으로 꼼짝을 못하다가 돌아가셨다. 당시의 관습대로 장례를 치르자마자 지노귀굿을 했는데 굿이 거의 끝나갈 무렵 무당은 아궁이에서 재를 퍼다가 소반 위에 놓고 평평히 고르더니 망인이 새가 되었음을 엄숙하게 선포했다. 재 위에 새 발자국이 찍혔다는 것이다. 그걸 들은 가족과 동네사람들은 슬픔을 잊고 다들 환한 얼굴로 기뻐하는 것 같았다. 아마도 새가 되었다는 걸 중풍과 여러 인간적인 제약으로부터 훨훨 자유스러워진 경지로 해석한 게 아닌가 싶다. 그때의 강한 인상 때문인지 나도 죽으면 새가 되고 싶다. 날아다니고, 짝짓고, 알 낳고, 새끼

키우고, 총에 맞거나 독극물을 먹을 수도 있는 구체적인 새가 아니라 영혼이 육신을 떠날 때, 순간적으로라도 지구의 중력과 인간의 한계를 벗어나는 황홀한 자유, 비상(飛翔)의 쾌감이 있었으면 좋겠다.

〔2001〕

두부

초판 1쇄 발행/2002년 10월 30일
초판 25쇄 발행/2026년 1월 5일

지은이/박완서
펴낸이/염종선
편집/강일우 김정혜 문경미 김명재
펴낸곳/(주)창비
등록/1986년 8월 5일 제85호
주소/10881 경기도 파주시 회동길 184
전화/031-955-3333
팩시밀리/영업 031-955-3399 · 편집 031-955-3400
홈페이지/www.changbi.com
전자우편/lit@changbi.com

© 박완서 2002
ISBN 978-89-364-7079-1 03810

* 이 책 내용의 전부 또는 일부를 재사용하려면
반드시 저작권자와 창비 양측의 동의를 받아야 합니다.
* 책값은 뒤표지에 표시되어 있습니다.